中公文庫

新装版

七つの証言

刑事・鳴沢了外伝

堂場瞬一

中央公論新社

目次

登場人物紹介

鳴沢《なるさわ》了《りょう》……………西八王子署の刑事
高城賢吾《たかしろけんご》……………失踪人捜査課三方面分室の刑事
明神愛美《みょうじんめぐみ》…………失踪人捜査課三方面分室の刑事
今敬一郎《こんけいいちろう》……………万年寺副住職。鳴沢の元同僚
大西海《おおにしかい》………………新潟県警の刑事。鳴沢の新潟時代の後輩
藤田心《ふじたしん》………………西八王子署の刑事
長瀬龍一郎《ながせりゅういちろう》………小説家
城戸南《きどみなみ》……………横浜地検検事
大沢直人《おおさわなおと》……………横浜地検検察事務官
小野寺冴《おのでらさえ》……………探偵。鳴沢の元相棒
内藤勇樹《ないとうゆうき》……………内藤優美《ゆみ》の息子。鳴沢の義理の息子

七つの証言

刑事・鳴沢了外伝

瞬断

1

　結婚式に出るのは、いつ以来だろう。わずかに酔いが回り始めた頭で、高城賢吾《たかしろけんご》は過去に出席した結婚式の数を数え始めた。もちろん、破綻《はたん》した結婚生活の始まりである自分の分は除《のぞ》いて。十回目か……四十六歳にしてこの回数が多いのか少ないのか分からないが、久しぶりなのは間違いない。大きな笑顔。程よく回るアルコール。少しだけかしこまり、少しだけ涙が混じった空間。高城は妙な気恥ずかしさを覚え、水割りを呷《あお》った。どうも結婚式というやつは、居心地が悪い。

「何で緊張してるんですか、高城さん」

　円卓で隣の席に座った明神愛美《みょうじんめぐみ》が首を傾《かし》げる。肩を出した濃紺のドレスにショール。

　普段見慣れているのが、地味なグレイのスーツか、動きやすさを優先したジーンズという格好なので、どうにも目のやり場に困る。まともな化粧をしているのを見るのも、初めてかもしれない。

「してないよ」背中がむず痒《がゆ》い。その主な原因は、ひな壇で顔を赤く染め、でれでれしている新郎の存在だと分かっている。第一機動捜査隊所属の巡査部長、武知治《たけともはる》。隣でぴしりと背筋を伸ばしたまま、穏やかな笑みを浮かべている新婦の麻衣《まい》とは対照的だった。

「武の野郎、だらしないな」高城は皮肉を飛ばしながらウィスキーの水割りを口に含んだ。「奥さんの方がよほどしっかりしてるじゃないか」

「元々しっかりしている人ですから」

「所轄の先輩だっけ？」

「麻衣さんには、随分お世話になったんですよ」

「それにしても、十歳下か……武もやるもんだね」

四十歳になるまで女性に縁がなかった武がようやく見つけた伴侶は、やはり機動捜査隊に勤務する麻衣で、しかも十歳も年下ということから、周囲から随分からかわれたものである。結婚に伴い、麻衣は所轄の生活安全課への異動が決まっていた。夫婦を同じ職場に置いておくほど、警視庁は開けた組織ではない。

「高城さん、呑《の》み過ぎじゃないんですか」愛美が少し尖《とが》った声で注意する。

「結婚式の時ぐらい、文句言うなよ。うちは突発事件に対応する部署じゃないんだし」

高城たちが属する失踪人捜査課の仕事は、文字通り行方《ゆくえ》不明者の捜索である。家族との面談と書類仕事がほとんど、といってよかった。

「後輩の結婚式だからって、気が緩《ゆる》み過ぎですよ」

女房みたいなことを言うなよ、と言いかけて口をつぐんだ。余計なことを言ったら、後々ちくちくと攻撃を受けかねない。

高城は、隣の席に視線をやった。やけに体の大きな男が、背中を丸めてちまちまとナイフを操っている。皿にはステーキ。何をやっているのかと見ると、外科医並みの手つきで、丁寧《ていねい》に脂身《あぶらみ》を取り除いているのだった。ようやく赤身だけになると、納得したようにうなずいて慎重に肉を切り分け、口に運ぶ。丁寧に、ひたすら丁寧に嚙《か》み続ける。顎《あご》を鍛えるボクサーのようだった。鍛えているのは顎だけではないようで、ブラックスーツも、白いボタンダウンのシャツの襟元《えりもと》も、いささかきつい感じがする。少し身を乗り出して皿の上の名札を見ると、「鳴沢了」とあった。ああ、この男が……高城は妙な胸騒ぎを覚えた。「マッチを擦《す》っただけでビル火災が起きる男」という評判を聞いたことがある。この男が動くと、何でもない出来事が、東京全体を揺るがすような大事件に変わってしまうというのだ。一つ身震いし、「今日は仕事ではなく結婚式なのだから」と自分を安心させようとする。

まあ、隣の席に座っているのだから、声ぐらいはかけておくか。いかつい顔を見て一瞬躊躇《ちゅうちょ》したが、ビール瓶を取り上げ、彼の前で振って見せる。

「失踪課の高城です」

「西八王子署の鳴沢《なるさわ》です」軽く頭を下げる。無愛想《ぶあいそう》というわけではないが、必要以上のことは喋《しゃべ》らない、という基本方針が透けて見えた。

「ビールは？」

「結構です」鳴沢が低い声で言い、茶色い液体――ウーロン茶だろう――で満たされたグラスを掌《てのひら》で塞《ふさ》ぐ。

「まさか、この後で仕事とか？　今日は結婚式だよ？」

「元々酒は呑まないんです」

「勿体無《もったいな》い」反射的に言って肩をすくめ、ビール瓶をテーブルに置く。「体質的に呑めないとか？　そんな立派なガタイをしてるのに？」

「刑事になった時にやめたんですよ」

えらく変わった男だな、と高城は首を傾げた。刑事と酒は、切っても切れない関係にある。自分に関しては、多少呑み過ぎる嫌いがあるのは認めるが、普通の刑事は普通に呑むものだ。やはり、噂《うわさ》に聞いていた通りの変人かもしれない。脂身が片隅に追いやられたステーキの皿に目をやった。

「酒はいいけど、そのステーキは？」

「これが何か？」鳴沢がナイフで肉を突いた。

「わざわざ脂身を取ったりして。ダイエット中の女の子じゃないんだから」

「高城さん」愛美が高城の袖《そで》を引いた。振り向くと、「やめて下さい。酔っ払いが絡んでるみたいですよ」と忠告を飛ばす。しかもあろうことか、鳴沢に向かって飛び切りの笑みを投げかけるではないか。

「すみません、ちょっと酒癖が悪いもので」

「何だよ、明神」高城は唇を尖らせた。四十六にもなって、我ながら子どもっぽい反応だとは思うが……。

「失踪課の明神です」愛美は依然として、愛想笑い以上の笑みを浮かべたまま自己紹介した。「脂身、体に悪いですよね」

「余計な脂肪を取る必要はないから。いざという時に動けなくなる」

俺に対する皮肉か、と高城は猛然と反感を覚えた。確かに最近、腹周りは気になっているが、こんな言い方をしなくてもいいではないか。

「そうですよね。必要以上の脂肪は邪魔なだけですよね」明神がにこやかに同調した。

まったく、何の話だか……不貞腐《ふてくさ》れた高城は、思い切りよく水割りを呷った。こんな薄《うす》い酒、酒とは言えない。どうせ呑むなら「角」のストレート。あれこそ男の酒だ。二人は高城の頭越しに、ゆるゆるした調子で会話を交わしている。ほとんど愛美が喋り、鳴沢が合いの手を入れているだけだが……勝手《かって》にしろ。不貞腐れて、水割りのお代わりを頼む。

煙草《たばこ》を手にしたが、鳴沢が眉《まゆ》をしかめたので反射的にパッケージに戻した。おいおい、まさか煙草もＮＧじゃないだろうな。健康オタクの刑事――イメージが浮かばない。体を鍛えているだけなら、仕事のためには当然と言えるのだが。

ふと、異変に気づく。視界の片隅で、ざわざわと動きがあるのが見えた。あれは……今日の主賓である、第一機動捜査隊長のいるテーブルだ。式場の係員が、そこに向けて突進して行く。顔面は真っ青で、唇が震えているようだった。隊長の横で屈《かが》みこんで、何事か耳打ちすると、うなずきもせずに耳を傾けていた隊長の顔も蒼褪《あおざ》めた。穏やかな談笑が続く会場内で、完全に浮いてしまっているのにも気づかない様子で、顔を左右に動かして鋭い視線を投げかける。係員に向かってうなずきかけ、一言二言話すと、上体を折り曲げるようにして、隣の席に座る男――機動捜査隊の部下だろう――に囁《ささや》きかけた。こちらは尻に針でも刺《さ》されたように慌《あわ》てて立ち上がり、携帯電話を握り締めながら、ドアの方に走り出した。

異常だ。何が起きたのか……高城も腰を浮かしかけた。隣の鳴沢は既《すで》に立ち上がり、ドアに向かって大股に歩き出している。今の状況を見ただけで、何か分かったというのか？　高城は愛美に目を向けた。分からない、と言いたげに肩をすくめたが、確認のために立ち上がり、ドアの方に向かう。隊長のテーブルにいた若い隊員が、高城の所まで飛んできた。

「すみません、本庁の方ですか？」

「失踪課、高城」高城はやっと腰を上げ、若い隊員の顔を凝視した。細いが精悍《せいかん》な顔には汗が浮かび、目は糸のように細くなっている。

「申し訳ないんですが、外へ集まってもらえますか？」

「集まる？」

「うちの隊長が招集をかけています」

「ちょっと待てよ。結婚式の最中だぜ」

「ここでは話せません」若い隊員が高城の耳に口を近づけ、囁いた。「外で隊長が説明します」

その隊長はすぐに自席を離れ、ほとんど走るようなスピードでドアの方に向かっている。尋常ではない様子に、穏やかな空気の漂っていた会場に、にわかに不穏な気配が広がった。ひな壇の二人もそれを敏感に察したようだった。立ち上がろうとする武を、近くにいた別の機動隊員が制する。麻衣も不安気な表情を浮かべ、小声で何か訊《たず》ねていた。

いったい何が……高城を迎えに来た隊員が、切迫した声で急《せ》かす。

「とにかく、早く外へお願いします」

納得しないながらも、隊員に促されて高城は走り出した。膝《ひざ》から落ちたナプキンが床の上に広がっていたが、拾う気にはなれない。今日はもうこのナプキンを使うことはないだろう、という予感がした。

2

「爆弾？」高城は自分の声が裏返るのを意識した。「結婚式場」と「爆弾」を、同じ文脈の中で使ってはいけない気がしていた。

「本当かどうかはともかく、そういう電話がここにかかってきたのは間違いない」第一機動捜査隊長の富樫《とがし》が顎を引いて、表情を引き締めた。酒を呑んでいなかったのか一気に酔いが引いてしまったのか、アルコールの気配はまったく感じられない。

高城は周囲をざっと見回した。集まったのは、四十人ほどの警察関係者。全員黒服、少数の女性だけがドレス姿という一団は、どこからどう見ても披露宴の出席者だが、異様に殺気立ち、鋭い視線をあちこちに飛ばしているのは、華やかな門出の場に相応《ふさわ》しくない。特に鳴沢の存在が、雰囲気《ふんいき》を悪化させていた。改めて横に立ってみると、体の大きさを意識せざるを得ない。失踪課の同僚である醍醐《だいご》も百八十センチを超える長身なのだが、鳴沢の場合は長身に加え、体の密度が高いように感じられた。全身から発する気配は、殺人現場で感じ取れる刑事のそれだ。

「こういうめでたい席で申し訳ないんだが、一刻も早く爆弾を探して欲しい。それと、式場の人たちと協力して避難誘導だ。騒ぎを最小限に収めたい」

「ちょっと待って下さい、隊長」高城は輪の中で一歩前へ進み出た。「悪戯《いたずら》じゃないんですか？　結婚式場へ爆弾を仕かける話なんて、聞いたことがない」

「それが、悪戯とは言い切れないんだ」富樫が渋い表情を浮かべる。「実は、ここで以前式を挙げた男が、式場とトラブルを起こしている。費用絡みの話らしいんだが、今までもしつこく抗議の電話を入れたり、押しかけたりしている。『火を点《つ》けてやる』と脅《おど》したこともあったらしい。実際先月には、夜中に外壁が燃やされる火事があったそうだ。所轄は放火の線で調べている……その男と直接は結びついていないようだが」

本物だ。放火までした人間なら、一歩進んで爆弾を仕かけようと考えても不自然ではない。作り方はどこでも調べられるし、材料を手に入れるのも難しくはない。

「時限爆弾、だそうだ」富樫が腕時計に視線を落とす。「爆破予告時間は、今から三十分後の三時半。これから速やかに、式場と協力して建物内にいる人を外へ誘導し、我々は爆弾を探す。所轄と爆対には既に出動を要請したから、応援が到着するまで踏ん張ってくれ。ここを指揮所にする。俺が待機しているから、何かあった場合にはただちに――」

富樫は最後まで指示を伝え切れなかった。いきなり爆発音が響き、輪になっていた刑事たちが一斉にその場にしゃがみこむ。他の人間より一瞬早く立ち上がった鳴沢が走り出す。音のした方向へ――そう、外だ。駐車場も「式場の敷地内」なのは間違いない。高城は周囲を見回し、ロビーの片隅にあった消火器を引っ摑《つか》んで鳴沢の背中を追った。

それにしても……足の速い男だ。ロビーを出る頃には既に、高城の息は上がり始めていた。珍しく革底の靴を履《は》いているので、絨毯《じゅうたん》で滑って仕方がない。しかも消火器はやけに重かった。

ロビーを出るとすぐ前が車寄せで、車回しの向こうが広い駐車場になっている。周囲を見回すと、左手で黒い煙が上がっているのが見えた。駐車場の隅にある一台の車が、炎に包まれている。クソ、やはり建物ではなく車に仕かけたのか。

早くも現場に到着した鳴沢が、上着を脱ぎ捨てた。ワイシャツがはち切れそうな筋肉質の体形が露《あらわ》になる。燃え盛る車に近づき、ドアに手をかけようとしていた。馬鹿《ばか》が

——死ぬつもりか。

「鳴沢、待て！」

高城は大声で呼びかけ、彼の動きを牽制《けんせい》した。高城の手にある消火器を見て、鳴沢が動きを止める。額には汗が浮かび、険しい表情を浮かべていたが、動揺している気配はない。高城の方に走って来ると消火器を奪い取り、すぐに炎を上げる車に向けて消火液を発射した。黒い煙に消火液の白い泡が混じり、ガソリンの異臭が周囲に漂い始める。高城はなす術《すべ》もなく鳴沢の奮闘を見守っていたが、やがて黒い煙が次第に薄れて行くのを確認して、ひとまず胸を撫《な》で下ろした。

空《から》になった消火器を、鳴沢が後ろへ投げ捨てる。煙が薄くなったところで、車の周囲を一周して様子を確認した。左側、フロントドアの下辺《あた》りが一番激しく燃えている。

「中に人はいません」

「そうか」取り敢えず、人的被害はなしか……高城は安堵《あんど》の吐息《といき》を漏《も》らした。

「そこに仕かけたんじゃないですか」車から少し離れて、鳴沢が前方左側のタイヤ付近を指差した。

「ああ、人騒がせな話だ。式場じゃなくて、車が狙《ねら》いだったのかね」

「これはダミーかもしれませんよ」鳴沢がワイシャツの首元に人差し指を突っこみ、ネクタイを緩める。

「ダミー？」

「本気だということを示すためのアピールです。式場内にも仕かけてあるかもしれない……時間がありません」左手首を突き出して、古い時計に視線を落とした。「探しましょう」

「分かった」

本当はこの現場も保存しなければならないのだが、そんなことをしている暇《ひま》はない。おっつけ到着するはずの所轄の連中に任せるしかないだろう——しかし、連中は何故来ない？　この結婚式場は、山の中にあるわけではないのだ。山手《やまのて》線のターミナル駅から歩いて十分ほどの場所で、所轄からもそれほど遠いわけではない。何かトラブルでもあったのか、と嫌な予感を覚えながら、高城は式場に戻った。ロビーにたむろしていた出席者たちが外へ出て来て、不安気に車の残骸を見守っている。この人たちをどこへ誘導する？　建物内に爆弾が仕かけられていると分かっていれば、駐車場が安全だ。だが犯人は、ここに停まっている車の何台かをターゲットにしたのかもしれない。だとしたら……駐車場は建物に近い位置から埋《う》まっている。奥の、空いているスペースへ避難させるしかないだろう。その誘導は無事に済ませられるのか。

高城は自分の安物の腕時計に視線を走らせながら、建物に突入した。

3

こんな馬鹿な捜査――捜査と言えるかどうかは分からないが――があるか、と高城は憮然《ぶぜん》とした気分になった。既に式場から外への誘導が始まっており、ロビーはごった返している。この結婚式場には四つの会場があり、今日はそのうち二つが使われていた。出席者数は軽く百人を超えるだろう。華やかに着飾った女性たち、それに何よりウェディングドレス姿の二人の花嫁の姿を人ごみの中に見つけ、高城は強い焦《あせ》りを感じた。二組の新郎新婦にとっては最悪の結婚式だな、と可哀相に思う。

「記憶に残る結婚式になりますね」分厚い絨毯を敷いた階段を駆け上がりながら、愛美が言った。

「悪夢じゃないのか」

「そうであっても、記憶は強烈ですよ」

「俺だったら絶対勘弁して欲しいな」

「二回目、あるんですか」

一瞬足を止めて振り向く。人の離婚歴を話のネタにするとは……しかし愛美は涼しい顔で、高城を追い越して行った。二人は、自分たちが出席していたのとは別の結婚式に使われていた部屋のチェックを担当していた。飲み物も食べ物も散らかったままのテーブル。ひな壇脇のスクリーンには、二人の赤ん坊の時の写真が映し出されている。新郎新婦の今までを写真で追うスライドショーが始まったばかりの時に、退出を命じられたのだろう。愛美は「記憶に残る」と言うが、やはり悪夢としか言いようがない。

ひな壇の下、それぞれのテーブルのクロスをめくり、床を精査していく。プロジェクターが置かれた小さなデスクも動かしてみたが、異物は見つからない。体に回ったアルコールと暑さのせいで額に汗が噴き出し、高城はスーツの袖口で額を拭《ぬぐ》った。ショールをまとい、しかも裾《すそ》の短いワンピースに普段は履かない高いヒールのパンプスという格好の愛美は、ひどくやりにくそうにしている。立ったりしゃがんだりするのさえ、一苦労なのだ。

立ち上がって腰を伸ばし、腕時計を見る。爆破予告時間まで、残り二十分を切った。館内全体が妙に静まり返っているのが気になる。避難は無事に完了したのだろうが……爆弾が見つかれば、必ず誰かが大声を上げるはずだ。見つからないまま、時間だけが過ぎていく……再び流れ始めた嫌な汗を掌で拭い、高城は愛美に声をかけた。

「ここにはないな」

「ええ……それより、爆対はどうしたんでしょう。遅過ぎます」

「そうだな」緊急時なのだ。しかも現場は都心部である。いつまで経ってもサイレンも聞こえないのは、明らかにおかしい。

「所轄も来てないじゃないですか」

「確かに」

援軍が来ない不気味さ。二人は部屋を後にすると、やっと制服の巡査に出くわした。

「この部屋には何もないぞ」

告げると、若い巡査が制帽を被《かぶ》り直して一息ついた。呼吸が荒く、首筋を汗が流れ落ちている。

「他に応援は来てないのか？　相手は爆弾だぞ」高城は詰問《きつもん》した。

「それがですね」巡査が慌てた口調で言った。「近くでトレーラーが横転事故を起こしまして……道が塞がれているんです」

「車が通れない？」

「ええ。自分は何とか自転車で」

まずい。真っ先に現場に駆けつけるべき爆発物処理車は、基本的にトラックである。

荷台に処理道具を満載しており、当然のごとく小回りは利かないし、細い道へは入れない。駅から式場へ続く道路は広いが、その他の道路は毛細血管のようなもので、処理車が入ってこられるとは思えなかった。ということは……爆弾が見つかったとしても、このまま爆発させてしまうしかない。人的被害が出なければ御《おん》の字《じ》だ。

「避難をしっかりやるしかないな」高城は無精髭《ぶしょうひげ》の伸びた顎を撫で、巡査に向き直った。「第一機動捜査隊の富樫隊長がこの現場を仕切ってる。今の件、説明したか?」

「まだです」

「よし、行こう」うなずきかけ、階段を駆け下りる。

富樫は人気《ひとけ》のなくなったロビーの真ん中に立ち、携帯電話に何事か怒鳴《どな》っていた。もしかしたらもう事情を知っているかもしれないと思ったが、歩み寄り、制服の巡査の背中を押して説明を促した。電話を終えた富樫が、噛みつきそうな勢いで「何だ!」と怒鳴りつける。巡査がびくりと体を震わせたが、高城が肩を平手で叩《たた》くと、ぴしりと背筋を伸ばして敬礼し、報告を始める。話を聞いているうちに、富樫の顔が見る見る蒼くなった。

「仕方ない。多少の物的被害は、この際目を瞑《つぶ》ってもらうしかないな」

「そうですね。ただ、どこに仕かけられているか分からない限りは……」高城は広い口ビーにぐるりと視線を投げた。「避難場所を考えないと」

「一番安全そうなのは、駐車場の端、車が停まっていないところだな。高城、すまんが手の空いた連中を集めて、避難誘導を徹底するようにしてくれ。あと……」腕時計に視線を落とす。「三分だけ、捜索を続行しよう」

「分かりました」

「ややこしいことになったな」富樫が笑おうとしたが、頬《ほお》が奇妙に引《ひ》き攣《つ》ってしまった。

「俺たちはチームでも何でもないんだが」

「ここにいる一般の人から見れば、同じ警察官ですよ」

「まったく――」

「隊長！」

富樫の愚痴《ぐち》は、甲高《かんだか》い声の呼びかけで遮《さえぎ》られた。声がした方に目を向けると、タキシードを着た武が、こちらに向かって全力疾走してくるところだった。富樫の前で急ブレーキをかけて立ち止まり、さっと敬礼する。

「何やってるんだ、お前」富樫が顔をしかめた。

「いや、お手伝いを……」

「阿呆《あほ》！」富樫が呆《あき》れた顔で怒鳴りつけた。「新郎の手を借りなくちゃいけないほど困ってないんだよ、こっちは。今日のお前の仕事は、嫁さんを守ることだろうが」

「しかし……」

「しかしもクソもない。とっとと嫁さんのところに行ってやれ」

「麻衣も手伝うと言ってるんですが」

「どうするよ、高城」唖然《あぜん》としながら富樫が高城に問いかけた。「ウェディングドレス姿の花嫁が爆弾の捜索に参加するなんて、聞いたことないぞ」

「仰《おっしゃ》る通りです」高城はうなずいて同意し、武に言った。「嫁さんと一緒にいてやれよ。彼女も警察官なんだから、自分もやるって言うんだろうけど、それは本音《ほんね》じゃないぜ。なあ、明神」

「ノーコメントです」愛美が無愛想に言った。ショールがずり落ちそうになっており、しきりに直している。

「とにかくだ、さっさと嫁さんのところに行ってやれ。後は俺たちに任せろ」高城は咳《せき》払《ばら》いをしてから言った。愛美は依然として不機嫌な表情。無愛想さはいつものことだが、ドレスアップしているのにこれは勿体無い——などと考えている状況ではないのだ、と思い直す。

　不承不承ながら納得した武が、ロビーの外に走り去る。

「そろそろ集めないとまずいですね」高城は富樫に向き直った。

「頼む。俺は式場の人と話して、避難を確認する」

「了解です……明神、ここにいてくれ。君が司令塔だ」

「分かりました」普段なら一言反論があったりするのだが、さすがに今日はそんな余裕はないようだ。

先に二階から声をかけて回ろうと思い、階段を上り始めたところで、立ち止まって式場の係員らしき黒服の若者と会話を交わしている鳴沢に出くわした。高城の姿を認めると、短くうなずきかけてくる。係員は二人を残して小走りに階段を駆け下り、ロビーから飛び出して行った。今にも背後から撃たれそうな様子だった。

「爆弾の場所ですけど、犯人に聴くのが一番早いですよ」鳴沢がぼそりと言った。

「まさか」高城は吐き捨てた。「今から逮捕に行くのか？　そんな時間はないぞ」

「家にいないんです」鳴沢が携帯を取り出した。「所轄に確認してもらいました」

「だったらどこにいる？」

「午前中、式場の近くをうろついているのを、係の人が見ています」

「まさか、ここで爆発を見物するつもりか？」放火犯と同じ心理状態か、と高城は思った。確実に火が点いたか、現場にいて見守る放火犯は多い。

「可能性はありますね。パニックになるのを見て楽しむというのは、十分考えられるでしょう」

「確かに……しかし、この近くにいると断言できるか？」

「それは分かりません。だから捜すんです」

鳴沢が階段を下りかける。高城は体を捻《ねじ》って腕を掴まえた。太く、そのほとんどが筋肉だった。

「無闇に捜し回っても見つからないぞ。リスクを負うわけにはいかないんだ。今は避難を完了させる方が先だ」

「そっちはお願いします」まったく心の籠《こも》っていない礼をして、鳴沢が高城の手を振りきった。実際、高城の力ではとても抑えられそうになかった。

高城は鳴沢を追って走り始めた。ロビーで待機していた愛美が「高城さん！」と呼びかける。一瞬足を止め、「他の刑事たちを集めてくれ。避難誘導を徹底するんだ」と声をかける。

「高城さんはどうするんですか」

「奴《やつ》を追う」

「鳴沢さんを？」愛美が首を傾げる。何のことか分からない、と言いたげだった。

「被害が拡大しないように、だよ」言い残して、既にロビーから消えていた鳴沢の後を追う。「マッチを擦っただけでビル火災が起きる男」。俺たちが今相手にしているのは爆弾だ。事が大袈裟《おおげさ》になったら、人命にかかわる。あの男が動き出しただけで、何かが起きそうな予感がしてならなかった。

4

刑事はよく走る。走らざるを得ない。中年太りが気になり始め、酒と煙草が手放せない高城でも、走らなければならないとなったら走る。ただし、鳴沢についていくのは一苦労だった。酒は呑まず、おそらく煙草もやらないであろう男。しかも見ただけではっきり分かるほど、トレーニングで鍛えている。

敷地を飛び出し、左へ曲がる鳴沢の背中をようやく視界に捉えた。しっかりしろ、と自分を叱咤《しった》し、足の回転を速める。この式場全体は、どれぐらいの広さがあるのか……建物自体は大きくないのだが、元々旧財閥のゲストハウスなので、敷地はやけに広い。その大部分が駐車場になってしまっているのが残念だった。昔は一面が日本庭園で、都会にぽっかりと空いた巨大な緑の絨毯のようだったというが……何故かパンフレットの宣伝文句を思い出しながら、高城は何とか敷地を抜け出し、鳴沢と逆の方、右へ向かった。二人で両方向から回って捜した方が効率的である。

息が上がる。何とか自分のペースを保つよう意識しながら、何で俺はこんなことをしているのだろうと考えた。鳴沢の主張に根拠はない。説の一つとしては買えるが、積極的に支持できるほどではないのだ。だいたい、俺の勘――一部で有名な「高城の勘」――も発動しない。あいつの方が俺より鋭く、敏感に犯人の気配を感じ取っているというのか。しかし、鳴沢がそれほど鋭いとは思えなかった。頭を使うよりも、体を先に動かすタイプではないだろうか。

敷地は高城の背よりも高い生垣と鉄製のフェンスで囲われている。フェンスの外側には細い川。葉が青々とした桜並木が両岸に広がっていた。花の季節には、川全体をアーチのように覆うだろう。

少しペースを落とし、フェンスの奥を覗《のぞ》きこみながら前へ進む。人気はなし。避難も完了しているようだが……建物は基本的に二階建てで、ガラス面積が大きい。特に階段室は、全面がガラス張りという特徴的な作りだった。ここで爆発したら、と考えるとぞっとする。川沿いは遊歩道になっており、夏の暑さをものともせずに散歩する人で賑《にぎ》わっているのだ。この人たちを巻きこむわけにはいかない。高城は、出会う人ごとに「建物から離れて下さい」と声をかけながら、問題の男の捜索を続けた。

　建物の正面に出たところで、赤色灯の点滅が目に入った。駅へ至る広い道路なのだが、式場まで百メートルほどのところで、トレーラーが横転しているのが目に入る。制服組が何人か交通整理をしていたが、現場の混乱はまったく解消されていないようだった。よく目立つ青色の爆発物処理車が、トレーラーの向こうで立ち往生しているのが見える。その代わりと言っては何だが、機動隊のバスが到着し、出動服の一団が吐き出されてきた。機動隊員が大勢いれば何とかなるというわけでもないが、完全武装した一団の存在は、何とはなしに心強い。しかし混乱はさらにひどくなるだろうな、と心配になった。何しろ、今現場にいるのは完全な混成部隊である。互いの顔もあまり分からず、指揮命令系統はないに等しい。自分が何をしているか、誰の命令に従えばいいか分からない警察官もたくさんいるだろう。

　周辺も含めてパニックを阻止しなくては……濃紺の出動服、ヘルメット、ポリカーボネイト製のシールド。機動隊の格好は、パニックに対する鎮静効果を持つはずだ。高城は先頭を行く年長の隊員の前で両手を広げた。数十人の隊列がぴたりと止まり、事故で封鎖された道路が機動隊員で埋まる。

「失踪課、高城です」相手が自分より年長と見て取って、高城は敬語を使った。

「状況が入ってこないんだが」声には焦りが感じられる。

「すみません、現場も混乱しているんです。取り敢えず、避難を優先させました。式場にいた人間は駐車場に集めています。周辺も人払いした方がいいと思いますが、そちらをお願いできますか？」

「分かった」

即座に、数十人の機動隊員が二手に分かれた。敷地に突入する部隊と、周辺を警戒する部隊。これで事態が少しは整理されるはずだと、高城は一瞬胸を撫で下ろした。

その瞬間、「確保！」の声が轟《とどろ》く。鳴沢？　声がした方を見ると、機動隊員が、一斉に走り出したところだった。しかし応援の必要もなく、鳴沢は一人の男を組み伏せていた。相手は完全に抵抗する元気をなくしているようだったが、鳴沢は背中に馬乗りになり、容赦なく顔面をアスファルトに押しつけてダメージを与え続けている。やり過ぎだ……そう思った次の瞬間、鳴沢が立ち上がって男のポロシャツの襟を摑み、強引に立たせた。高城が機動隊員たちの輪を割って近づいた時には、男の体をぐいぐい壁に押しつけていた。

「爆弾はどこだ！」低く、しかし相手に有無を言わさぬ口調。胸倉を摑んで激しく揺さぶり――それだけで相手が脳震盪《のうしんとう》を起こすのではないかと思えるほどの激しさだった

——自白を迫る。

何とも気の弱そうな男だ、というのが高城の第一印象だった。顔からずり落ちかけた眼鏡《めがね》。背もそれほど高くなく細身なので、鳴沢に締め上げられていると、苛《いじ》められている子どものように見えた。

「鳴沢、待て」高城は彼の肩を後ろから摑んだ。それで瞬時に興奮状態から抜け出したようで、鳴沢は男の胸倉を摑んだまま、腕の長さの分だけ距離を置いた。男のポロシャツはすっかり伸びてしまっており、もう使い物にならないだろう。

男の視線が落ち着きなく泳いだ。動きは鳴沢に封じられ、しかも周囲を完全装備の機動隊員に囲まれている。もはや逃げ場なし——高城は一歩前に出て、一つ深呼吸をした。

「話すなら今のうちだぞ。誰かが怪我《けが》してからじゃ遅いんだ」

「式場が——」男の口から声が漏れる。甲高く、頼りない調子だった。

「式場がどうした？」

「式場が悪いんだ！」

「馬鹿野郎！」鳴沢が怒鳴り上げる。「他にいくらでも抗議の仕方があるだろうが。いいか、爆弾で一人でも怪我したら、俺はお前を殺すからな」

洒落《しゃれ》になっていない、と高城は身震いした。この男なら本当にやりかねない。鳴沢がまた体を揺さぶると、辛《かろ》うじて鼻にひっかかっていた眼鏡がアスファルトに落ちた。さらにぐいぐいと締め上げると、男が爪先立《つまさきだ》ちになる。このまま体が浮いてしまうのではないか、と高城ははらはらした。気絶してしまったら、爆弾のありかを聞き出せない。

「――倉庫」

「どの倉庫だ?」

「掃除用具入れ。通用口のところ……」

「急げ!」高城の号令で、機動隊員たちが一斉に走り出した。建物の裏と表、どちらからアプローチするか……中から行こうと決め、機動隊員たちの背中を追い始めた。振り向くと、鳴沢が男の首根っこを摑まえたまま、こちらに向かって来る。男は鳴沢の力に負けており、足の回転が間に合っていなかった。転びそうになると、鳴沢が力を入れて体勢を立て直してやる。

化け物かよ……高城は首を振って雑念を追い出し、爆弾に向かってひたすら走り続けた。

5

全館放送が流れ、高城はどきりとさせられた。急に頭上から声が降ってきたのだから当然である。だがここは、結婚式場。急に人を呼び出すこともあるだろうから、こういう設備も必要なのだろう、と思い直す。

『館内に残っている方は直ちに避難して下さい。繰り返します、危険ですので、館内にいる方は直ちに避難して下さい』

電気的に増幅されているので一瞬分からなかったが、愛美の声だと気づく。あまり切迫感はなく、あくまで「念のため」の警告だ。徹底して人払いをしたから、自分たち以外にはもう誰もいないはずである。

封鎖完了――こういう時、機動隊員はやはり役に立つ。

爆弾は、掃除用具入れのドアの前に無造作に置かれていた。素《そ》っ気無いアルミ製の菓子箱。爆発物の専門家がいないので、本当に爆弾かどうかは鑑定しようがないが、ここは男の言い分を信じるしかない。

機動隊員たちがあちこちからテーブルや椅子《いす》を運びこみ、瞬く間にバリケードを築き上げてしまった。爆弾は自分で火薬を混合し、さらに釘を大量に入れて作った物だという。時限式で、爆発まであと五分を切っている。素人《しろうと》製ながら、殺傷力があることは、先ほどの車の一件でも——自分が仕かけたものだと男は認めていた——明らかだった。自分で作ったものを止められないのかと鳴沢が男を絞り上げたが、男は顔面を蒼白《そうはく》にして「無理」と言うだけだった。インターネットなどで爆弾の作り方は簡単に分かったが、時限装置の解除の仕方までは調べていない、という言い分である。

だが取り敢えずこれで、被害は最小限に抑えられるだろう、と高城は自分を安心させようとした。バリケードがある程度は役に立つはずだし、式場にいた人たちは、爆発の被害が及ばないだろう駐車場の隅に避難している。通用口のドアの外も機動隊員が固めて、人が近づかないようにしている。高城たちは現場から遠ざかり、廊下を曲がった角で待機していた。機動隊員たちが前面に出て、シールドで壁を作っている。

「何とか大丈夫か……最善は尽くしたな」

富樫が腕時計を見ながらつぶやく。ちらりと顔を見ると、汗で額が光っていた。きちんと締めていたシルバーのネクタイも緩めている。

「あの火薬の量なら、少なくとも人的被害は出ないはずです」同調して、高城は富樫を安心させようとした。「最悪の事態は避けられますよ」

「迷惑かけたな。とんだ結婚式になった」

「武の方が大変でしょう。あいつが今日の主役だったんだから」

後ろを振り返る。鳴沢が依然として男を尋問していた。弱気な男の声が切れ切れに聞こえてくる。

「――だから式場の対応が――」「嫁も怒ってるし」「仕事がないんだから仕方ない」

高城は溜息《ためいき》をつきながら首を振った。この男は何を考えているのか……いくら頭にきたといっても、所詮《しょせん》は金銭的なトラブルではないか。何億円も損したわけではあるまいに。しかしそれも、こちらの勝手な思いこみに過ぎないか、と考え直す。「仕事がない」という一言に引っかかった。結婚してから失業したのか、失業しているのに結婚式を挙げたのか……どちらにしても、好ましい状況ではない。夫に仕事がない新婚家庭にとっては、一万円でも貴重だろう。急に同情を覚えながら、後でこの男を取り調べる人間が無理をしなければいいのだが、と思った。まさか鳴沢がやることになるのでは……いや、それはない。直接は所轄署が担当するだろう。怪我人が出ていない以上、本庁の捜査一課が乗り出すこともないはずだし、鳴沢は直接は関係のない所轄の刑事課にいる。

しかし、犯人も不運だった。徐々に事情が分かってきたのだが、男は混乱の中、敷地内に入りこんだらしい。そして四角い瘤《こぶ》のように建物から出っ張り、三方がガラス張りになった新郎新婦の控え室に隠れていた。爆弾が仕かけられた通用口との距離は二十メートルほど……ガラス張りの部屋で爆発を待つというのも信じがたい話だが、男は「爆発を見届ける義務がある」と奇妙な主張を繰り返した。どうやら、人を傷つける気はなかったらしい。狙いはあくまで式場に対する嫌がらせ。だから、確実に爆発するのを近くで見届けたいのだ、というのが男の言い分だった。そして、ガラス張りの部屋の中でうろうろしているところを鳴沢に見つかり、確保されて外へ引きずり出された。

理解不能だ。この男は自分で作った爆弾の威力を把握《はあく》しているのだろうか。想像していたよりも爆風が激しかったら、ガラス張りの部屋にいる自分も破片の雨を受ける、とは考えなかったのだろうか。

頭を振り、今度は男に対する同情心を押し出した。まともな取り調べができるといいのだが。他人には理解できない理屈を構築し、自分だけの世界に閉じこもってしまう人間は少なくない。

「避難完了です」声に振り向くと、愛美が息せき切って駆けこんで来たところだった。顔には疲労の色が濃く、化粧が少し崩れている。

「お疲れ。君も外へ出てくれ。ここは危ない」

「そうですね……あれが犯人ですか」愛美が高城の耳元に口を寄せ、囁き声で訊ねた。

「ああ」

「鳴沢さんが見つけたんですか」

「そういうこと」

「他に隠してないんですかね、爆弾」

「本人はそう言ってる」

　高城はちらりと鳴沢を見やった。男を壁際に押しつけ、厳しい視線を飛ばしている。少し執拗《しつよう》とも思える厳しさだった。一応の安全策は取ったのだから、後は静かにその時を待てばいいのに……頼むから、これ以上は話をややこしくしないでくれよ。犯人を見つけ出した目の確かさには感心していたが、高城は鳴沢に関する伝説の方を未《いま》だに心配していた。本当に、大事にならないといいのだが。

「とにかく退避してくれ。避難している人たちの面倒をみてやってくれよ」

「分かりました。高城さん、ここにいるんですか？」

「そのつもりだ」

「怪我しますよ」

「大丈夫だろう」俺の体を心配してくれるのかと、少しばかりほっこりした気分になったが、それは彼女の次の一言であっさり打ち砕かれた。

「鈍《にぶ》いんですから、何かあったら絶対に逃げ遅れますよ」

「いいからさっさと行け！」

小声で怒鳴りつけると、愛美がにやりと笑って踵《きびす》を返した。鳴沢の横を通り過ぎる時、一瞬足を止めて穏やかな笑みを浮かべ、会釈する。鳴沢の方は、鋭い目つきを保ったまま目礼しただけだったが……おいおい、明神、その愛想の良さは何なんだ。高城はかすかに不快感を覚えた。

愛美がふいに立ち止まる。何だ？　高城の耳に、突然悲鳴が飛びこんできた。

「……いないの！」

何事だ？　異変に気づいた機動隊員たちが一斉に振り返る。ロビーに一人の女性が駆けこんで来て、誰かの姿を捜していた。三十代半《なか》ばだろうか、すらりと背が高い体をベージュのツーピースに包み、胸元には淡い紫色のコサージュ。非常に上品な感じだったが、顔を見た瞬間にその印象は吹き飛んだ。髪を振り乱し、あふれ出す涙が化粧を崩している。明らかに高城たちが予想していなかった事態が起きているのだ。これは……高城は瞬時に事情を悟り、彼女の許《もと》に駆け寄った。愛美が彼女の腕をそっと押さえ、落ち着かせようとする。

「どうしました？」

「娘が……」涙に震える声で訴えた。「娘がいないんです！」

悪い予感が当たってしまった。今日、「高城の勘」が発動したのはこの時だけである。なにも、こんな時に当たらなくても……叫び声に、機動隊員たちが素早く反応した。シールドを塀のように並べてその陰に隠れていたのだが、一斉に立ち上がったので、シールド同士がぶつかって物騒な音を立てる。それが、娘を見つけられない母親の不安を一層かきたてたようだった。

「動くな！」高城は大声を上げた。「そのままで」

母親の涙は、今や顔の下半分を濡《ぬ》らしていた。

「外に出ていて下さい。我々が捜します」まさか、こんな場所で人捜しをする羽目になるとは……失踪課本来の仕事と言えないこともないが。「明神、行くぞ」

「時間が……」

愛美が手首をひっくり返して腕時計を見た。高城もそれに倣《なら》う。クソ、残り一分か。六十秒で何ができるというのだ。

「待て！」鳴沢が突然大声を上げた。「静かにしてくれ！」

迫力のある声に、その場が静まり返る。高城も思わず黙りこみ、鳴沢の動きを目で追った。鳴沢は機動隊員たちの間をすり抜け、廊下の角を曲がってバリケードの方に近づいた。

「おい、何やってるんだ！」富樫が怒鳴りつける。

「静かにして下さい！」

有無を言わさぬ鳴沢の口調に、再び沈黙がその場を支配する。泣き声……風に乗るように、遠くから聞こえてくる。

「友美《ともみ》！」母親が叫び、機動隊員たちの壁に突っこもうとした。途中で富樫に制止されると、泣き叫びながら腕を伸ばし、姿の見えない我が子を摑まえようとする。

「娘さんですか」冷静さを保った声で愛美が訊ねる。

「間違いないです。いつの間にか姿が見えなくなって……」

クソ、もっと早く言ってくれれば。しかし今となってはどうしようもない。

「中だ！」

叫んだ鳴沢の声に駆け出す足音が重なる。「待て！」と叫びながら、高城は廊下の角から飛び出した。鳴沢はバリケードに到達し、崩しにかかっていた。まさか、掃除用具入れの中に子どもが？ 高城は頭から血の気が引くのを感じた。子どものことだから、悪戯っ気を出して狭いところに入りこむのは分かる。そして細い泣き声は、間違いなく掃除用具入れの中から聞こえてきた。

バリケードを崩すのを諦《あきら》めた鳴沢が、テーブルを強引に乗り越える。そのまま躊躇《ためら》いもせず、掃除用具入れのドアに手をかけた。開かない？　中から鍵をかけてしまったのか？　高城は思わず走り出した。一人じゃ無理だ。ここは手助けを――。

「来るな！」鳴沢の一言で足が止まる。ドアを思い切り蹴りつけながらも、鳴沢はこちらに視線を向け「下がって！」と叫んだ。

何なんだ、こいつは。高城は違和感を感じながら、後ずさりした。足元には爆弾。薄い金属性のドア一つ隔てた向こうには、取り残された子ども――極限状態である。パニックになってもおかしくない状況で、鳴沢はひどく澄んだ目をしていた。何かを諦めたような……あるいは残り時間がゼロになるまで何一つ諦めず、現状を自力で変えようと決意したような目つき。

鳴沢がドアに何度か体当たりし、さらに肩を押し当てて体重をかけた。全身の筋肉が盛り上がり、背中が小刻みに震える。何かが割れる音と同時に、ドアが開いた。鳴沢が体を突っこみ、泣きじゃくる女の子を抱え上げる。クソ、あと何秒だ――自分の腕時計に秒針がついていないのを呪いながら、高城はその場を動けなくなった。バリケードを乗り越えてこちらには……無理。一瞬躊躇った後、鳴沢は戻るのではなく、通用口を脱出口に選んだ。肩からドアにぶつかり、ぱっと開いた空間に向かって身を躍らせる。呆《あっ》気に取られた機動隊員たちの顔が見えた。通用口のドアがゆっくりと閉まる。顔を撫でる熱い風に、高城はようやく我を取り戻した。

「退避！」と叫びながら大慌てで駆け出す。「友美！」と叫ぶ母親の悲鳴が耳に突き刺さるのを感じながら、高城は廊下の角で思い切り横に飛んだ。直後、激しい爆発音が響き、建物の壁を揺らす。床に転がると同時にその衝撃を受けた高城は、通用口のドアがきちんと閉まってくれたのを祈るだけだった。

「友美！」

「ママ……」泣きじゃくる友美の声がくぐもった。きつく抱きしめられ、息もできなくなっている様子である。

高城はまだ落ち着かない息を整えながら、建物の裏手で鳴沢と向き合っていた。ワイシャツはぼろぼろになり、頬には赤い傷ができていたが、いずれも爆発によるものではないようだった。

「無茶するな」

忠告を飛ばしたが、鳴沢は軽く肩をすくめるだけだった。まったく動揺していないように見える。呼吸も乱れていない。

「自殺しにいったようなものじゃないか」

「死んでませんよ」

「そういうことじゃない。死ぬ……怪我したら、悲しむ人もいるだろうが」

「そうかもしれませんけど、子どもが怪我するよりはましです」

鳴沢が、母親に抱きしめられた友美に視線を投げた。つられて高城も、安堵感に包まれた母子を見やる。急に力が抜け、腹の底に暖かいものが流れ出すのを感じた。

「自分の命を犠牲にしても、か」

「死ぬつもりで行ったわけじゃないですから」

何という自信だ……だがこの男の言葉は真実を衝《つ》いている、とも思った。刑事はすぐに事なかれ主義に陥《おちい》る。今だって、掃除用具入れの扉の強度を信じて、爆発の直後に救出に向かう手もあったはずだ。仮に子どもが怪我をしても——死んでも、その判断が非難されることはないだろう。少なくとも警察内部では。だが……扉は飴細工《あめざいく》のようにねじれ、狭い掃除用具入れの中は爆風で滅茶苦茶になっていた。鳴沢が無理したので最悪の結果にならなかったのだ、と認めざるを得ない。

こいつは馬鹿かもしれないが、まともな馬鹿だ。高城は頬が緩むのを感じた。

「よし、これから呑み直そう。奢《おご》ってやる」

「酒は呑まないんです。忘れたんですか？　それに、これで一日が終わったわけじゃない。事件は待ってくれませんからね。いつでも素面《しらふ》でいないと」肩をすくめ、鳴沢が踵を返した。去り行く大きな背中を眺めながら、高城は思わず苦笑していた。刑事としては優秀なのだろう。だが、あんな「二十四時間刑事」を標榜《ひょうぼう》する男は、絶対に友人にはしたくない。

「やりますね」いつの間にか横に立っていた愛美が、心底感じ入ったように言った。「男、ですね」

「ああいうのがタイプなのか？」

高城は、肝臓付近に食いこんだ愛美の拳《こぶし》に、思わず顔を歪《ゆが》めた。

分岐

1

「どういうことですか」

今敬一郎《こんけいいちろう》は拳《こぶし》を握りしめ、目の前の男に詰《つ》め寄《よ》った。声は抑えたつもりだが男は怯《おび》え、肩を震わせて後ずさる。すぐに、背中が壁にぶつかってしまった。

「いや、朝起きたら、もういなくなっていて……」

「同じ部屋なのに気づかなかったんですか」

今は、狭い部屋の中を素早《すばや》く見渡した。水野《みずの》の痕跡は、一つ残らず消えてしまったようだった。ほとんどアパートといった作りのこの寮は、各部屋が八畳一間。人が少ない時は一人で使えるが、今はたまたま入居者が多く、ここも相部屋になっている。それなのに、夜中に同居者が逃げ出して気づかないとは……。

「福井《ふくい》さん、まさか変な薬はやっていないでしょうね」

「冗談じゃない」福井が思い切り首を振ると、いい加減に伸びた半白《はんぱく》の髪がゆらりと揺れた。「もう切れてますって」

五十五歳になる福井は、覚醒剤使用で何度目かの実刑判決を受け、三日前に出所してきたばかりである。故郷の静岡《しずおか》で何とか再起の道を探ろうと、この施設に入居してきた。

この施設――刑務所を出所した人たちが仕事を見つけるまで一時的に身を寄せる寮で、今《こん》と万年寺《まんねんじ》の住職である父親が運営している。長く服役してきた人は、久しぶりの娑婆《しゃば》の空気に触れ、時には今たちの説教を受けながら、慣れてくると就職活動を始める。

「参りましたね」今は、坊主にした頭をがりがりと掻《か》いた。これまで、施設から逃げ出した人は一人もいない。それを密《ひそ》かに誇りに思っていたのだが……。

「本当に、何も知らないんで」

福井が逃げ腰になった。今は溜息《ためいき》をつき、「何か残ってないんですか」と訊《たず》ねた。水野の私物――出所してここに来た時に携えていたボストンバッグ一つ――がないのは明らかだったが。

「ないですけど、実は昨夜《ゆうべ》――」

「何ですか」

今は福井に詰め寄り、両肩をがっちりと摑《つか》んだ。福井の顔に恐怖が浮かび、脂汗《あぶらあせ》が一筋、額を流れる。

「あいつ、言ってたんですよ。東京へ行って、仕返ししてやるって」

今度は、今の額から汗が流れる番だった。

現在も水野が抱える憎悪を今が知ったのは、二日ほど前だった。朝の日課、寮の周りの清掃をしている水野と立ち話をした時である。今考えれば、あの時にもう少し突っこんで聞いておけばよかったと思う。もしもまだ自分が刑事だったら、必ずそうしていただろう。だが、仏に仕える身となった今は、厳しい突っこみは自然に避けるようになっている。穏やかに聞いて答えが返ってこない時は、それも定《さだ》めだと諦《あきら》める。

『納得してるわけじゃない』

『俺はこんな風にならずに済んだはずだ』

『どれだけたくさんの物を失ったか……』

次々と打ち明けられる恨み節に、今は深くうなずきながら耳を傾《かたむ》けた。不満をぶちまけることで、水野の気持ちが少しは晴れるのではないか、と思ったから。

何も言わなかったのが失敗だった。あの時水野は、助けを求めていたのかもしれない。

「恨みは何も生まない」と言っておけば……。

水野は逮捕される前は、大手自動車販売会社の多摩《たま》中央営業所で働いていた。成績は多摩地区に四つある営業所の中でも、トップクラス。売り上げに応じて支給される手当でたっぷり稼いでおり、三十代前半で既《すで》に係長の肩書きを得ていた。

だがその出世の早さ――販売成績のよさには裏があった。

事件のきっかけは、水野が契約者に独断でリベートを渡していたことだった。それに気づいた同僚が水野を内部告発し、切れた水野が、酒の席で殴《なぐ》って殺してしまったのである。拳で一発、それだけなら何ということもなかったかもしれないが、運悪く、殴られた男は倒れて頭を柱に強打した。二日後、意識が戻らぬまま、死亡。水野は傷害致死で懲役七年の実刑判決を受けた――セールスで不正を働いていたことも、裁判官の心証を悪くしたようだ。

実際は五年で出所し、この施設に身を寄せて新しい仕事を探すことになった。かつて車の仕事にかかわっていた経験から、今《こん》が懇意にしている自動車修理工場で、働きながら修理技術を学ぶ方向で話がまとまっていたのだが……正式に面接に行こうという矢先、水野は姿を消してしまった。

出所者を一時預かり、社会復帰のための架《か》け橋《はし》になる――そんな理想で始めた施設の運営は、最初考えていたよりもずっと大変だった。何人もの、それぞれ事情が違う出所者の身柄を預かり、健康に留意しながら相談に乗り、就職先を斡旋《あっせん》する。中にはなかなか仕事が見つからないまま、半年以上も居着いてしまう人もいる。自分のやっていることが世間の役に立っているという実感こそあったものの、寺の仕事と同時並行でとなると、それこそ目の回るような忙しさだった。

だがそれは、言い訳に過ぎない。自分がもう少し気を遣ってさえいれば、こんなことにはならなかったはずだ。

今は、自分が想像力豊かな人間だとは思っていない。それでも、恨みを抱き続ける相手に対して、水野が闇討《やみう》ちのように殴りかかる様は、容易に想像できた。社会復帰のために身柄を預かったのに、これではまったく無意味ではないか。相手の身になって相談に乗らなかったのが、返す返すも悔やまれる。

やるべきことは一つだけ。水野を見つけ出し、「馬鹿《ばか》なことは考えないように」と諭《さと》して連れ戻す。あるいは狙《ねら》われそうな人に会って、事前に「気をつけろ」と忠告する。

しかし、どうやって水野を捜す？　刑事をしていた頃なら、バッジ一つでどこまでも分け入り、捜していただろう。だが今の自分は、単なる寺の副住職である。支援施設を運営しているという立場があるにしても、公的な立場とは言えない。そして何より、人を捜す能力は衰《おとろ》えているはずだ。刑事としての経験は貴重なものだったが、離れてしまえば腕は簡単に錆《さ》びつく。

となると、東京で——水野に縁のある多摩地区で頼りになる相手は、一人しかいない。

2

「小野寺《おのでら》に頼めばいいんじゃないかな」

鳴沢了《なるさわりょう》はまず、やんわりと拒絶の言葉を浴びせた。小野寺冴《さえ》はかつての今《こん》たちの同僚であり、現在は私立探偵を生業としている。しかし今にとってはどうにも気の合わない相手であり、頭を下げる気にはなれなかった。それに、金を出して捜してもらうのも、どこか筋が違う感じがしている。もちろん、鳴沢に協力を求めるのも、身勝手な話なのだが……。

「そこをどうか一つ、お願いできませんか」今は頭を下げた。同い年なのだが、初めて会った時から、この男には敬語を使っている。

「小野寺に任せた方がいいと思う」鳴沢は渋い表情を作り、ソファの上で脚を組んだ。

八王子《はちおうじ》市と多摩市の境にあるこの家は、鳴沢が知り合いの大学教授から借りているものである。その教授は結局、海外の大学で職を得て、今のところ日本へ帰って来る様子もないようだ。かつてこの家は、鳴沢が巻きこまれた事件でぼろぼろになってしまったのだが、その後も彼は気にする様子もなく、修理して住み続けている。並の人間だったら、すぐに引き払う決心をするであろうほどひどい事件だったのだが。

「小野寺とは上手《うま》くいってないの、ご存じでしょう」

「そういうことを言ってる場合じゃない。彼女は、人捜しに関してはプロだ。それが嫌なら、失踪課にでも頼めばいい」

「失踪した現場は、静岡なんですよ。警視庁の失踪課に頼むのは筋違いだし、捜索願を受理してもらえるかどうかも分からないでしょう」

一瞬沈黙した後、鳴沢が「そうだな」と認めた。今は一つ溜息をつき、太った体を揺らして打ち明けた。

「いなくなった人は相当深刻な様子で、復讐《ふくしゅう》を考えているようなんです。未然に防ぐのは、刑事の大事な仕事じゃないんですか？」

「復讐？」鳴沢が敏感に反応し、組んでいた脚を解《と》いた。体をぐっと前に乗り出し、「どういうことだ」と低い声で訊ねる。

今は事情を話した。説明が先に進む度に、鳴沢の目が真剣味を増すのが分かる。こんなことなら、先にこの件を打ち明けておけばよかった。事件となれば、鳴沢は間違いなく本気になる。なり過ぎる。

「分かった」いきなり立ち上がり、リビングルームの片隅のドアを開ける。上着を着て戻って来ると、まだ座ったままの今を不思議そうに見下ろした。

「どうした」

「鳴沢さんこそ、どうしたんですか」

「行くんじゃないのか？　早く動いた方がいいだろう」

敵《かな》わないな。一度エンジンがかかってしまったこの男に、遅れずについていくのは容易ではない。悟られないようにうつむいて苦笑しながら、今は立ち上がった。鳴沢は早くも玄関に向かって歩き出している。

3

鳴沢が、どこか不満そうに車の助手席で体を動かした。尻の位置が定まらないらしい。

「座りにくいですか？」

「あのパジェロは？」

今《こん》は、ぼろぼろになったパジェロを警視庁時代からずっと乗り続けていた。自分の体格——体重二百六十ポンド——で楽に運転できる車となると、それなりの車体が必要になる。しかしさすがに長年の酷使《こくし》に悲鳴を上げ、昨年、引退を余儀なくされた。その後、五年落ちのランドクルーザーに乗り換えている。

「限界に達しました。よく頑張ってくれたんですけどね」

「こいつの方が狭くないか？」

「サイズ的にはほとんど変わらないですよ」

「そうか」

どこか不満そうに言って、鳴沢が振り返る。後部座席は、雑多な物で埋《う》もれていた。毛布、趣味の釣り道具、カメラ。後ろに人を乗せる時は、片づけで大わらわになる。

「最初はどこへ？」

「まず、彼が恨みを持ちそうな人のところですね」

「当時の同僚」

「ええ」

暗い多摩の道を走りながら、今は答えた。多摩ニュータウンのほぼ中心地であるこの辺《あた》りは、日が暮れると途端に人も車も少なくなり、生活の臭《にお》いが感じられなくなる。

「殺された人間は別にして」鳴沢が指摘する。

「水野さんを内部告発した人間は、もう一人います」今は、水野の身柄を預かる時に、弁護士を通じて事件の概要を把握《はあく》していた。

「その人は？　まだ会社にいる？」

「いや、辞めたようです。あんな事件が起きたから、いづらくなったんでしょうね。やったことは真っ当なんですけど、人が見る目はまた違うでしょう」

「内部告発者は、未《いま》だに裏切り者扱いだからな」頰杖《ほおづえ》をついたまま、鳴沢がぽつりと言った。「水野は結婚してたんだろう？　奥さんは？」

「それが分からないんです。離婚したらしいんですけど、水野さんに聞いてもはっきりしたことを言わなくて。嫌な記憶なんでしょうね。無理に聞き出すことはできません」

「刑事なら突っこんでる」

「私はもう、刑事じゃありませんよ」

少しむっとして、今《こん》は言い返した。鳴沢が、まったく意に介さない様子で訊ねる。

「もう一人の内部告発者は、会社を辞めた後、何をやってる？」

「実家に戻って商売を手伝っているらしいですね。ただ、その住所が分からない」

「了解。名前は？」

教えると、鳴沢が携帯電話を取り出した。誰かに電話をかけ、低い声で訪問すべき相手の名前を告げる。しばらく電話を耳に押し当てて待っていたが、ほどなく相手が戻ってきたようで、住所を復唱した。

「どの辺ですか？」鳴沢が電話を終えると、今は確認した。

「京王《けいおう》線の聖蹟桜《せいせきさくら》ヶ丘《がおか》駅の近くだな。だいたいの場所は分かる」

「そうですか……誰に確認したんですか？」

「ネタ元ぐらい、いるよ……取り敢えず、この道を真っ直ぐ行ってくれないか」

鳴沢の指示に従い、ランドクルーザーを走らせる。京王線とほぼ並行して走る道路に車は少なかったが、慎重に法定速度を守った。バッジがない以上、スピード違反で停められたらどうしようもないし、隣に座る鳴沢に迷惑をかけるつもりもなかった。

それにしても……ぴりぴりした気配がはっきりと伝わってくる。この男は昔からこうだ。事件に没頭すると、一直線に解決に向かって走ることしか考えられなくなってしまう。あまりにも周囲を見ないから様々な軋轢《あつれき》を生むわけだが、腕は確かだ。そのやり方が、時に捜査の常道を踏み外すことはあっても、結果は出している。それ故、警視庁も放り出せないのだろう。それに刑事以外の仕事をやっている鳴沢の姿は、想像もできなかった。

「この辺りだな……そこの修理工場じゃないか？」

鳴沢の言葉に従い、車を停める。修理工場——車つながりか。水野も本当なら、今頃は面接を受けて就職が決まっていたかもしれないのに。

「どうした？」ドアに手をかけた鳴沢が訊ねる。

「いや、反省してるんですよ。どうも今回は、私のやり方がまずかったようです」

「反省してる暇《ひま》があるなら、今できることをやった方がいい」

格言めいた言葉を残し、鳴沢が車の外に出た。開いたドアから、晩秋の冷たい風が忍びこんでくる。午後、静岡を出て既に夜。鳴沢はいつまでつき合ってくれるだろう、と心配になった。今日、明日が珍しく連休なのは分かっているが、この二日間で水野を見つけ出せなかったら、その後は自分でやるしかない。

思いも寄らぬほど、鳴沢という男に依存しているのに気づき、今《こん》は苦笑した。

かつての水野の同僚、本庄《ほんじょう》は在宅していた。既に今日の仕事は終え、夕飯を取っていたらしい。今は食事を邪魔したことを詫《わ》びながら、本庄を家から引っ張り出した。現在の彼の家庭状況は分かっていないから、まずは家族に聞かせず、彼一人に教えるべきだと思った。

本庄は四十歳ぐらいの小柄な男で、不安そうな様子を隠そうともしなかった。それはそうだろう、と今は自嘲《じちょう》的に考える。自分は縦横のサイズがほぼ同じ巨漢。鳴沢も百八十センチの長身にがっしりした体格で、目つきが鋭い。二人とも、闇夜でいきなり出くわしたくないタイプなのだ。

本庄が煙草《たばこ》に火を点《つ》け、今の顔を見た——実際には顔は見ておらず、肩の辺りに視線を固定している。

「何なんですか？　この——」今が渡した名刺に視線を落とす。「凪《なぎ》の会って」

「NPO団体です」この説明がややこしいのだと思いながら、今は話し始めた。「刑務所からの出所者の社会復帰を支援しています」

「刑務所って……」本庄の顔が蒼《あお》くなる。「刑務所」と聞いただけで、事情を察したようだ。「もしかしたら、水野のことですか」

「そうです。彼が出所しました」

「ああ——」口をへの字に曲げ、天を仰ぐ。煙草の煙が立ち上り、彼の顔の横で漂った。

「あいつ、まさか、復讐なんか……」

「その可能性があるんです。最近、水野さんから連絡はありましたか」

「まさか」本庄が思い切り首を振る。「今の今まですっかり忘れてましたよ」

「だけど、すぐに思い出した。当然、記憶に残っているんですよね」鳴沢が話を引き取り、鋭く突っこむ。本庄の反論を塞《ふさ》いでしまうような決めつけ方だった。

「いや、それは……」本庄が口籠《くちごも》り、油が染みついた指先に視線を落とした。ほどなく意を決したように顔を上げ、「あんなことがあったんだから、当然でしょう」と言い切る。

「あなたは、自分のやったことが正しかったと思っているんですね」

「それは――」大声を上げかけ、本庄が口を閉ざす。鳴沢の質問の真意を測りかねている様子だった。

「私も、あなたは正しかったと思う」

鳴沢が言うと、ほっとしたように、本庄の肩が数センチ落ちた。長い吐息《といき》を吐《つ》くと、困惑気味の笑みを浮かべる。

「別に、正義感でも何でもないですよ」自嘲気味に説明した。「要するに俺たちは、あいつが羨《うらや》ましかったんだと思う。もちろん、車の販売にはいろいろな裏があるのはご存じでしょう？　値引きや付属品をつけるのだって、一種のリベートです。セールスマンレベルで決められるのと、上の決裁を仰がなければならないレベルと、いろいろなんですが……あいつはそういうルールを無視して、現金をキックバックのように渡す方法を取っていた。不思議なもので、十万円値引きすると言うよりも、同じ額だけ現金を渡すという話に引かれるお客さんは多いんですよ」

「気持ちの問題でしょうね」鳴沢が相槌《あいづち》を打つ。

「そうなんです。目の前の封筒に十万円入っていれば、誰だって気持ちが動きますよね。

だけど問題なのは、あいつの場合、他《ほか》のお客さんの契約書を改竄《かいざん》して金を浮かして、リベート用の現金を作っていたことなんです。これは、我々セールスマンのルールからは大きく外れたやり方なんですよ。というより、明らかに背任ですよね。それで成績を上げているあいつが許せなくて」一瞬言葉を切る。「ま、こっちにも嫉妬《しっと》はあったんですけど」

「ルールを守るのは、何より大事なことです」

鳴沢が真顔で言った。今《こん》は一瞬、複雑な気持ちになる。果たして鳴沢は、「ルール」に関して明確な定義を持っているのだろうか。法律のルール、社会のルール。この男はルールの遵守《じゅんしゅ》を何よりも大事にするのだが、逆にしばしば警察という組織のルールを破っている。一緒に動く度に、彼の最優先事項が何なのか、混乱させられたものだ。一つのルールを守るために、別のルールをねじ曲げて利用する——鳴沢は、矛盾した性格を内包《ないほう》した人間なのである。

「あなたたちが告発したために、水野は追いこまれて犯行に走ったんですね」鳴沢がなおも追及する。

「冗談じゃないですよ」本庄が身震《みぶる》いした。ネルのシャツに薄手のカーディガンという格好では、十一月の夜風は身に染みるだろう。もちろん、恐怖のせいもあるはずだ。

「あいつは切れやすい男なんだ。だけどまさか、いきなりあんな風に殴りつけてくるなんて……」

その先に起きた不幸な事故。一緒に告発した仲間が目の前で重傷を負った光景は、本庄に深刻なトラウマを与えたはずだ。ましてや死ぬことになるなど……今は心の中で、亡くなった社員に手を合わせた。

「切れやすい――気が短い人だからといって、気持ちの切り替えが早いとは限りません。今でもあなたに恨みを持っている可能性があるんです」

今が説明すると、本庄の喉仏《のどぼとけ》が大きく上下した。目は大きく見開かれ、唇が震え出す。

「ですから、とにかく気をつけて下さい。夜は戸締まりをしっかりして……もしも姿を見かけたら、すぐに連絡して下さい」今は周囲の光景を見回した。修理工場の右隣はコンビニエンスストア、左はアパート。道路を挟んだ向かいには新聞販売店がある。駅から近いので、人通りもそれなりに多いはずだ。水野も、昼間は近づけないのではないだろうか。客の振りをして自然に工場に入って行くことはできるだろうが、そこで暴れるとは考えにくい。何かやるとしたら夜だ。

「あの、警察は何もしてくれないんですか」本庄の目が、今と鳴沢の顔を往復した。

「ここを常時警備するのは不可能です。水野さんの行方《ゆくえ》を捜して、変なことをしないように説得するつもりではいますが」申し訳ないと思いながら今は言った。

「そうですか……」本庄の目が、絶望で暗くなった。機動隊でも張りつけて、守ってもらえると思ったのかもしれない。だが、今たちにできるのは、一刻も早く水野を捜し出すことだけだ。

「当時、水野さんが恨みを持っていた人を教えてもらえませんか」今は話を切り替えた。

「そういう人のところに顔を出しているかもしれない」

「ええ……」本庄は気もそぞろだった。こうしている間にも、水野に狙撃される、とでも怯えているのかもしれない。

「分かりますか？　彼が立ち寄りそうな場所ですよ」

ようやく事情が呑《の》みこめたのか、本庄が弾《はじ》かれたように玄関に向かって走り出す。二人はその後を追った。ふと鳴沢の顔を見ると、ひどく険しい表情を浮かべている。完全に、事件を追う刑事の顔になっていた。

4

二人は続いて、本庄に教えてもらった水野のかつての上司、内倉《うちくら》の家へ向かった。自宅は国立《くにたち》。本庄の家からは、車で三十分もかからない距離だ。鳴沢は終始無言で、頬杖をついたまま、夜の街を眺めている。

「利害衝突になるかもしれない」

「そうですね」彼の言葉を瞬時に理解し、今は相槌を打った。

「君《きみ》の目的は、無事に水野を連れ戻すことだ」

「ええ」

「俺は違うかもしれない……状況によっては」

「何も起きなければいいんでしょう」

「それまでに、こっちが追いつけるかどうかだな」

「仮に何か起きたら……」

「そこは譲れない」硬い声で鳴沢が宣言した。「水野が何か起こせば、俺は逮捕せざるを得ない。だけど君は、見逃そうとしている」

「私はもう、刑事じゃないですからね」今はハンドルをきつく握り締めた。暖房のせいもあり、掌《てのひら》に汗をかいているのを意識する。「水野さんを上手く導くのが仕事です」

「再犯率の高さ、知ってるよな」

「そういうことがないように、お手伝いしているわけですが」鳴沢の冷たい言葉が、胸に突き刺さってくる。彼の指摘は、今も十分承知していた。服役した人が、出所した後にもう一度犯罪を犯す確率は高い。一度闇の世界に落ちた者が、本当に立ち直るのは難しいのだ。だがその難しさは、周囲の無理解にも原因がある。

人は――特に一度罪を犯した人は、働かなくてはいけないのだ。額に汗し、あるいは脳みそを絞って必死に働く。そうすることで社会に認められるし、仕事に追いまくられる結果、犯罪からは自然に遠ざかっていく。ただし、出所者に対する世間の目は冷たく、それがために仕事に就けないことも多い。その結果困窮し、再び罪を犯してしまうのが、再犯のパターンだ。何よりも大事な仕事を与えるために、今《こん》は動いている。それは警察官として培《つちか》われた正義感のためというより、生まれた時から体に染みついた仏教の教えによるものではないかと思う。考えてみれば警察官になったのも、世俗から遠く離れた寺という世界にいては見えないものを経験するためだった。

だが、横に座る男は今でも刑事である。自分が、生まれた時から仏に仕えるよう運命づけられていたのと同じように、刑事になるしかなかった男なのだ――いや、この男は刑事になったのではない。刑事として生まれ、刑事として死んでいく。他の人生、他のやり方など、到底考えられないだろう。

「とにかく、何も起こらないうちに見つければいいんですから」自分に言い聞かせるように、今は小声で言った。

「俺は、自分の力を信じていない」鳴沢が、今にすれば意外な言葉を口にした。「だから、絶対に見つけられるなんて、口が裂けても言えない。何かあるかもしれない——覚悟はしている」

常識的に考えれば、鳴沢のルールが正しいのだ。法を犯した人間がいれば、然るべき容疑で逮捕する。だが今《こん》としては、必ずしも法律だけに従うつもりはなかった。自分の目的は水野を社会復帰させること。そのためには、目の前で起きた犯罪に目をつぶるかもしれない。

「凪の会は上手くいってるのか？」鳴沢が突然口を開いた。

「お蔭《かげ》さまで」ハンドルを握り締めたまま、今は答えた。この男に、いきなり状況に関係ない質問をされるのにも慣れている。

「そういう仕事、空しくないか？」

「いえ」ここは慎重に答えないと。鳴沢が以前、「ワルはどこまでいってもワル」と言っていたのを思い出す。もう何年も前のことだが、彼の心根《こころね》は変わっていないだろう。ワルがどこまでもワルならば、刑事はどこまでいっても刑事なのだ。

「俺には無理だと思う」

「私は信じてます」

「甘いよ」

「そうでしょうか」今はハンドルを握る手に力を入れた。この件を話し合えば正面からぶつかるのは分かっていたが、言わずにはいられない。「警察を出て初めて、分かることもあります。人は絶対に立ち直れるし、立ち直るために力を貸すのは大事なことなんです」

「そんなお題目を信じていて、空しくないか」

「警察を出れば、ただのお題目じゃないと分かりますよ」

「そうか……俺は刑事だから」

「私は坊主《ぼうず》です」今は声を硬くした。「人を信じなければ、存在価値がなくなるんです」

「俺の存在価値は、人を疑うことだ」

今は言葉を失った。二人は今《いま》や、対極の立場にあると言っていい。この男に頼んで正解だったのかどうか……今は暗い気分に陥《おちい》った。

「処分することは決まっていたんです」内倉が打ち明けた。かつての営業所長で、水野の直属の上司。二年前に定年となり、今は関連会社で週三日だけ働いているという。自宅では話したくないというので、三人は連れ立って、近くの公園まで歩いて来た。道路全体がアーチ状に覆われる桜並木で有名な大学通りのすぐ近くで、花見の季節には賑《にぎ》わうだろう。今は閑散として、犬を遊ばせている老人が一人いるだけだった。彼の耳に届かないよう、三人とも小声で話している。

「具体的には？」今は訊ねた。

「解雇、です」どこか苦しそうに内倉が言った。「水野のやり方は、会社に直接不利益をもたらすものではなかったですが、明らかに犯罪ですからね。お分かりかと思いますが、契約書を改竄して、金を捻出《ねんしゅつ》していたんですよ。それは立派に、文書偽造、背任になりますからね」

「分かります」今は相槌を打った。「浮かした金を契約のために利用していたということについては、どうなんですか？」

「駄目《だめ》ですよ。論外だ」内倉が力なく首を振った。「あんなやり方はインチキだ。許されるわけがない。あいつは三年間、私の下にいたんだけど、気づかなかったのは私の失敗でした。もしかしたら、前の営業所時代からずっと、同じような手口を使っていたのかもしれない。あの後、社内でもずいぶん問題になって、調査が行われました……はっきりした証拠は出なかったんですけどね」

「具体的には、どんな具合に話が進んでいたんですか?」

「本庄たちから報告があって……あいつら、探偵みたいな真似をしていたんですよ。水野が契約したお客様を訪ねて、契約書の額と、実際に支払った額の差を聞き出していたんだから。勝手にそういうことをするのも、あまり褒《ほ》められたものじゃないですけどね。お客様との信頼関係を損ねることになる」

「分かります。その報告を受けて、解雇を決めたんですね」

「ええ。お客様の証言も取れていたし、仕方ないことです。どんな手を使っても売ればいいってことではないですから」

「その処分について、本人はどこまで知っていたんですか?」

「まだ、直接知らせてはいませんでした。ただ、ああいう話はどこかから漏《も》れるんですよね」内倉が溜息をついた。「どういう事情であいつが知ったのかは分かりませんけど、本庄たちがそれとなくほのめかしたのかもしれない。相当恨んでいましたから」

「それで、酒の席で水野さんが爆発したんですね?」

「ええ。あれは、成績優秀者の表彰パーティーの席上だったんですけど……」思い出すのも辛《つら》そうに、内倉が顔を歪《ゆが》める。

「まだ乾杯したばかりで、酒も回ってない頃ですよ。いきなり水野が激昂《げっこう》して、本庄たちに突っかかっていったんです。急だったので、誰も止められなくて。亡くなった助川《すけがわ》も、何が起きたのか、分かってなかったんじゃないかな。立食パーティーだったから、立っている所をいきなり殴られて倒れて、後頭部をぶつけて……それからずっと、亡くなるまで意識が戻らなかった」

「残念です」

「ええ……」

短い沈黙を破ったのは鳴沢だった。

「その時点で水野の処分を知っていたのは、何人いますか？」

「正式には、私と助川、本庄の三人。それと、本社の担当部長です。役員レベルには、まだ話は伝わっていなかったと思う。噂《うわさ》としては、営業所内の人間はかなり知っていたはずですけど」

「水野が恨みを抱きそうな人間は、あなたを含めて三人と考えていいですか？」

内倉の頬がひくひくと痙攣《けいれん》した。切れた男が、数年前に目の前で部下を殴り倒すシーンを見ているのだ。その場面がありありと浮かび上がったのだろう。

「それは——」内倉が言葉を濁《にご》した。

「何か？」鳴沢が鋭く突っこむ。「まだいるんですか？」

「もしかしたら、逆恨みもあるかもしれません」

「誰に対して？」

「営業所で一番仲がよかった男がいるんです。逮捕された後、水野が恨み言を言っていた、とも聞きました。どうして助けてくれなかったのかって」

それはあまりにも虫のいい話だ。しかし鳴沢は、余計な感想を一言も言わず、水野の親友だったという男の名前と住所を確かめた。

5

既に午後十一時。人を訪ねるには遅い時間だ。刑事時代だったら今《こん》も躊躇《ためら》わなかっただろうが、そういう図々しさはもうなくなっている。相手に危険を知らせるためなのだと自分に言い聞かせても、自宅で過ごす安楽な時間を邪魔するのは申し訳なかった。

鳴沢はそんなことを気にする様子もない。平然と、マンションの一室のインタフォンを鳴らした。妻らしい女性が、不安そうな声で応対したが、古澤《ふるさわ》は不在だった。今日は飲み会で遅くなるという。それで今《こん》は少しだけほっとして、マンションの外での待機を提案した。

「ここで待とう」鳴沢は即座に拒絶した。先ほど緊張感に満ちた会話──今にすればほとんど口論だった──を交わしたのが嘘のように、口調に変化はない。気にしている自分の方が、悟りには程遠いな、と今は皮肉に考えた。

「まずいですよ。ドアの前なんかで待ってて、人に見られたら、何を言われるか分かりませんよ。鳴沢さんも今日は、バッジを持っていないでしょう」

「それは何とでもなる。相手の顔が分からないんだから、外で待っていたら見逃すかもしれない」言って、腕時計をちらりと見る。ひどく古い時計で、ベルトだけが新しかった。「とにかく、もうすぐ帰って来るはずだ」

「どうして分かるんですか？　まさか、知り合いとか」

「六時スタートだったら、二次会が終わってこっちへ向かっているぐらいじゃないかな」

　合理的だ。今はうなずき、巨体を丸めるようにして非常階段の踊り場に身を隠した。ここは十階だから、階段を使う人間がいるとは思えない。鳴沢は腕組みをしたまま、廊下の壁に背中を預けてエレベーターの方を凝視している。

　待つこと三十分。初めてエレベーターの扉が開き、男が一人、吐き出されてきた。酔眼ではあるが、足取りが怪しくなるほど酔ってはいない。アルコールが回って暑いのか、コートは脱いで肩に担いでいた。鳴沢に気づくと、胡散臭《うさんくさ》そうに目を細める。ああ、何と無謀なことを……今は不安に駆られて踊り場から飛び出した。巨体を見て、今度は古澤の目が恐怖の色に染まる。

「何……ですか」その場に立ち止まったまま、かすれた声で訊ねる。

「警察です」

鳴沢が、大柄な体格に似つかわしくない素早さで詰め寄る。古澤は逃げるタイミングすら逸《いっ》してしまったようで、相変わらず廊下の真ん中で固まっていた。

「ちょっとお聴きしたいことがあります。水野さんのことです」

その名前は、古澤の酔いを一気に吹き飛ばしたようだった。ここでは話ができないからと、一階にあるホールに二人を誘ったのだが、ソファに座った瞬間、目つきが素面《しらふ》の人間のそれになってしまう。

「水野がどうかしたんですか」ワイシャツの胸ポケットから煙草を取り出す。当然ホールは禁煙なのだが、その香りが恋しいのか、火を点けぬまま、唇にくわえた。

「出所しました」

鳴沢が告げると、古澤の唇が細く開き、煙草が落ちた。それにも気づかぬ様子で、ぐっと身を乗り出す。

「いつですか」

「一週間前です」今《こん》は落ち着いた口調で告げた。酔っているせいもあるのだろうが、古澤の動揺は大袈裟《おおげさ》過ぎる。もしかしたら、何か知っているのではないだろうか。

「ああ……」古澤が両手で思い切り顔を擦《こす》った。手を離すと、充血した目を今に向ける。

「それで、今は？」

「いなくなったんです」

今が端的に事情を話すと、古澤の顔が次第に蒼褪《あおざ》めていった。両手をきつく握り締めて、腿《もも》の上に置く。

「それは……」

「誰かに仕返ししたがってるんだと思います。おそらく、会社の関係者」

「いや」乾いてひび割れた唇を、古澤が舐《な》めた。「あいつは……あいつが本当に憎んでいるのは別の人間だ」

今は身を乗り出し、古澤の一言一句に耳を傾けた。一方の鳴沢はと言えば、足首を重ねた格好でソファに背中を預け、どこか白《しら》けたような表情を浮かべている。この一件に、ほとんど関心をなくしてしまったようだった。

もちろん、この男が途中で事件を放り出すわけがない。今はしばらく後、自分の考えが正しかったと知ることになった。

6

初めて来る街で、初めての張り込み。今は刑事時代の習性を思い出し、最初に対象の家の周囲を歩いて回った。最寄り駅への近道はどこか。すぐに逃げこめるような場所はないか。一通り、納得するまで歩き回った後、ランドクルーザーで待つ鳴沢の許《もと》へ向かう。

鳴沢はいつものように、助手席で彫像のように固まり、水野の元妻、亜希子《あきこ》の家を凝視していた。家の表札は「高倉《たかくら》」。実家ではない。再婚したのだ、と古澤から聞かされていた。その話を聞いた瞬間、鳴沢の表情が硬くなったのを今は見逃さなかった。何かを摑んだようだ。

「水、ありますよ」今《こん》は途中自動販売機で仕入れてきたペットボトルを彼の方に差し出した。鳴沢は一瞥《いちべつ》しただけで、手を伸ばそうとしない。「いらないんですか」

「張り込み中だから」

「脱水症状になりますよ」

「この気温じゃ、心配はいらない。体に水分を入れて、トイレが近くなる方が困る」

相変わらずだな……苦笑しながら、今はペットボトルを一本、カップホルダーに挿《さ》した。自分の分はすぐにキャップを捻り開け、三分の一ほどを一気に飲む。冷たさが喉から胃を洗い、体が細胞レベルから浄化されたような気がする。ダイエット中の水分補給は必須だったな。もっとも自分には、そんなことを気にする必要はないのだが——今はそもそも、自分にダイエットが必要だという自覚を持っていなかった。脂肪がつくのはすべて自然の摂理によるものであり、無理なダイエットはそれに逆らうことになる。

「鳴沢さん、どういう推理なんですか」

「推理するまでもないと思うけど」

「私は警察を辞めて長くなりましたからね。勘も鈍《にぶ》るんですよ」

「刑事の勘っていうほど、大袈裟な話じゃない。古澤が言った通りだよ」

「その発想の飛び方が理解できないんですが」

「そんなに大変なことじゃない」

埒《らち》が明かないな、と今はじれた。こっちに判断を投げようというのか。あるいは自分がどれだけ刑事の発想から離れてしまったのか、テストしようとでもいうのだろうか。

「知りたければ、本人に聴けばいい」

「ここに来ると思いますか？」

「ここ以外には考えられない」

「どうも私は、そんな風に自信が持てませんね」今は丸い肩をすくめた。

「仏の道とやらは、人の道を知ることじゃないのか」

「まだ修行中なもので」むっとして今は言い返した。これぐらいで気持ちがかき乱されるようでは、本当に修行が足りない、と反省する。


時間はゆっくりと過ぎた。日付はとうに変わっている。この時間帯になると、張り込みをしている自分たちの周囲の空間だけ、時間の流れがゆっくりになるように感じたものだった。そして誰かを待つ作業はしばしば失敗に終わり、その後の疲労はさらに激しいものになる。ほとんど忘れかけていたそういう感触を、今は素直に懐かしいと思った。

鳴沢はじっと亜希子の家を凝視したまま、身じろぎ一つしない。何も考えていないようでいて、こういう時、忙しく頭が働いているのを今は経験として知っていた。おそらく、古澤が打ち明けた事情を考えているのだろう。あの話は本当なのか。だとしたら、水野は……ここでこうやって待っているのが正しいことかどうか、必死で判断しようとしているだろう。待つ時は完全に気配を消して待つことができる男だが、その本領は動き回ってこそ発揮できる。

今《こん》は唐突に空腹を覚えた。夕飯を食べてから――今にしてはおやつにもならない牛丼一杯だ――もうだいぶ時間が経っている。

「ちょっと、グラブボックスを開けてもらえますか」

鳴沢が無言でグラブボックスを開け、中からビニール袋を取り出す。今に渡すと、すぐに監視に戻った。静かな、空気すら固まったような闇夜に目を凝らす。そこまで集中しなくても、人通りが少ないのだから異変があればすぐに気づくはずなのに……そう思いながら、今はビニール袋に手を突っこみ、チョコレートバーを取り出した。これと水で、しばらくは空腹が紛れるだろう。包みを破いて口に押しこんだ途端、鳴沢の視線に気づく。横を見ると、珍しくにやりと笑っていた。

「食べますか？　まだありますよ」新しい一本を取り出し、彼に向かって差し出す。鳴沢は静かに首を振った。

「夜九時を回ってるから」

「ダイエット中みたいなこと、言わないで下さいよ」

「そういう風に決めてるんだ」

「そうですか……」何となく苛立《いらだ》ち、今はもう一本のチョコレートバーも食べてしまった。喉の奥に張りつくしつこい甘みを水で洗い流し、ハンドルに肘《ひじ》を預ける。目の前の家は何の特徴もない二階建てで、灯《あか》りは灯っていない。

　急に鳴沢の携帯電話が鳴り出し、今はびくりとした。こんな時間に誰が……そういえば、古澤の家からここまで来る間に、どこかに電話をかけていたのを思い出す。鳴沢は、一言二言話しただけで、後は相手の言葉に耳を傾けていた。静かに電話を閉じると、ゆっくりと今に顔を向ける。

「誰ですか？」

「失踪課の高城《たかしろ》さん」

「何か頼んでたんですか？」

「この人――高倉亜希子さんについて調べてもらった。情報が何もなかったからな」

「もしかして、さっきの本庄さんの住所も、その高城さんに調べてもらったんですか」

「ああ」

「こんな時間に？」今《こん》はダッシュボードの時計に目をやった。日付はとうに変わっている。

「あの人は、よく泊まりこんでるんだ」

「変わり者は鳴沢さんだけじゃないってことですか」

「俺がどうして変わり者なんだ？」そう訊ねる鳴沢は、今の質問を心底疑問に思っているようだった。

「変わり者は、自分で自分を変わり者だとは思わないんですよ」

「覚えておく」さして怒った様子もなく、鳴沢がうなずく。この男には、「こけにされる」という感覚がないのかもしれない、と今《こん》は思った。

「それで、何を確認していたんですか」

「高倉亜希子さんの人定《じんてい》」

「ああ……でも、どうして失踪課でそんなことが分かるんですか？」

「あの人も、伊達《だて》に年を取ってるわけじゃない。情報網は持ってるんだ……水野が服役してからすぐ、奥さんは弁護士を通じて離婚を申し出ている。水野は、応じるしかなかったようだな。その一年後、奥さんは今の旦那と結婚した」

「それはまた、ずいぶん早い」もちろん、問題があるわけではない。亜希子はむしろ、同情されるべき立場だ。

「そうかもしれない。ちなみに今の旦那は、レストランを三軒、経営している」

「実業家ですか？　その割に、家はみすぼらしいですね」

「他のところに金をかけてるんだろう。車とか――」

鳴沢の声を掻き消すように、野太い排気音が静けさを切り裂いた。住宅街の只中《ただなか》なのに……しかし改造車ではなく、正規のマフラーのようだった。バックミラーに目をやると、低い位置にヘッドライトの光が見え、急速に大きくなってきた。やがて亜希子の家の前で停止すると、ガレージのシャッターが自動的に開き始める。乏しい街灯の光に浮かび上がる、赤く低い車のシルエット。

「フェラーリか……」鳴沢がどこか憎々しげにつぶやく。フェラーリに恨みでもあるかのような口調だった。

「そんなことより、あれ、奥さん……高倉さんじゃないですか」今は、助手席から降り立った女性を指差した。すらりと背の高い女性で、ピンヒールのパンプスを履《は》いているので余計に背が高く見える。柔らかそうなコートを身にまとい、疲れた様子で溜息をついた。

「夜遊び中でしたか……」今はつぶやいた。さすがに時間が遅いので、ノックするのは遠慮《えんりょ》したのだ。まあ、摑まったのだからそれでいいか。取り敢えず、今までと同じように忠告を与えて……今がドアに手をかけた瞬間、鳴沢は既に外へ飛び出していた。まさか、「どこで夜遊びしていた」と亜希子を説教するつもりじゃないだろうな。溜息をついて彼の後を追おうとした瞬間、鳴沢は亜希子にではなく、フェラーリの背後に向かってダッシュし始めた。

テールランプの光を浴びて、刃物が赤く煌《きらめ》めく。

7

鳴沢は瞬時に水野を制圧した。向こうも腹が据わっていなかったのかもしれない。へその高さで包丁を構えていたが、腰が引けており、鳴沢が手首を蹴り上げると、すぐに悲鳴を上げて包丁を手放してしまった。そのまま逃げ出そうとしたが、コートの襟首《えりくび》を摑まれてバランスを崩し、背中から道路に倒れこんでしまう。

今《こん》は悲鳴を上げる亜希子を庇《かば》い、車の中に押しこんだ。運転席に座っていた夫が怒声を浴びせかけてきたが、無視する。

「警察です」と嘘をついて黙らせ、鳴沢の応援に駆けつけた。

しかし応援など、必要なかった。鳴沢は水野の左腕を捻り上げて完全に自由を奪っており、水野も既に観念してしまったようだった。鳴沢が水野を乱暴に立たせて、ランドクルーザーにひっ立てていく。荷物で一杯の後部座席に押しこめると、自分はその横に座った。今は運転席に滑りこむ。

「水野だな？」鳴沢が低い声で確認する。

「俺は――」

「水野だな？」

わずかに声のトーンを上げる。水野が諦めたように「はい」と短く認めた。

今は、古澤から聴いた話を思い出していた。彼は服役中の水野に何度も面会に行っていたのだが、営業所の中で一番親しい人間だったせいか、水野も本音《ほんね》を語っていたようだ。

『あいつが一番恨んでいたのは奥さんだ。奥さんがあんな人でなければ、水野はそもそも不正をしてまで成績を上げようとはしなかった』

「奥さんの派手好きは変わってないようだな」鳴沢が鋭く指摘する。「金に引かれる――そういう性格は、一生変わらないのかもしれない。普通のサラリーマンだったあんたが奥さんを満足させるためには、相当無理しなければならなかった。そのためにあんな不正をして、結果的に人を傷つけることになったんだろう？　どうして裁判で、はっきり言わなかったんだ？　少しは情状酌量《じょうじょうしゃくりょう》の材料になったかもしれないのに」

「……あいつを巻きこみたくなかったから」

逮捕されてなお、妻への思いを捨てきれなかった男。それなのに、刑務所暮らしの歳月が彼を変えてしまったのだろう。妻から突然三行半《みくだりはん》を突きつけられたせいもあったはずだ。思慕は憎しみに変化する——それも容易に。今《こん》は改めて、罪の重さを思った。

「だけどあんたは、奥さんを憎むようになった」

「あいつが……あいつが！」

激昂した水野が、自分を傷つけようとでもするように腿に拳を叩《たた》きつけ始めたが、鳴沢は腕を押さえ、動きを封じた。バックミラーの中で、紅潮した水野の顔が次第に白くなる。

「奥さんのために無理をしたのに、あんたが刑務所に入ってから手に入れたのは、離婚届だった」

「どうして俺が……」膝《ひざ》の上で握り締めた拳の上に、涙が一粒落ちる。

「やっていいことと悪いことがある」鳴沢が静かな声で諭した。「あんたが今やるべきことは、新しい仕事を探すことだ」

見逃すつもりか？　今は思わず首を捻って鳴沢を見た。この男は、本当に自分が知っている鳴沢なのだろうか。

そのまま静岡まで、水野を連れ帰ることにした。途中鳴沢の家に寄り、彼を下ろす。静かに「お休み」を言って玄関に向かう鳴沢を、今は思わず呼び止めた。

「どうして刑事として処理しなかったんですか。それがあなたの持論でしょう」

ドアノブに手をかけたまま、鳴沢が振り返る。

「凶器を持って襲おうとしたんだ。殺人未遂で現行犯逮捕できたはずですよ」

「彼女がそれを望まなかった」

亜希子は「告訴はしない」と確約した。実業家の妻としての社会的立場もあるわけで、話を大袈裟にしたくなかったのだろう。しかし今にすれば、鳴沢が亜希子を言いくるめたようにしか思えなかった。

「らしくないいんじゃないですか。あなたは、犯罪者がいたら見逃さない人だ」

「まだ犯罪は行われていなかった」

未遂でも犯罪は犯罪だ——二人の間を、無言のメッセージが行き交う。この男は変わったのか？　いくつもの事件に傷つけられ、何かを学んだのか？　以前の鳴沢なら、身柄を確保した時点で間違いなく一一〇番通報するか、自分で近くの署まで連行していたはずだ。

しかし彼は、見逃した。説諭——それもごく短い説諭だけで、水野を放免しようとしている。

「それでいいんですか？」

「今夜は何もなかった。犯罪と言えるようなことは」

何が彼に、そのような判断をさせたのだろう。自分と「人を信じるかどうか」について議論して、心を動かされた？　あるいは古澤に話を聴いて真相に辿《たど》りついた瞬間、水野に対する同情が芽生えたのだろうか。この男は非情――違う。情けがないわけではない。以前は、人に同情を感じるハードルが高かっただけなのだろう。

「ここから先は、凪の会の責任だ」

「分かってます。休みの日にご迷惑をおかけしました」

うなずき、鳴沢が家の鍵を開けた。もう少し話をすべきではないかと、今はしばらく背中を見送っていたが、結局彼は振り返らず家に消えていった。

上手くいっている時こそ、トラブルに備えなければならないのかもしれない。今回の件は自分の油断が呼んだミスだ――はっきり言わないまでも、彼は警告を与えたのかもしれない。それをはっきり言葉にしてくれさえすれば、誰からも誤解されないのに。

いつの間にかつき合いが長くなってしまった友の変わった部分、変わらない部分を今は意識した。

上

下

1

鳴沢《なるさわ》がゆっくりとワイシャツの袖《そで》をまくった。取調室は汗をかくほど強く暖房が入っており、確かに上着は邪魔である。だが、彼が暑がっているのでないことは、大西海《おおにしかい》にはすぐに分かった。肉体の迫力で、相手を圧しようとしている。

しばらく会わない間に、鳴沢はさらに激しくトレーニングを積んだようで、むき出しの前腕は、太いワイヤーロープを編んだように筋肉でうねっている。相変わらずだ、と大西は苦笑した。鳴沢とは、彼が新潟《にいがた》県警にいた頃からのつき合いだが、当時から、何かに取りつかれたようにトレーニングをする男だった。本人いわく、「体調を保つのは刑事の義務」なのだが、そういうことを平気で口にしてしまうから、煙たがられるのだ。

スチールのテーブルを挟んで鳴沢と対峙《たいじ》しているのは、大西が新潟から連れて来た容疑者、高倉博史《たかくらひろし》。椅子《いす》に浅く腰かけ、両手をポケットに突っこんで、首を斜めに傾《かし》げている。自分の体重で体が崩れてしまいそうなのを、床に突っ張った両足で辛《かろ》うじて支えている感じだった。

鳴沢がゆっくりと身を乗り出す。一言も発しないままだが、取調室の温度がさらに上がったようで、大西は、背中を汗が伝い始めるのを感じた。自分がどうしてここにいるのか、さっぱり訳が分からない。自分をこの狭い部屋に押しこめたのは、目の前にいる鳴沢本人なのだが、意図が読めなかった。大西の役目は、あくまで容疑者の護送だけだったはずである。取り調べに立ち会う権利も義務もないのだ。むしろ、この場では異分子。規則を無視してまで、何のために……。

「死にたくないだろう」

鳴沢が低い声で第一声を発した。高倉は馬鹿《ばか》にしたように舌を鳴らしたが、その後に訪れた微妙な間に含まれた気配を、すぐに感じ取ったようだ。鳴沢が冗談でこんなことを言っているのではない、と悟ったのだろう。鳴沢さん、それはまずい。相手を圧迫して吐《は》かせたら、後々問題になる。

そう思ったが、大西は口に出せなかった。そんなことより、鳴沢がどうして自分をこの取り調べに立ち会わせたのか、その訳《わけ》が知りたかった。

2

『マル対《たい》、ホテルのロビーを通過中』

無線から緊迫した声が耳に飛びこんでくる。大西はイヤフォンを耳に押しこみ直し——サイズが合わないのだ——次の報告を待った。

「大西係長、どうする」隣に控えた西新潟《にしにいがた》署刑事課の金田《かねだ》が、苛立《いらだ》った声で訊《たず》ねる。

「外で押さえます」

「確保するなら、ホテルの中がいい。逃げ場がないぞ」

「ホテルに迷惑をかけるわけにはいきませんよ」

「そんなこと言ってる場合か？」

「外で押さえます」電柱の陰に身を隠し、ホテルの出入り口を凝視したまま、大西は繰り返した。金田が舌打ちするのが聞こえたが、無視する。自分より十歳年上のこの巡査部長は、ことあるごとに反発してくるのだ。確かに、自分は管理職としてはまだ駆け出しだ。それに若い。全国的に見ても、三十五歳で警部補、所轄の係長になる人間は少ない。それ故、周りから微妙な視線で見られているのは意識していた。こいつは本当にやれるのか？　要領よく昇任試験を突破してきただけではないかと、実力を見極めようとしている。

「それでいいんだね？」金田が念押しした。

少し皮肉っぽいその言い方を無視し、大西は無線に向かって指示を飛ばした。

「各局、マル対がホテルを出た時点で確保。繰り返す、マル対がホテルを出た時点で直ちに確保。十分注意されたし」

この時点で選択肢は幾つかあった。身柄を確保する他《ほか》に、監視しながら警視庁からの応援——間もなく新潟に到着予定だった——を待つ、とか。そもそもこの一件は警視庁からの要請によるものであり、指示も「動向監視、緊急性によっては身柄確保」だった。今の状況が「緊急」なのかどうかは判然としない。しかし大西としては、できるだけ早く決着をつけたかった。自分がしっかりやっていることを見せたい相手もいることだし。

「来た」金田が緊張した口調で告げる。

データによると、高倉は百八十センチ、百キロ超の大柄な男である。目つきは鋭い。唇が歪《ゆが》んでいるのは、昔顎《あご》に大怪我《けが》を負わされた名残《なごり》だ。髪は短く刈り上げているはずだが、今はダウンジャケットのフードをすっぽり被《かぶ》っているのではっきりしない。街灯の光も頼りないので顔つきもよく見えなかったが、あの体格は見間違えようもない。

高倉は歩道に出る前に立ち止まり、慎重に左右を見回した。舞う粉雪が、彼の姿をぼやけさせる。誰もいないと確信したのか、左へ向かって歩き出した瞬間、一人の男が前に立ちはだかる。

「高倉！」

叫ぶ声はわずかに震えていた。その声が号砲になったように、周辺に身を隠していた刑事たちが一斉に姿を現す。まずい。高倉と対峙しているのは、西新潟署の刑事課で一番の若手、小室《こむろ》である。柔道三段で格闘技の腕は確かだが、この戦いでは分《ぶ》が悪い。百七十センチに届かない小柄な男で、体重も軽いのだ。一方の高倉は、中学時代に東京都の大会で優勝したほどの柔道の腕前を持つ。怠けた暮らしで体は鈍《なま》っているだろうが……小室が一歩を踏み出し、高倉の胸倉を摑《つか》む。そのまま懐《ふところ》に入りこもうとしたが、高倉は小室のコートの襟《えり》を摑んで一気に振りほどいた。小室がバランスを崩し、歩道に積もった雪の上で足を滑らせて、近くの電柱に頭をぶつける。高倉はすぐに逃げ出そうとしたが、今度は自分が足を滑らせて出遅れた。一瞬の隙《すき》を突いて、ホテルの中から迫って来た刑事二人が背後から高倉に襲いかかり、ぐらつかせる。殺到した他の刑事たちが、前後から次々と取りついて動きを止めた。足場が悪い中、高倉は腕を振るって必死に逃れようとしたが、さすがにこの状況では上手くいかない。前後にぐらりと揺れると、両腕の自由を奪われた格好のまま、顔面から歩道に崩れ落ちた。雪がなかったらひどい怪我を負いそうな勢いで、あっという間に、歩道の上に人の小山ができあがる。

ワンテンポ遅れて到着した大西は、高倉が完全に自由を奪われているのを見て、安堵《あんど》の吐息《といき》を漏《も》らした。下の方に埋《う》もれた誰かが「確保！」と叫ぶ。反射的に大西は腕時計を見て、「二十二時二十五分」とつぶやいた。ほっとしたのもつかの間、電柱に寄りかかるようにうずくまっている小室の姿が目に入り、大西は顔から血の気が引くのを感じた。小室は右手で額を押さえていたが、指の隙間から流れ落ちた血が、白いダウンジャケットに細く鮮やかな筋をつけている。かなりの出血だ。

「小室！」叫びながら駆け寄る。小室の顔が歪んだ。彼の前で跪《ひざまず》き、右手首を握って顔から離す。眉《まゆ》のすぐ上を電柱にぶつけたようだ。まだ血が止まっていないので傷の具合は分からないが、出血量が多いのが気にかかる。

「ヘマしました」小室が情けない声で言った。

「いいから、黙ってろ」大西はポケットからハンカチを取り出し、捻《ねじ》って一本の紐《ひも》状にすると、傷口を押さえるように頭に巻きつけた。痛みのためか、小室の顔が大きく歪む。

「今、救急車を呼ぶからな」

「大した怪我じゃないですよ」

「頭だぞ。念のためだ」

「平気ですって」小室が無理に笑う。包帯代わりのハンカチは、既《すで》に赤く染まっていた。

「まずいな……血って取れないですよね」

「何が」

「服」

ダウンジャケットの胸は、汚く赤くなっていた。それだけでなく、白いワイシャツにも薄い紺色のネクタイにも血が散っている。それを見て、大西はますます胸が痛むのを感じた。このシャツとネクタイは、自分が小室に買わせたものなのだ。刑事課に赴任してきた日、小室の格好を見て、大西はすぐに、近くにある紳士服の量販店に走るよう、命じたのである。何しろ、ピンクと青の細いストライプが入ったシャツに、金色と紫のレジメンタルタイという派手な格好だったのだ。こんな目立つ服装をしている刑事はいない。どうもこの男の服装コードは、どこか人とずれているようで、その後もしつこく指導して、何とか目立たない服装に変えさせたのだった——自分が鳴沢に指摘されたように。「まともな服装は基本中の基本だ」と、目立たず身綺麗《みぎれい》な格好をするように、何度も言われたものである。

「座ってろ」大西は携帯電話を取り出し、救急車の出動を要請した。

大柄な高倉の体がパトカーに押しこめられ、小室も救急車で搬送された。取り敢えず一段落か、と天を仰いだ瞬間、金田に声をかけられる。

「まずいんじゃないか、大西係長」

「分かってますよ」一瞬の安堵の時間を邪魔され、大西は唇を引き結んだ。

「この程度の仕事で怪我人が出るようじゃ、問題だな。もっと安全にやる方法は、いくらでもあったはずだ」

後からなら何とでも言える。怒りがこみ上げてきたが、大西は言葉を呑《の》みこんだ。ここで金田と遣《や》り合《あ》っても何にもならない。

「小室の奴《やつ》、かなり重傷じゃないか」

「頭の傷だから、出血量が多いだけですよ」大西は自分を納得させるように言った。そう、この程度の怪我は日常茶飯事、柔道の練習中に負うこともある。

「ああいう跳ねっ返りが、一人で飛び出すことぐらいは予想しておかないと」

確かに小室は、勢いだけはある。何とか目立とう、手柄を立てようと、勝手な行動に出るのもしばしばだった。「怪我するぞ」といつも忠告していたのだが、どうやら真剣には聞いてもらえなかったようである。

「始末書、用意しておいた方がいいな」皮肉混じりで金田が言った。「俺は、管理職の始末書がどんな風になるかは知らんがね」

金田がわざとらしく首を振りながら離れて行く。近くの覆面パトカーに乗りこむと、大西を待たずに発進してしまった。クソ、これじゃ足がない。上司を置き去りにして、どういうつもりなんだ。怒りがこみ上げてきた。いつの間にか、粉雪から粒の大きい雪に変わっていて、頭に降り積もりつつあったが、頭を冷《ひ》やしてはくれない。

電話が鳴った。歩道からホテルのロビーに引っこみ、相手を確かめもせずに通話ボタンを押す。

「お疲れ」

「鳴沢さん」

わざわざ労《ねぎら》いの電話をかけてくれたのか。ほっとして、全身の力が抜けるようだった。

「確保の話は聞いた。護送は明日か？」

「そうなると思います。間もなくそちらの刑事さんが新潟入りするはずですから」

彼らも慌《あわ》てただろうな、と大西は苦笑した。警視庁の捜査員は、遅い時間の新幹線に乗っている。新幹線の中、あるいは駅に下りた途端に高倉確保の一報を聞き、宿に向かう間もなく、西新潟署に足を運んでいるはずだ。

「状況は？」

大西はかいつまんで説明した。そうしながら、事件全体の構図を頭の中で再構築する。

高倉が東京でトラブルを起こしたのは、四日前だった。六本木《ろっぽんぎ》にある会員制のバーで、偶然同席した大学教授の小塚《こづか》と些細《ささい》なことから言い合いになり、激昂《げっこう》。殴《なぐ》りつけられて倒れた小塚は頭を床にぶつけ、意識を失った。三時間後に死亡が確認され、その場から行方《ゆくえ》をくらました高倉が、殺人容疑で手配された。

問題が大きくなったのは、小塚がしばしばテレビに登場する有名人だったせいでもある。専門は国際政治なのだが、硬軟取り混ぜて話ができる貴重なコメンテーターとして、あちこちの番組で重宝がられていた。ワイドショーや週刊誌が大騒ぎし、現場にタレントが数人いた——テレビの関係で小塚と知り合ったらしい——ことで、さらに大きなスキャンダルになってしまった。

犯人の高倉は、六本木界隈《かいわい》に根を下ろす不良グループの一員で、その世界では有名人だったらしい。だが、テレビなどで紹介される高倉の顔は、中学時代の柔道着を着たものばかりだった。都大会での優勝から七年ほどが経ち、今の高倉は当時とは似ても似つかない凶暴な面相になってしまっているのだが、潰《つぶ》れた両耳だけは当時と同じである。「将来はオリンピック代表」と嘱望《しょくぼう》された猛者《もさ》の名残だった。もしも高校に入って膝《ひざ》を故障せず、そのまま柔道を続けていたら、こんなことにはなっていなかっただろう。

怪我は誰からも等しく機会を奪う。おそらく、小室からも。大西は、部下を怪我させてしまったことを鳴沢に打ち明けた。

「下からも突き上げられてますし……中間管理職は辛《つら》いです。自信がなくなりました」

一瞬の沈黙の後、鳴沢が「君も一緒にこっちへ来てくれないか？」と唐突に切り出した。

「警視庁の人がいるじゃないですか」鳴沢の申し出に、大西は首を捻《ひね》った。向こうの捜査員は二人。いくら凶暴とはいえ、手錠で自由を奪われた一人の男を護送するには十分なはずである。「そんなに人手が必要とは思えません」

「そっちでは分からないかもしれないが、マスコミがまだ騒いでるんだ。新幹線は目立つから使えない。県警の方で車を出してもらうように手配した」

「じゃあ、自分は運転手ですか」

「そんなの、部下に任せればいいじゃないか」鳴沢の口調は、大西の記憶にあるよりも柔らかかった。「管理職なんだから、運転手ぐらい手配できるだろう」

「そういうの、やめて下さいよ」

「そういうのって？」鳴沢の声がいきなり冷たくなる。その場の空気を凍りつかせる、氷のような口調は昔と同じだ。

「いや、ですから……そんな簡単に命令なんかできないですよ。突き上げが厳しくて」しどろもどろになってしまった。

「命令できない」鳴沢が、平板《へいばん》な声で繰り返した。

「それは……」

「まあ、いいか」鳴沢はそれ以上、追及しなかった。「こっちへ来たら、久しぶりに飯でも奢《おご》るよ」

「それはありがたいですけど……」

「待ってる」

それだけ言って、鳴沢は電話を切ってしまった。大西は、電話をロビーの床に投げつけたくなった。何故自分が護送に加わらなければならないのか、結局説明はない。自分に対して変に隠し事をするような人ではなかったのに、何かがおかしい。結婚して、人が変わってしまったのだろうか――妻と義理の息子、それにまだ幼い娘はアメリカで暮らしていて、実質は今も一人暮らしなのだが。

3

日付が変わった頃、大西は小室が搬送された病院を訪れた。小室はベッドに横たわったまま、じっと天井を見詰《みつ》めている。

「痛むか?」

病室の入り口から大西が声をかけると、小室は慌てて跳ね起きたが、すぐに両手で頭を抱えてしまった。そんなに重傷なのか……急いで駆け寄ろうとしたが、小室は何とか顔を上げた。「大丈夫です」と言って、辛うじて笑みを浮かべる。本当に？　幾分疑いながら、大西は椅子を引いてベッドの脇に腰かけた。

「もう寝てるかと思ったよ」

「興奮して眠れないんです」

「大捕り物だったからな」

「面目《めんぼく》ないです」小室がうなだれる。「つい、突っこんじゃって」

「相手は元東京都チャンピオンだぞ。それは事前に分かってただろうが」

「すみません」

「で、怪我の具合は？」

「大したことはないです。入院なんかする必要ないんですけど、脳震盪《のうしんとう》の疑いがあるから、一晩泊まっていけって」

これだけ喋《しゃべ》れれば大丈夫だろう。大西は本格的に胸を撫《な》で下ろした。次の瞬間には、厄介なことを思い出し、また気持ちが暗くなる。

「一応、俺は始末書を書かなくちゃいけなくてね。部下に怪我を負わせたわけだから」

「いや、でもあれは自分のミスで……」小室が戸惑《とまど》い、視線が泳ぐ。

「勝手に飛び出さないように指示するのも、上司の仕事なんだよ。とにかく、話を聴かせてくれ。どうしてあそこで、一人で飛び出したのか……」

型通りの質問。答えも予想できたものだった。警視庁からの手配。世間を騒がせている事件の犯人が自分の目の前にいる。功を焦《あせ》って――先輩たちの前で目立ってやろうとして一人で飛び出した。予《あらかじ》め大西が考えていた通りの答えであったが、本人から確認しないことには始末書は書けない。

「分かった。今後は無茶するなよ」大西は手帳を閉じた。ぴりぴりした緊張から解放されてずいぶん時間が経っており、今は疲労と眠気《ねむけ》に体を支配されている。

「どうもすみませんでした」

「気にするな」大西は顔の前で手を振った。今の証言は正確に書かなければならないが、大したことにはならないはずだ。こいつは刑事になりたてで、目の前には明るい未来が開けている。痛い思いをした上に、叱責《しっせき》を受けたらたまらないだろう。泥は自分一人で被ろう、と大西は決めた。指示が徹底していなかったことにしておけばいい。

「金田さんから何か言われたんですか」

立ち上がろうとした瞬間に指摘され、大西はどきりとした。動揺を悟られないように、ことさらゆっくりと椅子に尻を落ち着ける。

「何か知ってるのか？」

「知ってるっていうか、分かりますよ」小室が苦笑した。「あの人、大西さんを目の敵《かたき》にしてるじゃないですか」

「まあな」

「ひどい話ですよ」小室は本気で憤慨《ふんがい》している様子だった。「大西さんの出世が早いから、嫉妬《しっと》してるだけでしょう」

「そんなこともないだろう」否定しながらも、大西は彼の指摘が正しいと感じざるを得なかった。時折放たれる辛辣《しんらつ》な皮肉。刺すような視線。昇任試験の受験は、全ての警察官が持つ権利だが、端《はな》から諦《あきら》めてしまっている者も少なくない。試験のレベルは高いし、何度受けても合格できない人間がいるのも事実だ。元々出世に興味がなく、職人的に自分の仕事をこなすことに生き甲斐《いがい》を感じている人間もいる。あるいは、斜《しゃ》に構えて出世の早い人間に突っかかるとか。金田は明らかに後者だ。

　しかし、誰かが合格しなければいけないのだ。管理職がいなければ、組織は機能しない。

　大西は、出世が早いことを十分意識していた。自分ではそんなに頭がいいとは思わないのだが、どういうわけか試験には強い。巡査部長の試験も警部補の試験も、一発で受かっている。人事の方からは、受験可能な年齢になったら、すぐに警部の試験も受けるよう、指示されている。若いうちに警部になって、その後は大きなヘマさえしなければ、かなりの高確率で警視になれる。いずれは、警視正だって視野に入ってくるだろう。そこまでいけば、A級署の署長、ないし本部の部長がキャリアの最終ポストになる。そういうのも、決して遠い未来の話ではない。自分の警察官人生は、あと二十五年しかないのだから。

もっとも、可能性があることと、自分が刑事部長になりたいと思っているかどうかは、まったく別問題だ。偉そうに訓示を垂れている自分の姿は想像もできない。今でも、部下を前に話す時には異常に緊張するのだ。現場を這《は》いずり回っている方が気は楽だ。

「大西さんに頑張ってもらわないと、俺らも困るんですよ」小室が真剣な口調で言った。

「何が」

「大西さん、年齢的に俺らに近いじゃないですか。こんなこと言ったら生意気かもしれないけど、やりやすいし、これから先もずっと一緒に仕事ができればいいなって思ってるんです」

「そうか」それは、お前らがヘマをしなければだ、と思った。しかし怪我をしている相手にそんな皮肉をぶつけるのは可哀相だと思い、「大事にしろよ」とだけ言って病室を出た。

　携帯電話が鳴り出す。また誰かが文句を言ってきたのか……溜息《ためいき》をついて電話に出ると、署長の武井《たけい》だった。

「無事に済んだようだな。小室はどんな具合だ？」

「大事はありません」

「そうか。それならいい」

「あの、始末書を……」

「馬鹿言うな」武井は本気で怒っているようだった。「あれは小室が勝手に突っ走ったんだ。お前が責任を負う必要はない。こんなことで、経歴に傷をつけるな。お前は無傷のまま、上に行かないと駄目《だめ》なんだぞ」

「はあ」あまりにも過保護な態度。上の人間が自分に期待しているのは分かるが、責任は取らなくてはいけない。

「とにかく、無事に犯人は確保したんだ。お前が始末書を書くことはない。いいな？」

　念押しして武井が電話を切った。溜息をつきながら、大西は、それじゃ駄目だろう、と思った。責任は責任。変に庇《かば》われたくない。

　鳴沢ならどうするだろう、とふと考えた。あの男なら、始末書ぐらいさっさと書いて、次の事件に向かうだろう。彼は、自分の身を守ることなど考えてもいない。刑事でいられればいい、という男なのだから。

自分にそこまでの覚悟があるだろうか。

4

ずいぶん大袈裟《おおげさ》な護送になってしまった。4WDのワンボックスカーに、警視庁の捜査員二人、新潟県警からは運転手役の刑事、それに大西と金田が乗りこんでいる。最終的に護送メンバーを選んだのは、捜査一課の管理官、新谷《しんたに》だった。ここに鳴沢の意図が働いているのでは、と大西は訝《いぶか》った。新谷は鳴沢が新潟県警にいた頃の先輩である。鳴沢としても、頼みやすい相手のはずだ。

マスコミを撒《ま》くのは結構面倒だった。高倉が新潟に潜伏しているという情報は早くから流れており、地元のメディアだけでなく、東京からも記者やカメラマン、テレビ局のクルーが大挙して押しかけていた。昨夜《ゆうべ》「逮捕」の一報が流れた後は、西新潟署に高倉が入る場面を撮影させたのだが、マスコミに対するサービスはそこまでだった。カメラが引いたタイミングを見計らって高倉は再び車に乗せられ、県警本部に移送された。そこで短い仮眠を取った後、午前六時に出発。マスコミは、この動きに関してはノーマークだった。

　交通量の少ない道路を南下し、国道八号線新潟バイパスの下を潜り、鳥屋野潟《とやのがた》を左手に見ながら新潟中央インターチェンジへ。北陸道《ほくりくどう》――長岡《ながおか》から北は関越道《かんえつどう》ではなく北陸道になる――に乗り、車はがらがらの高速道路を飛ばした。長岡付近までは道路に雪はなかったが、その先になると、路肩に深く雪が積もって壁を作っている。さらに関越トンネルの手前まで進むと、路面も雪で薄《うっす》らと白くなっていた。大粒の雪も降り始め、スピードを落とさざるを得なくなる。

　その時点で午前七時過ぎ。このまま東京へ行くと、ちょうど通勤ラッシュの時間帯にぶつかるはずだ。関越道は都心へのアクセスが悪く、一度一般道に下りるか、外環道《がいかんどう》経由で首都高を大きく迂回《うかい》していくしかない。助手席に座った大西は、混雑状況を見てルートを考えようと決めた。大粒の雪が舞い始め、ワイパーの動きが激しくなる。車内が人いきれと暖房で温まっているせいで、ウィンドウは白く曇っていた。

「始末書は書いたのか」それまでほとんど口を開かなかった金田が、三列目のシートからいきなり話しかけてきたのは、車が関越トンネルに入る手前だった。

「夜中に書きましたよ」大西はさっと後ろを振り返って答えた。ただし、やはり受け取りは拒否された。直属の上司である捜査課長は、「署長にも言われただろう」と釘を刺した。

「いろいろ大変だな、管理職は」言って鼻を鳴らす。

いい加減にしてくれ、と大西はうんざりした。これならいっそ、「お前が気に食わない」と殴りかかってくれた方がすっきりする。殴り合いになれば、立場的にこっちの方がはるかに有利なのだ——そんなことを考えてしまった自分に腹が立つ。これでは、年長の部下を貶《おとし》めようとする阿呆《あほ》な管理職そのものではないか。

「仕方ないですね」無難な台詞《せりふ》を選び、相槌《あいづち》を打った。普段ならそれで終わるのだが、今日の金田はしつこかった。寝不足で苛ついているのかもしれない。

「大西係長は、警部の昇任試験を受けるのかね」

「まだ分かりません」何の話だ、と警戒しながら大西は答えた。実際、分からないのだ。所轄の係長は忙しい。以前のように、試験勉強に時間を割《さ》く余裕は少なくなっていた。

「もう決まってるって聞いたけどな」

「何がですか」

「受ければ通るって」

「まさか」さすがに吹き出してしまった。「昇任試験に情実は通用しませんよ。それは金田さんもよくご存じでしょう」

「大西係長は、貴重な幹部候補だからな。上としても大事にしたいんじゃないか」

「あり得ないでしょう、それは」実際には、彼の指摘する通りだ。昨夜の、署長との会話を思い出す。

「警察ってのは、中では何でもありの世界だからね」金田が肩をすくめる。「ま、あんたが偉くなる頃には、俺はもう警察にいないだろうから、どうでもいいけどな」

「私が上にいるのがそんなに嫌ですか?」つい感情的に聞いてしまう。

「嫌というか、困るね」金田がはっきりと言い切った。「試験の成績だけで決まっていいことと悪いことがある。あんたには、人の上に立つ能力がないんじゃないか? 昨夜の失敗がその証拠だ。ちょっと荷が重過ぎるんじゃないですかね」

「そんなことはない」

「毅然《きぜん》としてないと、下の人間は言うことを聞かないよ」金田は引かなかった。「だいたいあんたは、いつも判断が一歩遅れる」

「無事に……逮捕したでしょう」大西は、前方の光景を睨《にら》みながら答えた。

「部下に怪我を負わせたけどな」

「あんたら、いい加減にしたら?」

二人のやり取りに、突然割りこむ声があった。二列目のシートで、もう一人の警視庁の捜査員と高倉を挟んで座った、藤田《ふじた》という刑事だ。大西は、鳴沢を巡る事件——かかわっていた全員のキャリアをぶち壊しにしかねない事件——を通じて、数年前に知り合っていた。

「新潟県警の状況はよく知らないけど、容疑者のお兄さんの前で、みっともない喧嘩《けんか》はやめた方がいいぜ。身内の恥を晒《さら》すようなもんだ。なあ、高倉さんよ」

高倉は何も言わなかったが、かすかな笑い声が聞こえてきた。こんな奴に笑われるとは……耳が赤くなるのを意識しながら、大西は腕を組んだ。クソ、これ以上一言も金田と話すものか。

5

東京へは何度も来ているし、警察大学校にいた頃には住んでさえいたのだが、都心部の騒がしさには、いつまで経っても慣れることがなかった。山手線《やまのてせん》の内側に入ると、いつも軽く緊張したのを思い出す。

車が警視庁に近づき、スピードを落とすと、大西は素早く周囲の状況を視界に入れた。

車は警視庁の地下駐車場に入るよう指示されていたが、その出入り口にテレビカメラの放列ができている。両サイドのウィンドウはスモークガラスになっているが、正面からは、二列目のシートに座った高倉の姿が覗《のぞ》けるはずだ。その状態で撮影させるのだろうかと思ったが、藤田が素早く身を乗り出して、一列目のシートの後ろにあるカーテンを引いてしまった。これで高倉の姿は、報道陣からは完全に隠れたことになる。騒ぎがなく駐車場に入れたので、一安心した。これで仕事は終わり、だ。

駐車場の空気は冷たく淀《よど》み、オイルの臭《にお》いがした。三百キロのドライブの間、ほとんど同じ姿勢でいた大西は、車から降りた途端、反射的に両腕を突き上げてストレッチをした。金田がそれを見咎《みとが》める。

「そんなことしてる場合じゃないでしょう、係長」

反論しようとしたが、車を取り巻く刑事たちの中に鳴沢の姿を認め、思わず口をつぐんでしまう。しばらく会わない間に、また体が大きくなったようだ。特に肩の辺《あた》りの厚みが目立ち、スーツが微妙に体に合わなくなってしまっている。大西を見つけると素早くうなずきかけたが、声をかけようとはしない。高倉に近づくと腕を取り、さっさと庁舎の出入り口に歩いて行ってしまった。

「悪いね。愛想がないのは相変わらずなんだ」藤田が背伸びしながら近づいてきた。

「そうですね」

「そういえば俺も、久しぶりに会ったのにちゃんと挨拶《あいさつ》してなかったな」藤田がにやりと笑う。「その後、どうよ。さっき車の中で話してたけど、そろそろ警部の昇任試験じゃないか？」

「まだ先ですよ」

「受けるんだろう？　当然上もそれを望んでるんだよな？」二時間ほど前の車内での会話を、藤田はわざわざ再現した。

「どうでしょうね。いろいろありますし」

近くにいる金田の視線を意識して、大西は言葉を濁《にご》した。先ほどのやり取りを分かっているはずなのに、どうして藤田はこんな話をしているのだろう？　俺が嫌いなのか？　前の事件の時は、嫌な思いをして別れたわけではない。むしろ秘密を共有した仲間という意識の方が強かったのだが、それはこちらの一方的な思いこみだったか。

「ま、その辺は鳴沢と話したらどうだ？」

「どういう意味ですか？」

「出世と縁が――興味がない奴の方が、あんたの悩みをよく理解できるかもしれないからな」

無事に引き渡したのだから、このまま帰ってしまってもよかった。実際そうしようかと、大西はずっと考えていた。

「来い」と言った鳴沢は勾留手続きに入ってしまい、相手にしてくれない。実際、まだ一言も言葉を交わしていなかった。代わりに藤田が食堂に誘ってくれた。警視庁の食堂に来たことはあったか……記憶はない。だだっ広く、白を基調にした明るいスペースは、学食か一般の会社の社員食堂という感じだった。

「高倉の調べ、鳴沢さんが担当するんですか」

「どうかな。俺たちは、あくまで応援だから。殺された小塚教授の自宅がうちの管内にあるんで、ついでに呼ばれたただけだよ」

「藤田さん、今も鳴沢さんと一緒なんですよね？」

「腐れ縁でね」藤田が鼻を鳴らして笑った。「さて、さっさと食えよ。こんな物で悪いけどな」こんな物、とはちらし寿司だった。

「いただきます」

「新潟の寿司には負けるだろうけど、こういうところで出す寿司にしては悪くないよ」

そう言われても、気持ちがもやもやしているので味など分からない。

「まあ、何だよな……今回の事件、大したことがない割に騒ぎだけが大きくなったな」

「大したことない、ですか」大西は目を見開いた。「人が一人死んでるんですよ」

「逮捕状は殺人で取ってるけど、実態は傷害致死じゃないかな」声を潜《ひそ》めて藤田が言った。

「状況的には、そうでもおかしくないですよね。酒の上の喧嘩って言ってしまえば、それだけだし」

「被害者が有名人だからなあ」箸《はし》を盆に置き、藤田が首を捻る。「でも、何かと評判が悪い人だったんだぜ。相当酒癖が悪かったみたいで、今までもあちこちでトラブルを起こしてる。何もなかったのが不思議な感じだよ」

「そういう噂《うわさ》、ネットとかで見ましたけど、本当なんですか？」

「ああ。大学の先生なんていい加減なもんだよ。あの人の場合は、先生というよりはタレントだけど」

大西は頭の中で、小塚の顔を思い浮かべた。五十二歳。髪は半分白くなりかけているのに顔は若々しく、そのアンバランスさが外見の特徴になっていた。笑うと一本の線になってしまう優しそうな目、形のいい鼻。いかにも主婦受けしそうな清潔な顔立ちで、テレビ映りもいい。

「酒癖が悪そうな人には見えませんけどね」

「現場……会員制の店が入ったビルにはよく出没していたんだけど、出入り禁止にしていた店もあるんだぜ。呑むと、俺様キャラが行き過ぎるんだな。初対面の客に無理矢理酒を呑ませたり、暴力沙汰を起こしたこともあったそうだ」

「じゃあ、今回の件も自業自得で……」

「もちろん、そんな簡単なものじゃないだろうけど。でも、これが怪我した程度の喧嘩だったら、どっちが先に手を出したかっていうレベルの話だと思うぜ」

「そうですか」

確かに、事件としてはややこしいものではない。ただ一つ問題があるとしたら、高倉の動きである。何故高倉は、個人的に何の伝《つて》もない新潟に逃げていたのか。

「しかし鳴沢も、相変わらずだよ」藤田が溜息をつき、茶を啜《すす》った。

「どういう意味で、ですか？」

「あらゆる意味で」藤田がにやりと笑った。「結婚したら少しは変わるかと思ったけど、全然だね。俺は、警視庁の中では唯一鳴沢を止められる男だと思ってるんだけど——」

「鳴沢ストッパー、ですね」以前会った時に、彼がほとんど自嘲《じちょう》気味《ぎみ》にそう言っていたのを思い出す。

「そういうこと。それで給料を貰《もら》ってるようなもんだ。だけど最近、つくづく自分の限界を感じている次第なわけですよ」自虐的《じぎやくてき》に笑い、藤田が首を振った。「今回も散々突《つ》っ張《ば》りやがってさ」

「何をやったんですか?」

「それは——」

大西の携帯電話が鳴り出し、藤田は口をつぐんだ。一礼して、会話を中断させた非礼を詫《わ》びてから、大西は電話を取り上げた。

「大西です」

「すぐにこっちへ来てくれないか。取り調べに同席してくれ」鳴沢の声は冷静だった。

6

鳴沢は、取調室の前で待っていた。他に、むっつりとした初老の男が一人、腕組みをして、不満そうな空気を露骨に振りまいている。鳴沢とは目を合わせようともしなかった。

「新潟県警、大西です」鳴沢ではなく、もう一人の男の方に挨拶する。

「ああ……」男が腕を解《と》いてだらりと垂らした。「青山《あおやま》署刑事課長の中西《なかにし》だ。あんた、こいつの知り合いかい？」鳴沢に向かって親指を倒して見せる。

「はい」

「まあ……こういうのが特例だとは分かってるよな。そもそも、捜査主体はうちなんだ。鳴沢に取り調べをやらせるのだって、特別なんだからな」

「ええ」大西は首を捻った。鳴沢はどうして強引に捜査に割りこみたがるのだろう。

「大人しくしていてくれよ」

　中西の懇願に、自分はいったいどんな風に見られているのだろう、と大西は困惑した。呼びつけたのは鳴沢なのに……中西はわざとらしく鳴沢を睨みつけると、近くにいた藤田を呼びつけた。二人とも大西に背を向け、何事か密談している。どうやら鳴沢のやり方について、中西が不満を零《こぼ》しているようだ。藤田は相槌も打たず、時折うなずくだけで彼の話を聞いている。「鳴沢ストッパー」は、他の人の鳴沢に対する不平も、一手に引き受けているようだ。

「行くぞ」

　二人のやり取りにはまったく関心を示さず、鳴沢が呼びかけた。慌てて彼の背中を追い、取調室に入る。中では既に、高倉と記録係の若い刑事が待機していた。高倉の体格のせいで、狭い取調室はさらに狭く感じられた。鳴沢が椅子を引いて座ってしまうと、もう居場所はない。仕方なく、大西はドアの横の壁に背中を預けて立った。

鳴沢は手順通りに人定質問から始めたが、その後いきなり「死にたくないだろう」と爆弾を落とした。いったい何を……高倉が舌打ちをする。鳴沢はしばらく無言で、高倉の頭に言葉の意味が染みこむのを待っているようだった。

先の発言についてはその後触れもせずに、鳴沢が淡々と取り調べを続ける。元々、抵抗しない相手に対しては、無駄なエネルギーを使わない男である。事件当時の高倉の行動を確認することから始めたが、高倉も素直に応じた。時々言葉が詰まったが、それは自分の証言が不利になるかどうか心配しているわけではなく、本当に記憶が曖昧《あいまい》だからのようだ。実際、高倉の証言を信じるとすれば、事件が起きた時、この男は責任能力がないと判断されかねないほど呑んでいたはずである。二時間で、ビール大瓶三本、ストレートのウィスキーを七杯。縦横同じサイズというこの体格に相応《ふさわ》しい酒量かもしれないが、正気を失わせるには十分だろう。

「それで、あの店で小塚教授と一緒になったわけだ」

「はい」

「顔は知っていた?」

「テレビで見たことはあります」

高倉は一応丁寧《ていねい》な口調を保っていたが、態度はぞんざいだった。椅子の背に体を傾け、右腕をテーブルの上に置いて、首を斜めに倒している。太い両足は思い切り広げ、テーブルの下のスペースのかなりの部分を占めていた。大西のいるところからは鳴沢の顔は見えなかったが、口調を聞く限り、高倉の態度を特に気にしている様子はない。

高倉は初対面の小塚と呑み始め、些細なことから口論になり、それが殴り合いの喧嘩に発展したことをすぐに認めた。先に自分が手を出したことも否定しない。

「それで、殴ったら小塚さんが倒れた、と」

「はい」

「どういう風に座っていたんだ？」高倉がぼそぼそと語るのに合わせ、鳴沢がペンを動かした。「本当は殴ってないんじゃないか？」

「何言ってるんすか」高倉が鼻で笑った。「やったのは俺なんで」

「店の人は、肝心のその場面は見てないんだ。小塚教授の連れも別のテーブルにいたから、目撃しているのはあんたの仲間だけなんだよな」

「俺がやったって言ってるだろう」高倉の声から冷静さが消え、顔面が白くなる。言葉遣《づか》いも急に荒くなった。「何か問題あるのかよ」

「小塚教授の頭には、二か所に傷があった。一つは後頭部。それは倒れた時にぶつけた傷で、致命傷になったものだ。もう一つは、右の耳の上。ここも腫《は》れ上《あ》がっていて、明らかに人の拳《こぶし》で殴られた跡だ」

「だから、俺がやったんだって」

「あんた、右利きだろう」

鳴沢の言葉に、大西は思わず壁から背中を引《ひ》き剝《は》がした。小塚の怪我は右の側頭部……高倉が正対していたとしたら、左手で殴ったことになる。

「左で殴ったんだよ」

「ボクサーなら、それもあるかもしれないな。右利きの選手が左のジャブから入るのは普通だ」

「何の話だよ」

鳴沢は、手元のメモ用紙を高倉に向かって滑らせた。先ほど話を聞きながら、何か描いていた様子だが……それを見て、高倉の顔が瞬時に蒼褪《あおざ》める。

「さっき、あんたが言った通りに描いた図だ。現場の店で、誰がどこに座っていたか……あんたは、テーブルに向かって小塚教授の左隣に座っていたんだよな？　体を捻って殴ったにしても、その時あんたの目の前には、小塚教授の頭の左側があったはずだ。

どうやったら右側を殴れる？」

「だから、それは立ち上がって二発目に……」

「一回しか殴っていないって、あんたは何度も言ってるよな」鳴沢が一瞬沈黙した。高倉は真っ直ぐ座り直し、唇をきつく噛《か》み締《し》めた。鳴沢は両手を組み合わせて身を乗り出し、一段と低い声で高倉を追い詰めた。「二発以上殴ったか、座った位置が違うのか、どっちにしてもあんたは嘘をついている」

高倉の顔が引《ひ》き攣《つ》る。巨体が、一瞬にして縮んでしまったようだった。鳴沢はすっと身を引き、無言のまま椅子に背中を押しつける。高倉に考えさせる時間を与えたようだった。将棋《しょうぎ》なら詰み。あとは、高倉がどこまで耐えられるかだ。

無言のまま五分ほどが過ぎ、大西は背中を汗が伝い落ちるのを感じた。鳴沢が作り出した空間と時間。何も言わなくとも、この男は閉ざされた場所に独特の緊張感を作り出してしまう。高倉はほとんど息もできないようで、顔面は蒼白《そうはく》になっていた。両手を握り締めてぎりぎりと絞り上げると、節くれだった巨大な手が硬い岩のようになる。とどめの一撃を食らわせるために、鳴沢が行動をエスカレートさせるのでは、と大西は恐れた。テーブルを叩《たた》く、胸倉を摑んで絞り上げる……しかし鳴沢が選んだのは、言葉による攻撃だった。

「死にたくないだろう」

「さっきから何言ってるんだよ」震える声で高倉が訊ねた。

「あんた、このままだと見殺しにされるぞ。阿呆な先輩に義理立てする必要はないと思うけどな」

7

「じゃあ、あいつは先輩を庇ってたんですか？」

取調室を出て、大西はまずそれを確かめた。既に藤田たちが現場に走り、高倉に犯行を押しつけた男の身柄確保に向かっている。

「先輩なんていう言葉を使うのは勿体無い《もったいな》い」鳴沢が低い声で言った。長い廊下を先に立って早足で歩きながら、こちらを振り返ろうともしない。エレベーターの前に出ると、やっと大西の顔を見た。

「どこへ行くんですか」

「話ができる場所だ」

「どこですか」

「安全な場所だよ」

車の中だった。駐車場に置いた覆面パトカーの中は冷え切り、新潟の寒さに慣れているはずの大西でも思わず震えがくるほどだった。

「ここは人の家だから」

鳴沢がぽつりと言った。捜査の主体は所轄だが、注目を浴びる事件ということで本庁を使った——珍しいことではないが、鳴沢にすれば、あくまで「手伝い」「出張してきた」という感覚が強いのだろう。本庁内に居場所はないわけで、当然内密の話はできない。つまり、人に聞かれるとまずい話があるのだ、と大西は緊張した。

「高倉たちは、六本木界隈で、危ない商売に手を染めていた。元々は暴走族の仲間だったんだが……今は暴力団とも関係がある」

「ええ」

「連中の息のかかった店も多い」

「みかじめ料でも取ってるんですか？　暴力団がよくそんなことを見逃しますね」

「暴力団とも共生関係ということだろうな」鳴沢がハンドルをぽん、と叩いてから、両手を組んで腹に乗せた。「とにかくグループ内には、暴力団並みの厳しい上下関係があるんだ。下は絶対に逆らえない」

「高倉は、その中でどういう立ち位置だったんですか？」

「鉄砲玉、だな。腕は立つし、あの体格だ。誰かに脅《おど》しをかけるにはちょうどいいんだよ。堅気《かたぎ》の人間だったら、あいつが目の前に現れただけでビビる」

「でしょうね」

「暴力団のやり方、よく知ってるだろう。何か事件があった時、若い鉄砲玉が身代わりになって出頭する」

「ええ」

鳴沢が溜息をついた。そういう世界をずっと見続けて、うんざりしている様子だった。

「普通は、警察もそれで丸く治めようとする。とりあえず犯人が出てくれれば、捜査は完結するんだから、誰も損をしない……だけど、それが間違ってるのは分かるだろう？」

「もしかして、最初から犯人は高倉じゃないと思ってたんですか」

「いや」鳴沢が拳を顎に押しつけた。「そういうわけじゃない。疑ったのは、高倉の仲間を調べた後だ」

「そいつらが、高倉を売ったんですよね」

「売ったわけじゃない。高倉本人が捕まることを納得していたんだから。話は完全に筋が通っていた。さっき、奴が話した通りだよ……ただし、主語が高倉じゃないだけで」

「今、藤田さんたちが逮捕に向かった人間ですよね」

「事情聴取した時、そいつの拳に傷があるのに気づいた。長さ一センチぐらいの、まだ新しい傷だったよ。何か、固い物にぶつかって切れたような感じで……小塚教授は、眼鏡《めがね》をかけていた」

「その眼鏡が壊れていた」ぴんときて、大西は話を引き取った。

「そういうことだ。あまりにも話が出来過ぎているし、傷の問題もある。それで俺は、高倉が身代わりになるシナリオなんだと確信したんだ。新潟へ逃したのは、いろいろと辻褄《つじつま》を合わせるために、調整の時間が必要だったからじゃないかな」

「そういうことですか……阿呆ですね。簡単に見破られそうなものだけど」

「どうかな。高倉の供述に無理はないし、このままあいつが身代わりになって起訴されてもおかしくはなかった。それほど長い期間刑務所に入るわけじゃないし、出てくれば、グループ内では英雄扱いだ。今後の仕事もやりやすくなる」

「まるっきり、暴力団と同じ感覚ですね」

「ああ。阿呆だ」

大西は眉をくっと上げた。

「さっきは違うことを言ってたじゃないですか」

「上に言われて、黙って命令に従うのは馬鹿だっていうんだよ。上が必ずしも正しいとは限らない。今回の件が間違っていて危険なことぐらい、分からないはずがない」

「……何が言いたいんですか」大西はかすかな不快感を抱き始めた。これは「上司」としての自分に対する批判ではないか。

「もしかしたら、高倉は自分から罪を被ると言い出したのかもしれない。だとしたら、それを受け入れた上の人間が阿呆だな」

「鳴沢さん、どうして俺をここへ呼んだんですか？　だいたい、取調室に入れたのも問題があるでしょう。課長だって、心配してたじゃないですか」

「直接知っておくべきだと思ったからだよ。あいつらの上下関係がどんなものか」

「あんな連中と自分たちを一緒にされても……」苦笑しかけたが、横を見ると鳴沢が真剣な顔をしているので、表情を引き締めざるを得なかった。

「どんな組織も同じなんだ。上と下の関係は変わらない。下の方が楽かもしれないな……少なくとも俺はそうだ」

「鳴沢さんは、上に行く気がないから、そう思うんでしょう」

遠慮がちな非難を受け止めるように、鳴沢がうなずいた。

「俺は下で、自分にできることをやる。そして上に言うべきことは言う」

「それじゃ、上はたまったもんじゃないですよ」

「人にはそれぞれ役割があるんじゃないかな。そして上司にも、いろいろなタイプがいる。俺も今までたくさんの人間の下で仕事をしたけど、千差万別だった。俺には合わなくても、他の人間なら黙ってついていくタイプもいたはずだ」

あなたの場合は、ほとんどの人間と馬が合わないはずだ、と皮肉に考える。初めて会った頃とはだいぶ変わったはずだが、根っこまでは変化していないだろう。

「一つ、言わせてもらっていいか？　一般論だが」

「ええ」

「下に百人いたら、百人から信用されるのは無理だと思う。そういうのはファシズムだ。いろいろな人間がいて、多少軋轢《あつれき》がある方が、組織としては健全だよ」

「それは分かりますけど、自分は信頼されなくちゃいけない立場なんですよ。だけど、年上の部下から突き上げられてる」

「君は失敗を恐れてるだけだ」ずばりと鳴沢が指摘する。「部下のやり方が間違ってると思えば、拒絶すればいい。君にはそうする権利も義務もある。失敗したら、頭を下げるなり始末書を書くなりすればいいんだ」

何を気楽なことを……しかしすぐに、鳴沢の言うことももっともだ、と思った。認めたくはないが、自分は単に、自分より上の人間に叱責されるのを恐れていただけだ。

「何とか……なりますよね」硬い表情のまま大西は言った。

「君は上に行く人間だ。しかも若い。若いってことは、何度でもやり直しができるっていうことじゃないかな」

「何とかなります」大西は深呼吸した。「鳴沢さんみたいな部下が下に来なければ、ですけど……それより、飯、行きませんか？　奢ってくれるんですよね」

「今の一言で撤回だ」

鳴沢がキーを捻ってエンジンをかけた。ちらりと横を見ると、その顔には困ったような笑みが浮かんでいた。

強靭

1

長瀬龍一郎《ながせりゅういちろう》は、ズボンのクリースを気にして、腿《もも》の所を摘《つま》んで持ち上げた。クリースを消したくなかったら足を組まなければいいのだが、足を組まなければズボンの裾《すそ》からブーツは覗《のぞ》かず、自分のスタイルは完成しない。いつでも足元を見せつけたいのだ。まずブーツ。自分の着こなしは、シャツでもズボンでもなく、ここから始まる。

自分の行動は、何と矛盾だらけなのか。

だいたいブーツは、履《は》くのにも手間取る。特に長瀬が好むのは、面倒臭い編み上げ式のブーツなのだ。それでも、足首までがっちりと固まっていないと何となく不安で、冬だけでなく夏でもブーツが手放せない。今日はクロケット・アンド・ジョーンズの四アイレット、五フックのブーツである。濃い茶色のシボ革の雰囲気《ふんいき》が気に入っていたが、ごつごつしたコマンドソールなので、スーツには合わない。というわけで、細かい白茶チェックのズボンにブレザーという格好を選んだ。ネクタイは白黒のタータンチェック。少し冬っぽい色合いで、この季節には合わないが、いつも靴に合わせて服を決めるので、こんな風になってしまうこともある。

約束の相手は十分近く遅れていたが、連絡は取れない。取材を申しこんだ時に携帯電話の番号を訊いたのだが、取りつく島もなく拒否されたのだ。「何で俺が、見も知らぬ人間に携帯の番号を教えなくちゃいけないんだ」と。相当気難しい人間ではないかと思い、電話を切った時に、早くもこの取材申しこみを後悔し始めていた。とはいえ、鳴沢《なるさわ》の名前を出した時の食いつき方が尋常ではなかったから、何かいい話が聞けるはずだ、という期待もある。

約束の時間を二十分回った時、ようやく城戸南《きどみなみ》が姿を現した。四十代後半、小太り。五月にしては涼しい日なのに、額に汗が滲《にじ》んでいる。この体形じゃ仕方ないよな、と思いながら長瀬は立ち上がった。

「ああ、どうも」電話で話した時のきつい印象はなく、やけに愛想《あいそう》がよかった。「遅れて申し訳ない。ちょっと、仕事がたてこんでね」

「お忙しいですよね？　申し訳ありません」

「いやいや」席につくなり、城戸は長瀬の水を一気に飲み干してしまった。それから慎重に周囲を見回す。「何だか落ち着けないけど、こんなところでいいのかな」

「ホテルかどこかの方がよかったですか？」

横浜《よこはま》地検に近いこのカフェは、道路側が全面ガラス張りだ。気にし過ぎる必要もないだろうが、外からは丸見えである。

「まあ、俺はここでいいけど……それより、ああいうのって馬鹿馬鹿《ばか》しくないか」城戸が親指を倒して窓の外を指差した。

「外でお茶を飲むことですか？」屋外席では、女性の二人連れが、店の人が貸した毛布を膝《ひざ》にかけている。

「今日は涼しいのに、わざわざ外で飲まなくてもいいと思うけどねえ」

「ヨーロッパかぶれですかね」

「あなた、ヨーロッパには詳しいの？」

「一度も行ったことはないですけど、イメージで」

「何だ」城戸が肩をすくめる。急に口をつぐんで、長瀬の全身を上から下まで見た。視線が足元まで行ったところで首を傾《かし》げる。「五月にブーツは、ちょっとどうかね？」

「いつもこれなんですよ。慣れてるんで」

「足、蒸《む》れない？」

「それはないですね」

「俺なんか、蒸れてかなわんのだよ」

城戸が屈《かが》みこみ——突き出た腹が苦しそうだった——ズボンの裾を少しめくってみせ

る。脛毛《すねげ》が透ける薄い靴下に、「まんじゅう」とか「餃子《ぎょうざ》」と言われる、日本のサラリーマンにおなじみの丸い靴。ソールは接着剤で貼りつけられているので、通気性の点で問題がある。ブーツだから蒸れるのではなく、ソールが問題なのだ。もっとも、ここで靴談義をしても彼は乗ってこないだろう。それに仕事を抜け出して来てもらったので、それほど長くは拘束できない。早く本題に入りたかった。

城戸は「涼しい」というのにアイスコーヒーを、長瀬はエスプレッソのお代わりを頼んだ。城戸はコーヒーにガムシロップとミルクをたっぷり加え、氷を壊しそうな勢いでかき回す。音を立てて啜《すす》ってから、じろりと長瀬を見やった。

「何か？」

「それ、凄《すご》く苦いやつだろう？」小さなエスプレッソのカップを指差す。

「苦いですけど、すっきりしますよ。後味がいいんです」

「砂糖もミルクもなしで、よく飲めるね」

「こんな小さい器に砂糖やミルクを入れたら、溢《あふ》れますからね」高さ五センチほどのカップは、長瀬の掌《てのひら》の中にすっぽり隠れてしまう。

「俺は、こういう甘い物がどうしてもやめられなくてね」まるで一大事のように、城戸が目を見開く。「そのせいで、いつまで経っても腹が引っこまないんだ。これでも昔、箱根《はこね》駅伝を走ったこともあるんだけどな」

「昔駅伝の選手で、今は検事ですか？　あなたをモデルに小説を書いた方がいいみたいですね」

「ご冗談」

城戸は顔の前で激しく手を振った。長瀬は無言で苦笑してから手帳を広げ、「五月六日　城戸南　横浜地検検事」と書きつける。

「すみません。今日はよろしくお願いします」

「作家さんと会うのは初めてだな……で、鳴沢のことだったね」取材開始の合図と受け取ったのか、城戸が急に真面目《まじめ》な表情になる。

「ええ」

「あいつをモデルに小説を書くんだね」

「その予定です」

何年も先送りにしている計画だ。死にかけた鳴沢を元気づけるために、彼をモデルにした小説を書きたいと宣言したのだが、その時はそれほど真剣ではなかった。ただ、時間が経つにつれ、本当に書かなくてはいけないのでは、という気持ちが高まり、このところ追いこまれたように焦《あせ》っている。タイトルだけは決まっているのだ。「雪虫《ゆきむし》」。いつもタイトルが最後まで決まらずに悩む長瀬にしては、一番面倒なことが決定済みというのは、悪くない状態である。

とにかく、鳴沢を知る人に話を聞いてみよう。自分はあの男に非常に近い立場にいる人間だと思っていたが、それでも人間には様々な側面がある。自分が知らない彼の一面を知れば、小説を膨《ふく》らませる材料になるかもしれない。ここのところ、関係者に取材する日々が続いている。

「好き嫌いが分かれそうなキャラクターだね、彼は」

「好きな人なんかいるんですか?」

一瞬間が空《あ》いて、城戸が爆笑した。手に持っていたアイスコーヒーのグラスが揺れ、氷がかたかたと音を立てる。

「いきなりきついね」

「それほど外れてないと思いますよ」

「確かに、敵は多そうな男だな。そういえば一年ほど前だけど、こんなことがあったんだ……警視庁の中での立ち位置がよく分かる話だよ」

2

その日、城戸は常になく緊張して現場に赴《おもむ》いた。経験したことのない異常事態。事件自体の難しさに加え、これから様々な調整で苦労するであろうことは想像に難《かた》くなかった。

事件が発生したのは午後五時頃。夕暮れが迫り始めていた川崎《かわさき》市内の住宅街で、一人の男がいきなり、通りかかった女性に切りつけた。首筋を切られた女性はすぐに病院に運びこまれたが、出血多量で間もなく死亡。犯人はそのまま逃走し、所轄署、機動捜査隊が男の捜索を開始した。現場は川崎市と東京都稲城《いなぎ》市との境界付近、小田急《おだきゅう》多摩《たま》線の栗平《くりひら》駅から歩いて五分ほどのところだった。

地検にいた城戸は、すぐに現場に出動した。嫌な予感は、現場に向かう車の中で、既《すで》に最高潮に達しようとしていた。いつも運転手を務めてくれる県警捜査一課のベテラン巡査部長、北野《きたの》が目ざとくそれに気づく。

「どうかしましたか、検事」

「いや、現場って、東京都との境でしょう？　犯人が東京側に逃げこんでいたら、厄介なことになりそうだ」

「そうですね。確かあの辺には、東京都側に大きな公団住宅があったはずですが……」

「地図、ありますか」

「グラブボックスの中です」

出動の時にいつも助手席に座る城戸は、道路地図を取り出して広げた。北野の記憶に間違いはなかった。現場は毛細血管のように細い道が入り組んだ住宅地で、栗平駅の北東側に公団住宅が広がっている。犯人は徒歩で逃げたらしいが、問題はその方向だ。公団住宅の方には、近くに駅がない。しかも凶器の包丁はまだ持ったままだ。最悪、犯人がどこかに立《た》て籠《こも》るような事態も考えておかなければならないだろう。団地を抜け、その先にあるゴルフ場にでも逃げこんでくれた方が、まだ楽なのだが……その場合は、山狩りの手法であぶり出せる。

「犯人の目処《めど》はついてないんですか」城戸は北野に訊《たず》ねた。

「まだですね。目撃証言も得られていないようです」

「住宅地の中だけどな……」午後五時ぐらいなら、人通りの多い時間帯のはずだが、事件当時はどうだったのだろう。駅からそれほど遠くない場所だから、駅前のスーパーなどに買い物に行く人たちが何か見ているかもしれない。

城戸の想像は、現場に入った瞬間に否定された。駅に近いとはいえ、車のすれ違いもできないような細い街路だったのである。これでは、溢れるほど人が歩くようなことはないだろう。今はそこが封鎖され、パトカーの赤色灯《せきしょくとう》と制服警官に埋《う》め尽《つ》くされていた。城戸は車を降りると、すぐに県警捜査一課の係長、牛島《うしじま》を捜した。一課では彼の班が、この事件の捜査を担当することになっている。

牛島は、少し広い道路に停めたワンボックスカーの中で、携帯電話に向かって怒鳴《どな》っていた。

「ああ、分かってるんだよ、そんなことは。とにかく捜せ。東京側に入ってる？　関係ない！　犯人確保が第一だ。管轄の問題をとやかく言ってる場合じゃない！」

やっぱりこうなるのか……城戸は額を揉みながら、ワンボックスカーの中に入った。

「ああ、城戸検事」電話を切った牛島が、肩を上下させながら言った。何とか怒りを押し殺そうとしているが、成功していない。

「状況はどうですか」

「まだ見つかっていない」ぶっきらぼうな返事。彼は高校の陸上部の一年先輩で、城戸が横浜地検の検事として赴任してきて、久しぶりに再会した。城戸は県警の捜査全体を指揮する立場なのだが、どうしてもこの男には遠慮《えんりょ》してしまう。

「どこへ逃げやがったかね」牛島が右の拳《こぶし》を左手に叩《たた》きつけた。

「駅の方ではないんですか?」

「ああ。公団住宅――団地側に逃げたのは間違いない。だけど目撃者も、途中までしか見てないんだ。現場、見るか?」

「お願いします」

牛島の案内で、事件現場に向かう。一軒の家の前で、まだ鑑識の係員が道路を虱潰《しらみつぶ》しに調べていた。血痕でアスファルトが黒く濡《ぬ》れ、刃物での一撃が強烈なものだったことが分かる。

「家を出たところで、いきなりだ」牛島が顔をしかめたまま、首に平手を当てた。

「顔見知りですかね」

「そこはまだ、分からない。交友関係は調査中。家の前で待ち伏せしていたのかもしれん」牛島が一人うなずく。「それで、そこの階段を駆け下りて、公団住宅の方に逃げたんだ。そこまで行けば、もう東京都だぜ」

斜面についた短い階段である。周辺は木で覆われ、小さな森が広がっているようだった。城戸は牛島の先導で階段を下り、すぐにバス停を見つけた。

「バスで逃げたかな」

「それは確認した。この辺を通るバスに、それらしい男が乗っていた形跡はない」牛島がすぐに否定する。

城戸はバス停の反対側に目を向けた。四角い箱を立てたような団地が広がっている。建物の形から見て、相当古いものだろう。しかし、何棟ぐらいあるのか。もしもこのどこかに入りこんでいたら……夕方の冷たい空気のせいもあって身震《みぶる》いした後、城戸は背筋を伸ばした。

「警視庁との連絡はどうなってますか？」

「上がやってるよ」牛島の眉間《みけん》に皺《しわ》が寄る。強い風が吹き抜け、彼のレジメンタルタイを宙に舞わせた。「ややこしいことにならないといいが……」

牛島の携帯が鳴り出す。舌打ちして背広のポケットから電話を取り出し、相手の話に耳を傾けていたが、見る間に表情が険しくなった。もう一度舌打ちして会話を終えると、携帯を潰すようにきつく握り締める。

「どうしました？」

「打ち合わせだ。こんな時に打ち合わせをやってる場合じゃないと思うが、誰が仕切るのかも決まってないからな」

牛島の後について、警視庁側が用意したというマイクロバスに入った。東京地検からも検事が来ているのではないかと思ったのだが、それらしい顔は見当たらない。人数を数えているうちに、城戸は罵倒《ばとう》合戦の渦に巻きこまれてしまった。

「これはこっちの事件だ！」

「最初の現場は神奈川《かながわ》県側なんだ。うちがやるのが筋だ」

「さっさと捕まえないからこういうことになるんだろうが。神奈川県警の尻拭《しりぬぐ》いは警視庁でやってやるから、黙って指揮下に入れ！」

「捜査権はうちにある！」

牛島が「やばいよ」とぼそりとつぶやいた。

「誰ですか？」

「うちの一課長と警視庁の一課長」

捜査一課長同士の喧嘩《けんか》……早くも主導権の奪い合いになっているわけだ。こんなことをしている場合ではないのだが。

現場指揮用のマイクロバスは、中の座席が取り払われ、細長い空間になっている。幹部警察官たちで埋め尽くされているのだが、騒動の中心はバスの真ん中付近のようだった。城戸は警察官たちを押しのけ、そちらに向かう。

神奈川県警の捜査一課長、今野《こんの》は、普段からつき合いがあるので、当然よく知っている。背は低いががっちりした体形の男で、両足を踏ん張って肩を怒らせていた。平時は穏やかだが、いざという時は一歩も引かない頑固《がんこ》さを見せる。彼に対峙《たいじ》しているのが警視庁の捜査一課長だろう。こちらは百八十センチ近い長身瘦軀《そうく》の男で、背中を丸めて今野を見下ろしている。

「あれ、警視庁の吉田《よしだ》課長だ」牛島が耳元で囁《ささや》く。何かと神奈川県警と張り合う警視庁の課長がすぐ近くにいるせいか、緊張で声が震えていた。

今野がさらに一歩詰《つ》め寄《よ》り、体がぶつかりそうな位置で、吉田に向かって怒鳴り上げる。

「そもそもこっちの事件なんだ。そっちが指揮下に入るのが自然だろうが！」

「神奈川県警に仕切られるいわれはない。だいたい、そっちがヘマしたからこんなことになってるんだぞ」

「何だと！」

「ちょっと、ちょっと！」城戸は大声を上げて二人の間に割って入った。

「何だ！」吉田が強烈な視線で睨《にら》んでくる。

「城戸検事」今野がぽつりとつぶやくと、さすがにその場が静かになった。

「ああ、ええと、横浜地検の城戸です。どうも」吉田の顔を見ながら告げる。「とにかくですね、ここは管轄権とかこれまでの推移は無視して、協力して犯人の捜索に全力を尽くして下さい」

「だから、その捜索を仕切る人間が誰だかはっきりしないから、困ってるわけでしょうが」吉田が嚙《か》みつく。

「分かりますが、人数は十分揃《そろ》ってるでしょう？　この団地周辺で、警視庁と神奈川県警の受け持ち分だけを決めて、後はそれぞれ捜索して下さい。私がここにいますから、何かあったら逐一連絡を入れてくれればいい」

「まあ、そういうことなら……」今野が一歩譲った形になった。この場で一番立場が上なのは城戸だから、仕切るのは当然なのだ。

「公団住宅の若い方の番号から神奈川県警、一番最後から警視庁でお願いします」

「それは――」

何かが気にいらないのか、吉田が声を上げたが、城戸はもう一度「お願いします」と言って彼を引っこませた。背中に嫌な汗をかいているのを感じたし、握り締めた拳は少しだけ震えていたが、警察官たちが動き出したのでほっとする。

が、その安堵《あんど》感は、次の瞬間バスの中に響いた声で打ち壊された。

「犯人、発見！　公団住宅の一室に立て籠っています！　十号棟一〇六号室！」

　バスが大きく揺れるほどの勢いで、一斉に警察官が外へ飛び出して行く。一番最後になった城戸は、彼らに遅れないよう、必死で走った。現場はバス停から百メートルほど離れ、道路側にベランダが面した十号棟だった。既に外は暗くなっており、制服警官が何人か、一階のベランダに懐中電灯の光を当てている。揺れ動く小さな光の輪が、男の汗ばんだ顔を浮き上がらせた。

　その光景を見た瞬間、城戸は心臓が止まるかと思った。二十代半《なか》ばぐらいだろうか、若い小柄な男が、中年の主婦らしい女性の首に右腕を回して動きを封じている。左手にはナイフ。懐中電灯の光が当たるたびに鈍《にぶ》く煌《きらめ》き、城戸の心臓を締め上げる。

「懐中電灯、消せ！」今野が大声で命じた。途端に光が消え、周囲がほぼ完全な闇に包まれる。街灯の灯りだけでは、いかにも心もとない。

「周囲を固めろ！」

　今野が再び大声で命じると、吉田が彼の肩を摑《つか》んだ。

「勝手に仕切るな」

「そんなこと言ってる場合じゃない」今野は一歩も引かなかった。

　城戸は少しだけうんざりしながら、二人の間に割って入った。

「とにかく現状把握《はあく》に努めて下さい。現場の偵察を優先して。誰が行ってもいいですから──」

城戸が言い終わらないうちに、吉田が無線を手に指示を飛ばした。

「至急、至急。公団住宅十号棟近くにいる者は、全員現場へ。犯人が刃物を持って、部屋の住人らしい女性をベランダで脅《おど》している。十分注意して接近し、現状を報告せよ。繰り返す──」

「至急、至急、こちら今野。近くにいる者は、公団住宅十号棟へ急行せよ。犯人が人質を取って、一階部分のベランダに立て籠り中。繰り返す、各員、至急──」

勝手に指示を繰り出す二人の指揮官の声が入り混じり、訳《わけ》が分からないことになってきた。近くにいた刑事たち、制服警官たちが続々と集まってきて、芝生を踏み荒らすように十号棟へ近づいて行く。足並みはまったく揃っていない。犯人が「動くな！」と大声で叫ぶと、その叫びが合図になったかのように、ぴたりと動きが止まる。

「離れろ！」

もう一度男の叫び声。しかしそんな命令に従えるわけもなく、刑事たちは今いる場所で固まったまま、じっと待機の態勢に入った。今野と吉田が思わず顔を見合わせる。判断停止か……ここは自分が指揮を取らないとまずいと思い、城戸は一歩前へ進み出た。

「吉田さん、警視庁の特殊班は出動してますか？」

「まだだ」

吉田が歯嚙みする音が聞こえてきそうだった。人質事件になったのだから、こういう事案に対処できる捜査一課の特殊班が出動するのが筋である。ただしここは、稲城市。警視庁からはあまりにも遠いし、夕方のラッシュ時だ。緊急走行でも三十分や四十分はかかるだろう。神奈川県警側から出ても同じことだ。犯人は興奮状態で時間が経つのを感じないかもしれないが、人質の女性はそんなに長い時間持たないだろう。非常に危険な状態だ。

「すぐに出動を要請して下さい。それまでのつなぎで、誰かに話をさせて……急いで下さい。時間との勝負です」

「……分かりました」

嫌そうな表情で吉田がうなずき、携帯電話を取り出した。その瞬間、今野が「あ」と緊迫した声を上げる。それに押されるように、吉田が携帯電話を耳から離した。

「どうしました？」

今野に訊ねると、彼は犯人がいる部屋の上を指差した。一人の男が、二階のベランダにしゃがみこんでいる。

鳴沢？　城戸は思わず目を瞠《みは》った。上の裁可を仰がぬまま、あの辺を捜索していて、たまたま現場にぶつかったのだろう。それにしてもあいつか……二十メートルほど離れていても、押しこめられた殺気が感じられた。

「吉田課長、あの部屋の上に……」指差すと、吉田がそちらに目を向ける。現状を認識した瞬間、吉田が固まった。

「鳴沢か？」

「そのようですね。連絡は取れますか？」

「いや、まずい……電話を鳴らしたら、犯人に気づかれるかもしれない。それより検事、鳴沢をご存じなんですか」

「ちょっと、いろいろありましてね」ある事件に絡んで、情報を提供したことがある。あの時の、正面からぶつかってきて人の心を抉《えぐ》り出《だ》そうとする態度は、今でも忘れられない。脅すようなことはしないが、真剣過ぎるあまり、人を圧倒してしまうのだ。

「まずいな……あいつがあそこにいるとなると……」吉田の声が緊張で震えているのに城戸は気づいた。

「救急車を用意した方がいいかもしれません」真顔で城戸は言った。

「嫌なこと、言わないで下さい」吉田が首を振ったが、その言葉と裏腹に、近くにいた部下に救急車を呼ぶように命じた。

「もう一人いますよ、検事」今野が指摘する。いつの間にか双眼鏡を用意していて、それを城戸に渡した。「鳴沢とかいう男の横です」

借りた双眼鏡を目に当てると、鳴沢の姿がはっきりと目に入った。小さく体を丸めているが、何となく力を溜めこんでいる感じがする。視線を左にずらすと、もう一人、鳴沢よりも少し小柄な男が、ベランダの手すりを摑んでじっと固まっていた。城戸は吉田に双眼鏡を手渡した。

「鳴沢と一緒にいる男、誰だか分かりますか」

吉田が双眼鏡を覗きこんだまま、舌打ちする。

「藤田《ふじた》です。所轄で鳴沢とコンビを組んでる奴《やつ》だ……あいつがいれば、無茶なことにはならないと思うが」

「というと？」

「『鳴沢ストッパー』を自任している男でね」

吉田が双眼鏡を城戸に戻した。目に押し当てた瞬間、鳴沢が動き出す。手すりを摑んで素早く立ち上がると、その勢いで宙に身を躍らせる。城戸は喉《のど》が詰まる思いを味わいながら、声も出せずに彼の動きを見守るしかなかった。

鳴沢は、部屋に体の正面を向けたまま、一気に手すりを乗り越えた。そのまま下へ落下し、落ちるかと思われた瞬間、手すりの最下部を両手で掴む。懸垂《けんすい》のような格好でバランスを保ちながら、下で人質を押さえている男の顔面に蹴りを入れた。男の顔がのけぞり、ナイフが手を離れて宙を飛ぶ。右腕はまだ女性の首に回したままだったが、鳴沢は男のすぐ横に飛び降りると同時に、首に左手をかけて引き離しにかかった。右手は男の右手首を掴み、捻《ねじ》り上《あ》げている。飛び降りた藤田も加勢し、女性を抱きかかえるようにして男から引き離す。

鳴沢は男の顔面に拳を叩きこんだ。勢いで、男が背中から手すりにぶつかる。その時点で既に気を失っているようだったが、鳴沢は男の体を正面から抱えこむと、相手にタックルして押しこむラグビー選手の動きで、男の背中を手すりに叩きつけた。嫌な音が響き、用意された救急車はこの男のために使われるだろう、と城戸は確信した。

完全に気を失った男を、鳴沢が手すり越しに外へ放り投げた。背中から落ちて一度バウンドし、重く大きな音が不吉に響く。芝生の上にだらしなく横たわった男は、苦しそうに身もだえしていたが、やがて動かなくなった。そこへ刑事たちが殺到し、一気に覆い被《かぶ》さる。

双眼鏡から目を離して吉田の顔を見ると、顔面から血の気が引いていた。余計なことを……とでも言いたそうに、唇を噛み締めている。

「無事確保しましたね」

「ああ……」城戸の言葉は気休めにもならないようだった。

「まあ、死ぬことはないでしょう」

「肋骨《ろっこつ》の一本二本で済めばいいが」吉田が溜息《ためいき》をつく。緊急事態が、今度は一転して、不祥事にもなりかねない状況。残念だが、ここから先は、自分が手を出せることではない。しかししっかり見届けなければならないと……今野が思い切り渋い顔をしているのを見ながら、城戸は思った。

3

「そんなこと、あったんですか？」長瀬は目を剝《む》いた。「その事件は覚えてるけど、鳴沢さんが絡んでいたなんて知らなかったな」

「去年の五月なんだ。その後、彼に会ったか？」

「何度か会いましたけど、そんなこと、一言も言ってませんでしたよ」

「だろうね。あいつは余計なことをぺらぺら喋《しゃべ》る男じゃない」

「そうですか？　私はよく、教育的指導を受けますけど」

「ほう」城戸が薄い笑みを浮かべながら身を乗り出した。「作家先生に教育的指導とは、鳴沢も態度がでかいな。何を言われてるんですか」

靴のことだ、と長瀬は説明した。自分が常にブーツを履いているのが、鳴沢は気に入らないらしい。急いで靴を脱がなければならないことも多いはずなのに、着脱が面倒なブーツを履いているのは危機感が足りない。紐《ひも》を外している間に、相手がいなくなってしまったらどうするんだ――城戸はにやにやしながら、長瀬の説明を聞いていた。

「そんなに焦って靴を脱いだり履いたりすることはないって言うんですが、納得できないみたいで」

「靴ぐらいどうでもいいじゃないか、ねえ？」同意を求めるように、城戸が薄い笑みを浮かべる。

「まあ、人それぞれこだわりがありますから」鳴沢自身も、靴には強いこだわりを持っている。多摩市にある家を何度か訪れたことがあるのだが、靴箱にずらりと並んだ靴――黒いフォーマルな革靴ばかりで、そうでないのはジョギングシューズだけだった――に圧倒されたものだ。そのどれもがよく磨《みが》かれ、鈍い光を放っていた。彼の数少ない趣味は、トレーニングと靴磨きである。

靴に関しては長瀬も一家言《いっかげん》持っているのだが、それがことごとく鳴沢と食い違っている。鳴沢の靴箱は、ほとんど短靴で埋まっているのだが、長瀬の場合、冠婚葬祭用のストレートチップ以外は、全てブーツである。色も、鳴沢が黒一色であるのに対して、長瀬はほぼ茶色。それも鳴沢のお気に召さないらしい。彼に言わせれば、茶色い靴など、社会人失格だそうである。黒さえ履いていれば、どんな状況でも浮かない。長瀬が「それでは靴を選ぶ楽しみがない」と反論しても、鼻で笑うだけだった。

「あの男のこだわりは、人には理解できない部分が多いけどね」

「そうですね……何というか、譲らないところは絶対に譲りませんし」

「譲ることなんて、あるのか？」

　長瀬は一瞬口をつぐんだ。ないわけではない。鳴沢とは長いつき合い——十年以上になるのだが、その間には彼もずいぶん変わったと思う。決して柔らかくなったわけではないが、最近は、常に鋼鉄のように頑《かたく》なな態度を取っているわけではない。結婚して娘が生まれた——順番は逆だが——せいもあるかもしれないが、あの男はあまりにもきつい経験を重ねてきた。あれだけいろいろなことがあれば、鉄の魂でも傷つくだろう。最近の彼はむしろ、竹のようだった。どんなに大変なことがあっても、折れずに曲がるだけでやり過ごしてしまう。誰かのアドバイスを受けたのか、多くの悲劇を経験するうちに、自然に身についた対処法なのか。あの男が人のアドバイスを受け入れるとも思えないが。

「まあ、でも最近は変わりましたよ。昔はもっと凄かったですから」

「そう？」城戸が面白そうに唇を歪《ゆが》めた。

「最初に会った時、私は新聞記者だったんですけど、虫けら扱いでしたからね。捜査の邪魔になる物は、何でも排除しようとする人だったから」

「確かに、あんたたちは邪魔になりがちだね」

城戸の指摘に、長瀬は苦笑で答えた。

「昔の話です。私はもう、記者じゃないんで」

「ああ、そうだったね。でも、今でも何となく雰囲気が残ってるよ」

それも困る、と長瀬は苦笑した。記者を辞めてからもう何年も経っているし、そもそもどうしても記者になりたかったわけではないのだ。いつまでも記者臭——確かにそういうものはある——が抜けないのかと思うと、何だか落ち着かない。

「とにかく、その話の続きはどうなってるんですか？　当然、ひと悶着《もんちゃく》あったんでしょう？」

「もちろん」

城戸がうなずいた。すぐにでも話したがっている様子だったが、何かに気づいてふと口を閉ざす。ほどなく一人の長身の男がやってきて、深々と一礼した。ブラックスーツに、目に痛いほど白いワイシャツ、紺に細かな銀色のドットが散ったネクタイという格好だった。

「遅かったな、直《なお》ちゃん」

「失礼しました。書類の整理で手間取りまして」

「ああ、俺のところの事務官の大沢直人《おおさわなおと》。こっちが長瀬さんね」

「お初にお目にかかります」

大沢がまた深々と頭を下げた。顔を上げると、はっとするほどハンサムな男だと気づく。自分と同年代のようだが、いかにも女性受けしそうな、すっきりとした顔である。物腰も柔らかで紳士的だった。

「ちょうど、鳴沢が例の犯人を制圧したところまで話したんだ」

「そうですか。それでは、山場は越えましたね」椅子《いす》を引きながら大沢が応じる。座ると、背筋をぴんと伸ばした。

「冗談じゃない。本当の山場はそれからだったじゃないか。しかも、幾つも山場があった。というより、あの時はジェットコースターに乗ってるみたいな感じじゃなかったか？」

「確かにそうでした」大沢が長瀬にうなずきかけ、それから城戸の顔を見る。「私が話してよろしいでしょうか」

「そうだな。あの件、直ちゃんも後半は一部始終を見てたんだから」

「どういうことですか?」長瀬はノートを構えた。昔からの癖で、人に話を聞く時もICレコーダーは使わない。書いた方が記憶に残るのだ。

「本当に、私が話していいんですか?」大沢が城戸に念押しをした。

「いいんだよ。どうせこのまま記事になったりするわけじゃないだろう?」城戸が長瀬に確認する。

「あくまで参考です。小説ですから、元のエピソードをそのまま使うことはないですよ」

「なら、結構。直ちゃん、少し脚色して話してやれよ」

「脚色しなくても、十分劇的だと思いますが」

「劇的じゃなくて、漫画的だよ」城戸がぽつりと訂正した。

4

「城戸さん、大丈夫ですか？」

大沢は、現場の混乱が予想以上だったことに、ショックを受けていた。城戸を一人で行かせるべきではなかった、と後悔する。城戸は自分で自分を守れないような男ではないが、この混乱の中では、だいぶ苛々《いらいら》させられているはずだ。

「ああ、直ちゃん」城戸がほっとした口調で言って、笑みを浮かべた。

「お怪我《けが》は？」

「俺は平気だけど、犠牲者、約一名」

城戸から事情を聞き、大沢は現場が危機一髪の状況だったのだと悟った。それにしても鳴沢さん、どうして無茶したんですか？　二度ほど会ったことのある大柄な刑事の顔を思い出し、大沢は唇を引き結んだ。何となくあの男は、死に急いでいるような感じがしていたのだ。多少の無茶なら気にもせず、突っこんで行く。

「それで、犯人は」

「病院へ運ばれた。死ぬようなことはないと思うけど、救急車に乗った時には意識がなかったな」

現場の十号棟の前では、まだ混乱が続いていた。大勢の鑑識課員たちが現場を調べ、私服、制服を問わずに多くの警察官が聞き込みに散っている。大型の投光機が持ち出され、現場となった部屋を赤々と照らし出していた。城戸は一歩下がって芝生の上に立ち、腕組みをして警察の活動を見守っている。

「どうされるんですか？　警視庁で逮捕したんだから、事件は警視庁の方に持っていくんでしょう？」

「まず、監禁と暴行で逮捕するだろうな。神奈川県警への身柄引き渡しはその後だ」

「城戸さんの出番もそこからですね……それはいいんですが、あまり無理なさらないで下さい。怪我でもしたら、洒落《しゃれ》になりませんから」

「俺は、安全な場所から、双眼鏡で覗いてただけだよ」城戸が溜息をついた。「本当に危ない思いをしたのは鳴沢だけだ」

「それは分かりますが……」

「城戸」

声をかけられた城戸が、声の主の方に視線を向ける。捜査一課の牛島が、ズボンのポケットに両手を突っこんでこちらに歩いて来るところだった。不貞腐《ふてくさ》れたような、何かを面白がるような、奇妙な表情が浮かんでいる。

「どうしました？」

「警視庁の方、揉めてるようだぜ。さっきの男……」

「鳴沢？」

「勝手に突っ走ったんで、問題になってるらしい。お前、知り合いなのか？」

「少しだけ接点がありましてね」

「ろくな知り合いがいないね、お前も」牛島が疲れたように首を振り、立ち去った。

「処分、でしょうか」大沢は心配になって城戸に訊ねた。

「処分かどうかはともかく、問題になるのは間違いないだろうね」城戸も首を振る。

「ちょっと見てくるか」

「余計なことはされない方が……」

大沢は城戸の腕に触れた。城戸が穏やかな笑みを浮かべ、うなずく。

「分かってるよ。二重の意味で管轄外の話だからな」

警視庁の作戦遂行中の出来事であり、原則的には、横浜地検の検事には口を挟む権利はない。さらに処分となると純粋に警察内部の問題で、それこそ検察官が関与できることではないのだ。

城戸がマイクロバスの方に歩いて行ったので、大沢は仕方なく後に続く。鳴沢が暴走しがちな刑事だということは知っているが、城戸も似たようなものなのだ。大沢も検察事務官になって長いが、これほど現場が好きで、警察の仕事に首を突っこむ検事は見たことがない。

「失礼しますよ」呑気《のんき》な声で言って、城戸がバスに乗りこむ。大沢も中に入ったが、すぐにこちらを睨みつける強烈な視線に気づいた。

「何の御用ですか、城戸検事」

「ちょっと事後のご相談を、と思っただけですよ、吉田課長」

「それなら、東京地検の方と話をしていただけませんかね」慇懃《いんぎん》無礼《ぶれい》な口調には怒りが滲んでいた。「うちは、横浜地検の指揮下には入っていない」

二人が言い合う中、大沢は鳴沢を発見した。吉田――警視庁の捜査一課長だろう――と二人きりで面談していたらしい。ベンチに腰かけ、背筋をぴしりと伸ばして虚空の一点を睨んでいる。二人の闖入《ちんにゅう》者に気づいたのか、ちらりとこちらに目を向けてきた。吉田と言い合っている城戸ではなく、まだステップに足を乗せたままの大沢に向かって軽くうなずきかけたので、大沢も目礼を返す。吉田は熱くなっているようだが、鳴沢はまったく冷静だった。スーツの肩の所が破けて、袖《そで》が取れかけているのが、どこか滑稽《こっけい》な感じである。

城戸と吉田は、依然として激しく遣《や》り合《あ》っていた。吉田は最初から「余計なお世話」だと思っていたようだし、城戸の方は彼の態度に立腹している。

「だから、あれは明らかに命令違反なんだ」

「それは分かるけど、結果的に人質も無事だったじゃないですか。怪我もしてないんだから、何の問題があります？」

「それをあなたに指摘して欲しくないですね。だいたい、たまたま幸運だっただけなんですから。あんな滅茶苦茶なやり方は、警視庁では通用しません」

「そういう官僚的なことばかり言ってるから、最近の警視庁はミスが多いんじゃないですか」

「何だと？」吉田の目が細くなる。

「以前のようなわけにはいかなくなってる、と言ってるんですよ。劣化ってやつじゃないですかね」

城戸が一歩詰め寄ったが、腹の突き出た丸い体形なので、迫力はまったくない。大沢ははらはらしながら、介入のタイミングを計っていた。

「よその地検の人に、そんなことは言われたくない」

「事実を指摘されると、痛いですか」

「そういう問題じゃない」吉田が呆《あき》れたように言って、鳴沢に向き直った。「だいたい鳴沢、お前が無茶なことをするから、こんな風に因縁をつける人が出てくるんだ。いつまでも命令違反ばかり繰り返してると、警察に居場所がなくなるぞ」

「お言葉ですが」鳴沢が静かな声で反論した。「出ていた命令は、犯人を捜索する、ということだけです。それも一課長からではなく、所轄の刑事課長からの命令でした」

筋が通っている、と大沢は思った。城戸の話によると、現場がだいぶ混乱していたのは間違いない。指示や命令が飛び交い、現場の刑事たちも迷っていたはずだ。そもそも一課として正式な命令は出ていなかったわけで、取り敢えず所轄の上司の命令に従った鳴沢の行動には、問題はないのではないだろうか。犯人に襲いかかったのも、「待て」の声がかからなかったからこその自己判断。この一課長は、自分が危ない橋を渡ることになるかもしれないと、恐れているだけなのだ。

「とにかく、お前は今まで好き勝手し過ぎた。今度ばかりは逃げられると思うなよ」

「あなたたちが、官僚的な罠《わな》にはまって何もできない時に、彼は自己判断で多くの事件を解決してきたんじゃないですか？　そういう話はたくさん聞いていますよ」鳴沢を庇《かば》う城戸が、ちくちくと皮肉をぶつけた。

「あんた、いい加減に黙ってくれないかな」吉田の耳が赤くなる。「部外者が口出ししてくると、話がややこしくなるんだ。さっさとここを――」

「失礼します」

突然、一人の刑事がバスに飛びこんできた。顔は蒼《あお》く、額に汗を浮かべている。

「何だ！」吉田が怒鳴り散らす。

「犯人が意識を取り戻しました」

大沢はほっとして、鳴沢の顔を見た。鳴沢は眉間に皺を寄せ、難しい表情を浮かべている。しとめ損ねたのを後悔している様子だった。

「状況は？」吉田の顔から、赤みが少しだけ抜ける。

「肋骨を二本骨折、それに頭を強打しています。頬骨《ほおぼね》も折れてますから、しばらくまともに話はできないでしょうね」

「鳴沢、分かったか？　これじゃ事情聴取も無理だ」どこか自慢気に吉田が言った。

「ただの処分じゃ済まんぞ。命令違反した上に、犯人に怪我させてるんだからな」

「だから吉田課長、命令は出てなかったでしょう。違反もクソもない」城戸がしつこく突っこんだ。

再び二人の口論が始まりそうになったが、報告に来た刑事が、遠慮がちに割りこんだ。

「それと……」

「何だ、早く言え！」吉田が怒鳴る。

「犯人ですが、血中から覚醒剤が検出されています。簡易検査ですが、間違いないかと」

突然コンセントを抜かれたように、マイクロバスの中に沈黙が満ちる。いち早く自分を取り戻したのは城戸だった。

「ということは、あの犯人は何をするか分からなかったということですね」少しだけ勝ち誇ったような口調。

「まあ……」吉田の歯切れが悪くなる。

「緊急事態ということで、あの決断は仕方なかったんじゃないですか」城戸が鳴沢の方を向く。「覚醒剤を使ってたことが分かってたんじゃないか？」

「検査しない限り、正確には分かりませんよ」鳴沢が平静な口調で答える。

「それでも結果的に、判断は正しかったと言えるんじゃないですかね、吉田課長」

「その判断はこちらで下します！　鳴沢、下がっていい！」吉田が立ち上がった。虚勢を張っているが、負けを認めたも同然だった。

鳴沢が一礼し、バスを出た。大沢たちもそれに続く。城戸はバスから離れながら、大きく背伸びをした。

「あんた、相変わらず無茶してるな」

話しかけると、鳴沢が歩みを止めて振り返る。興奮した様子もほっとした様子もなく、こんなことは日常茶飯事だと言わんばかりに、淡々としていた。

「お礼ぐらい、言ってもらってもいいと思うけど」城戸が切り出した。

「どうしてですか?」鳴沢が目を細める。「別に庇ってくれとは頼んでいませんよ」

「そうは言うけどさ、あのまま一課長に締め上げられてたら、さすがにあんたもやばかったんじゃないの? それこそ、馘《くび》にでもなったら、どうするつもりだったんだよ」

鳴沢が肩をすくめる。そんなことは考えてもいなかった、とでも言いたそうだった。

「ま、あんたにこんなことを言っても無駄だろうな」城戸が溜息をつく。「独立独歩の男だから」

「そういうことも、特に考えたことはないですね」

二人の間に微妙な空気が流れる。大沢はそれに耐え切れず、割りこんだ。

「どうして、何の指示も受けずに飛びこんだんですか」

「指示を聞くも何も、電話も無線も切っていたから」

そういうことか、と大沢は納得した。犯人を発見してから、気づかれないために電源を切ったのだろう。あの状態では、犯人は外部の刺激に対して敏感になっているはずだ。当然の処置である。それでも、鳴沢に訊ねざるを得なかった。

「それにしても、あそこで一人で飛びこむのは、無茶過ぎませんか？　犯人は凶器を持っていたわけだし」

「凶器を持っていたからですよ」鳴沢が反論した。「包丁を首に突きつけられた女性がいたんですよ？　一刻も早く救出するのが、俺たちの仕事でしょう」

「それにしても危険です」

「犯人の手が震えていた」鳴沢が静かに説明した。「たぶん、覚醒剤のせいだったと思うけど、極度に興奮しているのはすぐに分かりました。刃物を持っていたし、すぐに制圧する必要があった」

「しかし、ですね」大沢は納得できなかった。上からという、犯人にとっては予想外の形での急襲だったが、刃物を持った人間に素手で対峙するのは、無謀以外の何物でもない。

「ああいう場合は、躊躇《ちゅうちょ》すると失敗するんです」鳴沢が毅然《きぜん》とした口調で言った。「それに、目の前で人が刺されるのを、黙って見ているわけにはいかない。相棒もいたし、一人で勝手に突っこんだわけじゃありませんから」

「ああ、藤田さんですね」城戸に聞いた話の中でも出てきた、鳴沢の相棒だ。「信頼されてるんですね」

鳴沢の表情がふっと緩《ゆる》む。大沢の指摘を認めてはいるが、わざわざ口にはしたくない様子だった。

「まあ、あんたらしいと言えばあんたらしいやり方だな」城戸が渋々認めた。「しかし、無茶するもんだ。命は惜しくないのかね」

「そんなことを考えていたら、仕事はできませんから。仕事中は無敵のつもりでいます」

一瞬唖然《あぜん》とした城戸が、すぐに爆笑した。鳴沢に近づくと、彼が嫌な顔をするのも気にせず、ばんばんと肩を叩く。

「いやあ、馘になったら、うちの事務官になってもらおうと思ったんだけど、今回は見送りだね」

「お誘いはありがたいですが、刑事以外の仕事には興味がありませんから」

「検察事務官も、法執行に携わる立場としては、刑事と同じですよ」大沢は静かに指摘した。

「刑事の方が現場に近い……まだ仕事が残ってますから」鳴沢が素早く一礼し、去って行った。あんなことがあった後なのに、ショックを受けた様子も見せず、足取りも軽やかに走って行く。外れかけたスーツの袖がぶらぶら揺れているのが、妙に滑稽だった。

5

「滅茶苦茶な話じゃないですか」長瀬は溜息をついて、わずかに残ったエスプレッソを飲み干した。上司との衝突、犯人からの覚醒剤の検出……鳴沢は確かに、短い時間で何度も山を越えたようだ。

「滅茶苦茶ですが、筋は通っていると思います」大沢が真顔でうなずく。

「まったく、あの人は……」長瀬は足を組み直し、上になった右のズボンの膝の辺《あた》りを摘んで持ち上げた。「暴走癖は全然変わってないですね」

「昔からあんな感じだった？」城戸が訊ねる。

「私が直接知らないだけで、他《ほか》にもいろいろな話があるみたいですよ。何であれで馘にならないのか、謎《なぞ》です」

「馘にはならないだろうね」城戸がストローで、すっかり氷が解《と》けたグラスの中をかき回した。

「どうして」

「あなたも、会社にいたなら分かると思うけど、どんな組織でも、完全に上意下達《じょういかたつ》で動くわけじゃない。必ずどこかに、引っかかる人間がいる。いつも手を抜いてサボってる奴とか、途中で仕事を放り出してしまう奴とか……ただ、鳴沢のような形で勝手に動く人間は、今の時代にはいないと思う」

「そうかもしれません」

「上の人間も、怖く思う半面、彼には期待してるんだ」

「ああ」納得して、長瀬はうなずいた。「自分たちまで巻きこむ大失敗をするかもしれないけど、まごまごしていると手遅れになるような事件は、スピード勝負で解決してくれる」

「そして万が一失敗しても、その時は鳴沢一人に責任を押しつければいい——おっと、そんな怖い顔するなよ」

長瀬は思わず頰を擦《こす》った。確かに……頰が強張《こわば》っている。この感覚には覚えがある。友を馬鹿にされた時に感じる、腹の底から湧き出す不快感だ。

「あいつは、ジョーカーみたいなものなんだ。使い方次第で、最悪の手札にも、最高の切り札にもなる。今のところ、上手《うま》いこと使える上司がいないのが、あいつにとって一番の不幸だな」

「鳴沢さんは、どんな人間の下にいても変わりませんよ」

「それもそうか……」城戸が一瞬天を仰いだ。「こっちへ誘ったの、結構本気だったんだけどな。どうも彼は、基本的に殺しの捜査が好きらしい」

「帳簿読みなんかやらせたら、一日でダウンするんじゃないですか」

「やはり野に置け蓮華草、ということか」城戸がふっと笑った。

「変に囲いこまない方がいいでしょうね」

城戸がグラスに口をつけ、最後に残ったアイスコーヒーを一気に吸いこんだ。

「ところで、さっきの話なんだけどな」

「さっきの話？」

「あなた、言ったでしょう？　鳴沢を好きな人なんかいるのかって」

「ええ」

「ほとんどの人は、できるだけ彼から離れていて、利用できる時に利用しようとしか考えていない。だけど、人間として好きだと考えている人間も、間違いなくいるんじゃないかな」城戸の顔に薄《うっす》らと笑みが広がった。ゆっくりと、長瀬、大沢、そして最後に自分の鼻を指差す。「少なくとも、三人」

脱出

1

嫌な予感がする。

藤田心《ふじたしん》は、背中を冷たい緊張感が伝うのを自覚した。絶対的に人手が足りない。つき合いの長くなった相棒の鳴沢《なるさわ》は隣にいるものの、孤独感と恐怖——認めたくはなかったが——は強い。鼓動が激しくなるのを感じ、深呼吸して自分を落ち着けようとした。ほら、何をビビってるんだ。お前はもう、刑事になって十年以上になるんだぞ。もっとひどいこと、きついことは何度も経験してきたじゃないか。

足元から、かすかにオイルの臭《にお》いが立ち上がってくる。廃工場なのだが、何の工場なのか、いつ頃から使われていないのか定《さだ》かではなかった。相当広く、中を完璧《かんぺき》に捜索するためには、何人もの人間で手分けしなければならない——ところが実際には二人しかいないという事実が、藤田に恐怖心を植えつける。

「銃を持ってるってのは本当なのかね」傍《かたわ》らを歩く鳴沢に、囁《ささや》くように訊《たず》ねる。藤田は、普段持ち歩かない銃の重みに、肩が凝り始めていた。

「本当かどうかは分からないけど、用心に越したことはないだろう」

「何でそんなつまらないことしか言えないのかね、この人は」

茶化すと、鳴沢が黙りこんだ。大きな体を折り曲げるようにして、低い姿勢を取っている。右手には拳銃。腰の高さに構え、いつ何があっても対応できるようにしている。床にはオイルだけではなく、一面に砂も吹きこんでいて、藤田は自分が歩く度に靴底がじゃりじゃりと音を立てるのを気にしていたのだが、鳴沢はまったく音を立てない。体が大きい割に、身のこなしが軽い男なのだ。

大きなコンテナが目の前にある。そこまで素早く移動し、陰に隠れた。この工場は、どういう作りになっているのだろう。見取り図を入手することもなく突っこませた上層部の判断には、疑問を感じざるを得ない。何しろ暗く、犯人がどこで見ているか分からないから、懐中電灯などを使うわけにもいかないのだ。まさしく手探り、一歩ずつ先へ進んで調べていくしかない。

藤田は、空《あ》いた左手の甲で額を拭《ぬぐ》った。べったりと汗がついてくる。クソ、冗談じゃない。今夜は大事な用事があるのに……汗臭いままでは困る。シャワーを浴びている余裕はあるだろうか。

鳴沢が、コンテナの端までゆっくり移動し、ほんの少し、顔を突き出した。

「よせよ、おい」藤田は鋭い声で忠告する。自分から的になるようなものだ。

「大丈夫だ」鳴沢が低い声で答える。「前へ進もう」

「お前、見えてるのか?」

「見えないけど、気配はない」

冗談はやめてくれ。藤田は首を振った。いくらこの男が鋭くても、気配だけで犯人を逮捕するわけにはいかない。

藤田は、三十分ほど前のやり取りを思い出していた。本庁の組織犯罪対策部から急な指示があり、麻薬のディーラーをやっている暴力団幹部のアジトを急襲することになったのだが、本当に準備の時間がなかった。拳銃携行、状況は現地で説明する——とのことで、本来は暴力団担当ではない二人も引っ張り出されてきたのだ。

最初に命令を受けた時から、藤田はずっと不安を抱えたままだった。度胸はある方だと思っているが、無謀ではない。絶対に。何をやるにしても、十分な準備がないと不安になる方なのだ。そういう性格でなければ、暴走しがちな鳴沢を抑えられないわけだし。

アジトだと絞りこまれたのが、この廃工場だった。正確には、廃工場といくつかの倉庫。現場でのレクチャーで、藤田の不安はますます高まった。明らかに、準備不足である。「ここにいるはずだ」という曖昧《あいまい》な情報だけで、所轄の刑事である自分たちを突っこませようとしている。しかし、その場には二十人近くの捜査員が集結しており、文句を言える雰囲気《ふんいき》ではなかった。鳴沢が筋を通して何か言うかとも思ったが、終始無言だった。藤田たちは廃工場を任され、二人きりで潜入した。

鳴沢が猫のようにぐっと身を沈ませ、コンテナの横を走り抜ける。

「おい！」低い声で忠告した。この先に何があるか、分からないのだ。しかし鳴沢は後ろを振り返ろうともせず、一直線に進んで行く。その姿がすぐに闇に消えた。

ライターか携帯を使えば、手元ぐらいは照らせるのだが……未《いま》だ闇に目が慣れず、自分の周囲がどんな風になっているかさえ分からない。鳴沢の足音が消えた後、藤田はコンテナに体を押しつけたまま、しばし耳を澄ませた。何の気配もない。鳴沢の存在も、闇に溶けてしまったようだった。コンテナから体を離した瞬間、左の方からかすかな足音が聞こえてきたので一気に緊張感が高まり、藤田は慌《あわ》てて拳銃を胸の高さにまで上げた。

「俺だ」

鳴沢の声を聞いて、どっと汗が噴き出す。何だ、コンテナを一周してきたのか……スーツの袖《そで》で額を拭い、小さく溜息《ためいき》を漏《も》らす。

「何もないな」

「向こうはどうなってるんだ？」情けないことに、声が裏返ってしまった。

「何もないんだ」それで分かるだろうとでも言いたげに、鳴沢が繰り返した。普段も余計なことを言う男ではないのだが、これではさっぱり分からない。結局、自分の目で確かめるしかないか……。

藤田は、鳴沢と同じルート、コンテナに沿って歩き始めた。コンテナに左肩をくっつけるようにして、慎重に一歩ずつ前進する。想像していたよりも大きく、長さは十メートルほどありそうだった。端までたどり着き、さらにコンテナに体を密着させたまま、向こう側を覗《のぞ》く。ほぼ暗闇だった。右側からかすかに光が入ってくるが、外からのものなのか、どこかで照明が点《つ》いているのかは分からない。コンクリートの床はフラットで、やはり何もないようだった。そもそも、何の工場だったのだろう。自動車修理工場にしては広いし……藤田は片膝《かたひざ》をついて、その場で待機した。すぐに鳴沢が後ろから追いついて、中腰の姿勢を取る。

「懐中電灯を使った方がいいんじゃないか」暗闇の中で手探りが続くのにうんざりして、藤田は言った。

「それに気づいて向こうが撃ち出したらどうする」鳴沢の声は冷静だった。

「分かったよ……他《ほか》の連中、どうしてるのかね」

「さあ」

これだけ広い場所だと、グリッド方式の捜索が一番効率的だ。全体を格子状に分け、一つ一つを潰《つぶ》していく——しかし今回は、この場は二人だけに任されている。他に捜索する場所もあるから当然かもしれないが、かなり大雑把《おおざっぱ》な指示だった。この場所がアジトだというなら、もっと丁寧《ていねい》に準備をして人数も集め、慎重にやるのが筋である。焦《あせ》っているのは、相手が銃を持っているという情報を重視しているからだ。この廃工場は住宅街の中にあり、仮に銃を乱射されでもしたら、確かに大変なことになる。その前に逮捕したいのだろうが、無為無策でこちらに無理を強《し》いているのは間違いないのだ。クソ、どうせこの計画を練った連中は、会議室でふんぞり返ってエアコンの冷気を楽しんでいるのだろう。

「前へ進むぞ」鳴沢が、藤田の脇をすり抜けて前進しようとした。

「待て待て」藤田は少し背伸びして、彼の肩を摑《つか》んだ。鳴沢は体が大きいから、的《まと》になりやすい。「俺が先導する。バックアップを頼むよ」

無言だが、鳴沢が不満を抱いているのは気配で分かった。しかしここで自分が彼を抑えなければ、またきっと、とんでもないことが起きる。藤田は、自分に課された役割を十分理解していた。鳴沢が暴走しないように抑えること——最初に相棒として組まされた時、上司からしつこく念押しされたのを覚えている。放っておくと何をしでかすか分からないから、誰かがストッパーにならなければいけない。お前には、そのために給料を払う、と。

馬鹿《ばか》言ってるんじゃないよ。騙《だま》されたぜ。今貰《もら》ってる給料じゃ、全然足りない。別途、危険手当が必要だ。

何度も危ない目に遭《あ》わされ、始末書を書かされ……他の刑事と組んでいた時には、そんなことはなかった。それなのに何故か「相棒を替えて下さい」と言い出せない。

藤田は鳴沢を追い越して前に出た。姿勢を低く保ったまま、ゆっくりと前進する。太《ふと》腿《もも》に力が入り、下半身が強張《こわば》るような感じがした。そういえば最近、マッサージに行っていない。これが終わって、夜の用事も済んだら、すぐに行きつけの店へ行こう。真夜中までやっているマッサージ店があるのだ。密《ひそ》かに「ゴッドハンド」と呼んでいる男がいて……。

ふいに、背中を押される感覚がすると同時に、足元の床が消えた。鳴沢が短く声を上げる。何だ？　パニックに陥《おちい》りながら、藤田は虚空に向かって手を伸ばす。何も摑めぬまま、いきなり体が下へ引っ張られた。自然落下のはずなのに……すぐに、足が何かにぶつかり、痛みと衝撃が襲ってきた。体がひっくり返り、肩から落ちて上半身に激しい痛みが走る。さらに、何かが上に落ちてきた。重く柔らかい衝撃が全身に走り、藤田は一瞬気を失った。最後に聞いたのは、重々しい金属の軋《きし》み音だった。

2

ゆっくりと意識が戻ってくる。体のあちこちに痛みが残っていたが、取り敢えず致命傷ではないようだ。藤田はゆっくりと体を起こし、周囲を見回した。

黒。先ほどまでよりもずっと濃い闇が、周囲を覆っている。空気は淀《よど》んでいた。どこか狭い場所にいるようだが、いったい何が起きたのだろう。

「鳴沢？」

「ここだ」

すぐ近くから声が聞こえた。同時に、携帯電話の画面が発する淡い光が、彼の顔を照らし出す。顔の左側に、細い血の筋が走っているのが見えた。

「お前、怪我《けが》してるぞ」

「頭か？」

「ああ。血が出てる」

「大丈夫だ。痛みは大したことはない」鳴沢の声は落ち着いていた。

「何があったんだ？」自分は動揺している、と意識しながら藤田は訊ねた。

「分からない。誰かに突き落とされたんだと思う。たぶん、隠れていた連中だ」

鳴沢が動く気配がした。何かを踏みしめる音が響き、彼が遠ざかるのが分かった。すぐに、低い唸《うな》り声が響く。

「おい、何やってるんだ？」

「ドア……蓋《ふた》が閉まってる」

「蓋って何だよ」

「そこから落とされたんだ」

そういうことか、と藤田は状況を呑《の》みこんだ。突き飛ばされて階段を転げ落ち、さらに上から鳴沢が落ちてきて……あちこちが痛むが、一番ひどいのは左足首だ。折れてはいないだろうが、動かすと激痛が走る。いや、もしかしたら折れているかもしれない。ゆっくり立ち上がってみたが、左足に力が入らない。クソ、階段を転げ落ちたぐらいで怪我するようじゃ、俺も年だ。

それにしても暗い。工場の中も暗かったがここはそれ以上で、顔の前に手を持ってきても見えないほどだった。手探りでライターを取り出し、火を点ける。自分の周辺だけが少し明るくなったが、この場所全体の様子は把握《はあく》できなかった。ジッポーなので、炎が揺らぎ、頼りない。消えないようにゆっくりと頭上に翳《かざ》し、まずは上の様子を確認する。天井までの高さは二メートルほど。自分はともかく、背の高い鳴沢は、頭を押さえつけられたように感じているだろう。

鳴沢は階段の途中にいて、天井を手探りしていた。やがて蓋を見つけ出したようで、思い切り力を入れて押し上げる。びくともしないようだ。軋み音さえしない。よほど重い蓋ががっちり閉まっているか、上に何か乗っているかだ。鳴沢の呻《うめ》き声が漏れ、全身に力が入るのが分かる。しかしどうしようもなかったようで、やがて諦《あきら》めて階段を下りて来た。荒い息遣いを、藤田ははっきりと感じた。

「火傷《やけど》するぞ」

指摘されて、指先が焦げるほど熱くなっているのに気づく。慌てて蓋を閉めて火を消したが、指先には熱さが残ったままだった。ライターの代わりに携帯を開いて、淡い灯《あか》りで何とか地下室の様子を確かめようとした。

「携帯も、使わない方がいい」

「どうして」

「電源が持たないぞ」

「どういう意味だよ」

「いつ出られるか分からないから。節約した方がいい」

「何だよ、それ」藤田は鼓動が激しくなるのを感じた。まさか、こんなところにずっと閉じこめられるのか？　冗談じゃないぞ。だいたい、空気は持つのか？

いや、それは考え過ぎか。工場の地下室ということは、元々倉庫か機械室として使われていたのだろう。それほど気密性は高くないはずだ。少なくとも、窒息して死ぬことはあるまい。

「ま、何とかなるだろう」自分を安心させるために、藤田はわざと呑気《のんき》に言った。

「気楽に言うな」鳴沢の声が尖《とが》る。

「何を焦ってるんだよ。近くにたくさん刑事がいるんだぜ？　そのうち気づくだろう」

「それどころじゃないかもしれない。俺たちは忘れられる可能性もあるぞ」

「まさか」

「捜索中に誰かいなくなったとして、お前だったらどうする？　犯人を放っておいて、行方《ゆくえ》不明になった奴《やつ》を捜すか？」

「いや、それは……」藤田は口籠《くちごも》った。鳴沢の声に焦りが感じられるのが、どうにも嫌な感じである。時に感情を露《あらわ》にすることもある男だが、少なくともこういう状況――パニックに陥ってもおかしくない状況では、逆に冷静になる。単なるへそ曲がりではないかと、今でも疑っているのだが。

「連絡すればいいんだよ」どうしてこんな単純なことに気づかなかったのかと思いながら、藤田は再び携帯を開いた。

圏外。当たり前か。

舌打ちして、藤田は音を立てて携帯を畳んだ。途端に、今日最大の不安に襲われる。外と連絡が取れなくなるだけで、こんなに心が乱れるものか。携帯依存症とは思わないが、今の時代はこれがないと話にならない。

「少し、休んでおけ」藤田が焦っているのに気づいて逆に落ち着いたのか、鳴沢が静かな声で言った。

「冗談じゃない。こんなところで休んでいられるかよ」

「体力を消耗しないようにして……」

「で、どうする？　助けが来るのを待つだけか」つい、言葉が尖ってしまう。

「焦るな」

「俺は、こんなところに閉じこめられたままじゃ困るぞ」

「閉所恐怖症なのか？」

「そうじゃない……」何となく理由を言いたくなくて、藤田は口を閉ざした。「とにかく、時間の無駄だ」

「分かるけど、焦るな」

藤田は舌打ちして、その場に座りこんだ。鳴沢の顔が見えないので、やり合っていてもどこか気合が入らない。地下室は暑いだけではなく湿《しめ》っており、ただじっとしているだけでも不快だった。閉鎖されている分、上の工場よりも気温が高いようで、すぐに汗が噴き出してくる。鳴沢は階段の途中にいて何か調べているようだが、何をしているのかはまったく分からなかった。

「何か分かったか？」訊ねる声がひどく落ちこんでいるのが自分でも分かる。額を滑り落ちた汗が目に入り、思わず目を瞑《つぶ》った。額を濡《ぬ》らす汗を、指先で弾《はじ》き飛《と》ばす。ハンカチは……ない。離婚した男は、身なりや持ち物に気を遣わなくなるものだ。もう何年も、ハンカチなど持ったことがない。

まさか、暖房が入っているわけではないだろうが、この暑さは異常だ。もっとも、今日も外は三十度を超えているし、この工場に潜入したのは午後一時……これからもっと気温が上がるだろう。直射日光に晒《さら》されているわけではないが、この蒸し暑さにいつまで耐えられるか、分からなかった。

「お前も、大人しくしてた方がいいんじゃないか」

「そうだな」

諦めた様子ではないが、淡々とした声で鳴沢が答える。階段を下りる足音がかすかに聞こえてきた。低い小さな音からして、階段はコンクリート製らしい。ほどなく、隣に鳴沢が座る気配がした。まだ呼吸が整っていない。蓋を押し開けようとして、相当無理をしたのではないだろうか。この状態で銃を使えば、跳弾《ちょうだん》を心配しなくてはならないし……鳴沢は、体力的には藤田が知る誰よりも優れた人間だが、限界はある。

「何だか息苦しくないか？」藤田はシャツの襟元《えりもと》に指を突っこみ、空気を導き入れた。元々ネクタイはしていないのだが、暑さは耐え難い。空気は淀み、熱気をはらんでいる。そこに自分たちの体温が加わり、さらに環境は悪化しているようだった。

「あまり息をしない方がいいかな？」半《なか》ば自棄《やけ》になって藤田は言った。「空気が循環してないと、やばいだろう」

「いや、空気は流れてると思う」

鳴沢が口をつぐむと、ほぼ完全な沈黙が訪れた。耳を澄ますと、かすかに、しゅうしゅうと息が漏れるような音がする。

「換気口でもあるのか？」

「あるとしても、小さい物じゃないかな」鳴沢が冷静に答える。「まあ、普通に息をしてても大丈夫だろう」

とはいっても、狭い地下室には濃厚にオイルの臭いが立ちこめている。最初は気にならなかったが、次第に落ち着かなくなってきた。気化したオイルを吸い続けるとどうなるのだろう？　喉《のど》や肺に悪影響が出るのではないか？

鳴沢には忠告されたが、携帯を開いて時刻を確認する。十三時二十分。工場へ入って十分ほど、ここへ落ちてからは数分しか経っていないが、もっとずっと長い時間が過ぎてしまったようだった。体を捻《ひね》って上着を脱ぎ、傍らに放り出す。シャツ一枚になったことで少しは暑さが和らいだが、ささやかな快適さが長続きしないのは分かっていた。いずれ、裸でも耐え難いぐらいになるだろう。

しかし、鳴沢は大丈夫なのだろうか。この男は、真夏でもネクタイを外さない。一度理由を訊いたことがあったが、「外すと変だから」と短く答えるだけだった。何が変なのか分からず、かと言って説教のような持論を聞かされるのも嫌だったので、それ以上は追及しなかったのだが……この暑さでは、いずれ鳴沢も服を脱がざるを得ないだろう。

そうなったら、本当の非常事態だ。しかし今のところ、自分たちでこの密室から逃げ出す手段はなさそうである。覚悟を決め、藤田は左足の痛みに耐えながら、何とか胡座《あぐら》をかいた。長期戦……洒落《しゃれ》にならないが、今は焦って動き回るよりも、体力の消耗を防いだ方がいい。鳴沢の言う通りだ。

だが、蒸し風呂のような地下室で、座して死ぬのを待っているわけにはいかない。

俺には、待っている人がいるのだ。

3

ワイシャツのボタンを二つ外してみたが、何の効果もなかった。シャツは汗でぐっしょりと重くなり、肌にまとわりついて不快である。いっそ、脱いでしまいたい。しかし、ここで脱いだら後がないのだと気づき、何とか我慢した。

さすがに鳴沢も、上着だけは脱いでいた。一言も喋《しゃべ》らず、静かに座っている。本当にこのまま待つつもりか？　藤田は再び苛立《いらだ》ちを覚え、つい突っかかってしまった。

「どうするんだよ」

「何が」鳴沢が間延びした声で答える。暗闇の中で目を閉じ、瞑想していたのではないかと思えた。

「本当に、ずっとここにいるのか？　脱水症状で死ぬぞ」

「まだ大丈夫だ」

「上の蓋を叩《たた》いて助けを呼ぶか？」藤田は立ち上がりかけ、左足首の激痛に耐えかねて、また座りこんでしまった。

「駄目《だめ》だ」鳴沢が即座に言った。

「どうして」

「音を立てない方がいい。その辺にまだ犯人がいたら、なにをされるか分からない」

暑さのあまり頭がぼうっとしてきていたが、鳴沢の言い分はもっともだ、と思った。ここで大声を上げたり、蓋を激しく叩いたりすれば、どこかに潜んでいるかもしれない犯人の耳に届いてしまうだろう。そうなったら何が起きるか……結局、助けが来るまで大人しく待っているしかないようだ。

「足は大丈夫か？」鳴沢が訊ねる。

「何かしろって言われても困るぜ。動くのは無理だ」かなり熱を持ち、腫《は》れてきているのが分かる。

「大人しくしていてくれればいいよ」

「お前、どうするんだ」

「何とかする」

「どうやって」

会話が堂々巡りしてきているのを感じる。鳴沢もダメージを受けている？　そうかもしれない。何の前触れもなく転がり落ちて、異常に気温と湿度の高い暗い場所に閉じこめられているのだ、精神的にも参っているはずである。鳴沢が黙りこむと、また静かに空気が流れる音だけが聞こえてきた。

五感を一つ奪われると、他の感覚が鋭くなるとよく言われる。今は視力がないも同然だから、残る四つの感覚が頼りだ。嗅覚《きゅうかく》に関しては……オイルと、自分たちの汗の臭いしかしない。オイルの臭いは、最初ここに閉じこめられた時より薄れている感じがするが、少しは慣れたのかもしれない。あるいは、感覚がおかしくなってきているのか。聴覚に関しては、まだしっかりしていると思いたかった。かすかな空気の流れを聞き取れるのがその証拠だし、足音……足音？

「おい」藤田は低い声で鳴沢に呼びかけ、見えないのは承知で天井を指差した。「上で何か……」

「聞こえてる」鳴沢が短く応じる。

間違いなく、誰かが歩き回っている。ほんのかすかな足音だが、リズミカルに響いてきた。分厚いコンクリートを通してなので、細かいことは分からないが、一人ではない感じがする。鳴沢がすかさず階段を駆け上がり、首を捻って天井に頭を押しつけた。藤田は足の痛みで立ち上がれず、「誰が――」と言いかけたところで、鳴沢に「静かに」と忠告を飛ばされた。

口をつぐみ、耳に全神経を集中させる。いきなり音が変わった。コンクリートの上を歩く鈍《にぶ》い音ではなく、金属を靴底が叩く、甲高《かんだか》い足音。我慢しきれず、藤田はライターを点けて鳴沢の姿を確認した。ひどく真剣な表情で、首を倒して耳を金属製の蓋に押し当てている。藤田は焦り、思わず叫びそうになった。それに素早く気づいた鳴沢が、口の前で人差し指を立ててみせる。苛立ちから思わず声が漏れそうになったが、藤田は唇を嚙《か》み締《し》めて我慢した。鳴沢が「静かに」と言うなら、必ず何か理由があるはずだ。

鼓動が高鳴り、耳に煩《うるさ》いほどだった。ライターを消す。一度灯りに慣れた目には、戻ってきた闇は完全な黒だった。鳴沢が自分の携帯を開き、足元を確認しながら下りてくる。いつの間にか、足音は止んでいた。

「誰かが捜しに来たんじゃないか」藤田は文句を言った。

「違う。刑事なら絶対、あの金属製の蓋に気づく。無視して立ち去ったのは……」

「犯人か」藤田は言葉を引き取った。

「おそらく」

「要するに、俺たちを閉じこめたわけだ」藤田は思わず歯軋りした。「ふざけやがって……どうするよ」

「待つ」

「助けを？」変わらぬ答えに、苛立ちが募る。

「他に何ができる？」

「お前、よくそんなに悠長《ゆうちょう》に構えていられるな」

藤田の額から汗が流れ落ち、目に入った。ワイシャツの袖口で拭き取り、きつく目を瞑って痛みをやり過ごそうとする。暑さはますます激しくなり、耐えられないほどになっていた。ふと、自分の腕時計には温度計もついているのだと思い出したが、確認する気にはなれない。体感でも十分参っているのに、それを数字で裏づけられれば、精神的なショックは大きくなる一方だ。

「暑くないのか？」先ほど一瞬明るくなった時、彼がまだネクタイを外していないのを見た。

「体を慣らしてるんだ」

「馬鹿言うな。暑さで死ぬぞ」

「これぐらいじゃ死なない」

「意地、張るなよ」

返事はなかった。階段の下でじっと座りこんだまま、何か考えている様子である。

「今まで、銃声は聞こえてないな？」鳴沢が確認した。

「ああ。いくら何でも、あんな馬鹿でかい音がしたら分かるだろう」

「ということは、外で何が起きてるんだ？」

「さあな」藤田は、考えがまとまらない、とだけ考えていた。暑さのせいで、思考力は確実に衰《おとろ》えている。

「犯人がこの工場の中にいるのは間違いない。どうして見つからないんだ？」

「確かに、な……もう捜索を諦めて出て行ったとか？」

「諦めが早過ぎる」鳴沢が静かに言った。「そんなふざけた話があるか？　いい加減な情報に踊らされただけじゃないのか」

「俺には分からないよ」

藤田は半分だけ胡座をかいた。右足を尻の下に曲げ入れ、痛めた左足を前へ投げ出す。背もたれが欲しかったが、自分がこの地下室のどこにいるのかさえ分からなかった。壁はどこにある？

「きついか？」もぞもぞと動いているのを察したのか、鳴沢が声をかけてきた。

「ちゃんと座れないんだ」

「今、手を貸す」

鳴沢が近づく気配がした。すぐに脇の下に手が差しこまれる。ぐっと体が持ち上がり、藤田は右足一本で何とかバランスを取って立った。肩を貸してもらい、階段の脇まで回りこむ。そこに背中を預ける格好で腰を下ろし、両足を投げ出した。ずっと無理な姿勢でいたので強張っていた腰や膝が、急に楽になる。一つ溜息をついて、ワイシャツの前を開き、胸元に風を送りこんだ。かすかに、頰《ほお》に風が触れる。地下室の中を流れる空気の流れを、ちょうど遮《さえぎ》る格好になったようだ。

「鳴沢、右から空気が流れてる」

「ライター、貸してくれないか」

ライターを取り出し、火を点ける。一度消したが、そのまま手を上げていると、鳴沢がライターを取って行った。数少ない、頼れる物が手の中から消え、藤田は途端に心細くなった。

4

鳴沢が、時折ライターの火を点けながら、地下室の中を確認していく。彼の姿がぼうっと浮かび上がるのは見えたが、藤田は完全に集中力を欠いており、自分では内部の様子を把握できなかった。鳴沢が、一々声に出して報告する。

「階段側……すぐに壁。直径五センチぐらいの穴がある。空気はここから流れている」沈黙。すぐに「中は何だか分からないな」と続けた。

「換気口か」

「そんな感じだけど、中が見えない」

藤田は階段に後頭部をつけた。コンクリートはひんやりしているはずだが、体の内部に籠った熱気は抜けない。少しだけ冷たい感触があるのは、髪がぐっしょりと濡れているせいだ。ワイシャツも肌に張りつき、動くたびに襲う、ぬめぬめした感触が不快である。

「横幅、五メートル」

ライターの火が消え、鳴沢が静かに歩き回る気配だけが聞こえる。革底の靴なのに、ラバーソールの靴のように静かだった。刑事の中には、聞き込みや尾行の時に楽なようにとスニーカーを履いている者もいるのだが、鳴沢は常に革靴である。色は黒ばかり。唯一と言っていい趣味が靴磨《くつみが》きで、いつも顔が映りこみそうなほどに磨き上げていた。こんな埃《ほこり》だらけ、おそらく床にはオイルが零《こぼ》れている場所を歩き回っていたら、いい靴が台無しだろうが、気にする様子はない。

「奥行き、十メートルぐらい……何か工作機械が置いてある」

「何なんだ？」

「よく分からない」

「動くのか？」

「どうだろう」

それまで中腰で動き回っていた鳴沢が体を伸ばす気配がした。継ぎ目でも探しているのか、掌《てのひら》が壁を擦《こす》る音が聞こえてくる。しかし、コンクリートの壁に継ぎ目があっても、何とかなるわけでもない。

「部屋はほぼ直方体だな」

「言われなくても、それぐらい分かるよ」藤田は深く息を継いだ。吸いこむ空気さえ熱い感じがする。空気の流れに身を晒して一息ついたものの、かえって鼓動が激しくなった。このままだと間違いなく、体がからからになる。脱水症状を本気で心配しなければならなくなるまで、どれぐらい余裕があるだろう。

「少し休んでろ」鳴沢が声をかけてきた。

「まさか。こんなクソ暑いところで寝られるかよ」

「横になってるだけでもいい」

「オイル臭いよ」

「まだ元気だな」鳴沢は小さく笑ったようだった。

「何だよ、わざと言ってるのか？」

「これだけ話ができるようなら、大丈夫だ。でも、体力を温存しておけよ」

「まだまだへばらないよ」

　そう言いながらも、次第に体がずり落ちてくる。腰が丸まり、電車の中でだらしなく腰かける若者のようになってきた。呼吸が荒く、左足首の痛みは、定期的に脳に危険信号を送りこんでくる。時間が経つにつれ、痛みはどんどんひどくなるようだ。ああ、やっぱり折れているのかもしれない。痛みは激しいのに、何だか冷えている感じがする。前屈《ぜんくつ》の要領で腕を伸ばし、足首に触れてみた。刺すような痛みが走り、思わず呻き声を漏らす。慎重に紐《ひも》を緩《ゆる》め、何とか靴を脱ぎ捨てた。靴下も脱いで、足を完全に解放する。その間ずっと、痛みに襲われていたが、足が空気に触れると少しだけ楽になった。

「痛み、ひどいのか？」

　いつの間にかすぐ側に戻って来ていた鳴沢が訊ねる。一瞬だけライターを点けたので、足首を見てみると、ソフトボール大に腫れ上がっているのが分かった――実際にはそんなことはないのだが、痛みの影響でそんな感じがする。

「たぶん、折れてるな」

「動くなよ」そう言って、鳴沢がハンカチを取り出した。足首を縛ろうとしたが、添え木になるものがないので躊躇《ちゅうちょ》している。

「よせよ。縛ったら、痛みで気絶するぜ」

「少し我慢しろ」

「しかしお前がハンカチを持ってるとはね」

「ああ……今、こっちに帰って来てるから」

「嫁さんか」

「だから、ハンカチぐらいはある」

鳴沢が結婚した相手、優美《ゆみ》は、普段はニューヨークに住んでいる。息子の勇樹《ゆうき》――前夫との間に生まれた子どもだ――が向こうで芸能活動をしているので、その面倒を見なければならないのだ。鳴沢との間に生まれた娘も一緒である。鳴沢にすれば、逆単身赴任の状態だ。それで文句を言うようなことはないが……。

「冗談じゃないよな。せっかく嫁さんも子どももいる時に、こんな目に遭って」

「何とかなる」

「お前、こんなに楽天的だっけ？」

「楽天的じゃない。何とかしなくちゃいけないと思ってるからだ」

「意味、分からないな」闇の中、藤田は首を振った。

「待ってる人間がいるんだから、無事に帰らないと。そういうところ、俺は諦めが悪いよ」

「まあ、簡単に諦められたら困るけど」藤田は苦笑した。こいつも人並みに家庭人ということか……しかし、不思議な感じがした。普段の鳴沢の行動を見ると、命知らずというか、怪我を負うことなど恐れていないようなのだが。

「とにかく焦らないで、助けを待とう」

「家族も待ってるしな」

「そういうことだ」

藤田は慎重に呼吸してみた。熱い空気が胸を焦がすようで、息をするのも苦しい。

「銃は使えないか？　あの蓋を撃てば、何とかなるんじゃないか」

「無理だ。跳弾で怪我するかもしれない」

「留め金とかは？」

「確かめたけど、内側にはないな」

「それ、変だぞ」藤田は首を傾《かし》げた。「それじゃ、内側から開けられないじゃないか。一度入ったら出られなくなる」

「そうだけど、理由は分からない」

鳴沢がすっと立ち上がり、離れて行った。藤田はまた階段に頭をつけ、そっと目を閉じる。元々何も見えないので、光景が変わるわけではなかった。ただ、唐突に睡魔が襲ってくる。このまま目を閉じていると、眠ってしまいそうだ。鳴沢の言う通り、少し眠って体力を温存しておいた方がいいかもしれない。そう思って、意識して眠ろうとした。一瞬、寝たかもしれない。しかし体を動かした瞬間、足首に激痛が走って眠気《ねむけ》が吹き飛んだ。これは無理だ……足を何とかしないと、眠ることすらできない。藤田は次第に、諦めが心を支配し始めるのを意識した。まさか、こんな状況で死ぬはずはないと思っていたのだが、自信がなくなってくる。

「おい」

声のする方向から察するに、彼は工作機械の方で何かやっている様子だった。返事をするのも面倒で、藤田は「ああ」とつぶやくように言った。しかし、鳴沢の声にはかすかな熱があった、と思い出す。逃げ道を見つけたのか？

「ヤクだ」

5

だから何なんだ？　藤田は白《しら》けた気分だった。いや、白けた気分を保つのさえ大変だった。意識が朦朧《もうろう》とし、ともすれば飛んでしまいそうになる。必死で瞼《まぶた》を開け続けた。額を滑り落ちた涙が目に入り、鋭い痛みが走る。

「二キロぐらいあるな」

末端価格で……最近の相場がどれぐらいか、頭に入っていない。数千万、あるいは億単位になるのだろうが、今はどうでもよかった。そんなことより、冷たく新鮮な空気を吸いたい。

足元には、鳴沢が持ってきた紙袋がある。防水のクラフト紙に包まれた、結構大きな袋。二キロ入りの米袋のようだな、とふと思った。前屈するようにして手を伸ばし、指先で突いてみる。クラフト紙の中はさらにビニール袋になっているようだが、指先には、覚醒剤特有の軋むような感触が伝わってきた。

「やっぱりここがアジトだったのか」覚醒剤の存在がきっかけになり、少しだけ頭が回り始めたようだった。

「おそらく、な。こいつは工作機械の裏側に隠してあった。これだけ暗いと分かりにくいけど、探せばまだあるかもしれない」鳴沢の口調は、わずかに熱を帯びていた。

「それは、今気にすることじゃないよな」

「少なくともここが奴らのアジトだということは、確認できたんじゃないか」

「脱出できなければ、それも伝えられないぜ」息をするのも億劫《おっくう》になってくる。藤田は口を開いてゆっくりと空気を吸いこんだが、口中が渇き、喉が焼けるような感じがあるだけだった。水が欲しい。心底、水が欲しい。

「脱出できるさ。必ず助けが来る」

「勘弁してくれ」藤田は思わず泣き言を言った。「来るかもしれないけど、いつになるか、分からないじゃないか。それまでに俺たち、脱水症状で死ぬぞ」

「これぐらいで死ぬわけがない」鳴沢は依然として強気だった。

「お前と俺じゃ、体の作りが違うんだ。こっちはそろそろ限界だぜ」その時藤田の頭に浮かんだのは、少年時代の思い出だった。暑い夏、小学校の校庭で思い切り遊んだ後、水飲み場で蛇口《じゃぐち》に直接口をつけて飲んだ水の冷たさ。あの頃は、「地球温暖化」などという言葉もなく、夏も今よりはずっと気温が低かったはずだ。それでも容赦ない陽射しに焼かれ、体中の水分が出切ってしまったような後で飲んだ水の美味《うま》さは忘れられない。

いつもは金臭《かなくさ》い味がして敬遠していたのに、ああいう時の水は不思議と甘い味わいがあったものだ。あれは何だったのだろう。体が求める物は滋味になる、ということか。

「もう少し頑張れ」

「もう少しって、どれぐらいだよ」思わず、子どものような悪態をついてしまった。

「こんな捜索に、それほど時間がかかるわけがない。諦めるか、犯人を逮捕するかして、すぐに終わるはずだ。所轄に引き上げれば、俺たちがいないことはすぐ分かる……あるいはその前にも」

「呑気なこと、言うなよ！」怒鳴《どな》って、右手を振り回す。階段にぶつかってしまって、鈍い音が響いた。同時に激しい痛みが走る。クソ……自爆して怪我を増やしたら、本物の馬鹿だ。右手を胸に抱えこみながら、藤田は必死で痛みに耐えた。

「大丈夫か？」

「大丈夫じゃない！」鳴沢の心遣いさえ、今は鬱陶《うっとう》しいだけだった。我ながらガキだなと思いながら、焦る気持ち、そして次第に膨《ふく》らみ始める絶望感をコントロールできない。

藤田は時計に視線を落とした。バックライトの中、数字が浮かび上がる。十五時五分……ここに閉じこめられてから、間もなく二時間になる。見たくなかったが、気温も確認した。三十八度。冗談じゃない。外より暑いのは分かっていたが、体温よりも高いとは。脱水症状、熱中症と、嫌な予感が次々と頭を過《よぎ》る。今年の夏も暑い。連日真夏日が続き、夕方のニュースで「熱中症で搬送された人の数は……」と聞く度に、昼間の汗がまた噴き出るような感じがしていたのだが、まさか自分が救急車に乗るはめになるとは。いや、それも無事に助け出されての話だ。これからの自分に必要なのは、救急車ではなく霊柩車かもしれない。

三時過ぎか。仮に今すぐここを脱出できても、後始末が必要だろう。捜索が続いているならこちらも続行しなければならないし、そもそも足首の怪我を放っておいていいのか……手当を受けているうちに、時間はあっという間に経ってしまうだろう。

「ついてないぜ」藤田はぽつりと零した。

「確かに、こんな目に遭うことは滅多《めった》にないけど……」

「今日、約束があったんだ」

「マッサージ？」

「そうじゃなくて」ボケ倒すつもりか？　藤田は精一杯の努力で内心の苛立ちを抑えこんだ。「今日は、嫁さん……元嫁さんとガキに会う約束だったんだ」

「いつ」

「夕方。定時に出て、一緒に飯を食う予定だったんだけどな。子どもの誕生日なんだ」

淡々と話しているうちに、胸に痛みが生じる。何年か前に離婚した妻子とは、しばらく会うこともなかった。だが最近は、月に一度は一緒に食事を取ることにしている。妻はともかく、子どもには会いたくて仕方がなかった。向こうも会うと喜んでくれる。もしかしたら、子どもがきっかけになって復縁できるのでは、と思うこともあった。離婚する時は、相手に対して憎しみしか感じないものだが、少し時間が経ってみると、何であんなに怒り、嫌悪感を抱いていたのか思い出せなくなってしまう。何より、子どもには何の罪もない。まだ両親の愛情が必要な年齢なのに、母親に全てを委《ゆだ》ねているのが申し訳なかった。そして今や、自分にとって子どもは唯一の癒《いや》しである。離婚してからは、それまで以上に仕事に打ちこむ毎日だったが、最近は空しさを抱いているのも事実だった。月に一度の会食が楽しみになり、特に今日は誕生日ということもあって、期待が高まっていた。プレゼントも既《すで》に買って、刑事課の自分のロッカーに隠してある。

何もなければ定時でさっさと引き上げ、自分よりも少しだけ都心に近いところに住んでいる二人に会いに行く予定だった。この捜索が急に飛びこんできた時も、さほど時間はかからずに片づけられるだろうと、楽観視していた。あくまで助っ人であり、犯人さえ確保すれば、面倒な書類仕事は本庁の連中がやってくれるはずだったから。責任がない仕事は楽なものだ。

　鳴沢がまた立ち上がった。

「お前こそ、そんなにうろうろ動いて大丈夫なのかよ」

「ちょっと動けるか？」こちらの質問を無視して鳴沢が訊ねる。

「無理」

「照明が必要なんだ」

「ああ？」

「手元が暗い」

「手元だけじゃないだろうが」

　文句を言いながら、藤田は何とか移動を始めた。といっても、立ち上がるだけの体力も残っていないから、ほとんど匍匐《ほふく》前進である。全身が埃とオイルで真っ黒になっているだろうな、と想像する。こんな想像ができるのは、まだ余裕がある証拠なのか……鳴沢が言っていた「工作機械」に何とかたどり着く。

「立てるか？」

「お前の要求は無茶過ぎるよ」思わず溜息が漏れた。

「頼む」

　鳴沢が差し出した手に摑まって、何とか立ち上がった。平らなテーブルのようなものがあったので、無事な左手をそこについて体を支える。まだ痛みの残る右手でライターに着火すると、鳴沢の姿がぼうっと浮かび上がった。「工作機械」というのは、どうやら旋盤《せんばん》らしい。鳴沢は一瞬考えこんでいる様子だったが、すぐに一本のレバーに手をかけた。

「動かす気か？」

「まさか……ライター、消して大丈夫だ」

ジッポーは既に熱くなり始めていた。蓋を閉じ、掌の中に籠る熱を鬱陶しく感じていると、鳴沢が力をこめる声が聞こえてきた。すぐに、めりめりと何かが軋む音がする。

「何やってるんだ、お前」

鳴沢は答えない。代わりに、喉の奥から絞り出すような声が聞こえた。軋み音もさらに大きくなり、巨大な旋盤がぐらぐらと揺れる。ほどなく、何かが折れるバキッという固い音が響き、鳴沢が溜息を漏らした。

「何なんだ？」

「階段の方に来てくれ。手元を照らしてくれると助かる」

鳴沢が自分の携帯を開き、かすかな白色光を頼りに階段に向かった。軽快な足音とともに階段を上がり切ると、すぐに何かを叩く甲高《かんだか》い音を響かせ始める。

「おい」

返事はない。不安に駆られながら、藤田は片足で跳ねながら階段に近づいた。手も使い、這《は》うようにして階段を上がり、火を点けたライターをその場に置いて、さらに携帯電話の画面の灯りも投げかけた。二つの光源のせいで、その場の様子が少しだけはっきり見えるようになる。

鳴沢が、旋盤から取り外したレバーを使い、蓋をこじ開けようとしていた。ぶち破ろうかという勢いで下から突き上げ、重い金属音を響かせる。

「どうだ？」

「もう少し上に来てくれ。手元が見えない」

藤田は何とか階段を上がり、鳴沢のすぐ下まで来た。彼の汗が滴《したた》り落ち、階段に黒い点を作る。鳴沢は、蓋の端の方を狙《ねら》って攻撃を仕掛けているようだった。やがて、細く明るい線が見え始める。金属製の蓋も、度重なる攻撃で少し歪《ゆが》んできたようだ。鳴沢が引き続き、今度は小刻みに、その線に沿ってレバーを突き上げている。細い線が次第に太くなり、光が漏れてきたように見えた。鳴沢はそこにレバーを強引に差しこみ、てこの原理でこじ開けようとしている。唸り声が響き、汗の臭いが充満した。藤田はライターに火を点け、思い切り手を伸ばして彼の作業をアシストする。手先が焼けそうだったが、何とか耐えた。

ほどなく、何かが折れる鈍い音が聞こえた。鳴沢は無言でレバーを投げ捨てると、さらに階段を上がって、両手で蓋を押し上げ始めた。めりめりと何かが割れる音がして、鳴沢の全身に力がみなぎる。唸り声は次第に大きくなり、今や絶叫のようになっていた。

蓋が跳ね上がり、冷気が流れこむ——冷たいはずがないのだが、藤田には、冷蔵庫のドアを開け、その前に立ったように感じられた。助かった……思い切り安堵《あんど》の吐息《といき》を漏らしながら、藤田は意識が薄れるのを感じていた。


「——負傷者、搬送中です」鳴沢が無線に向かって怒鳴った。

藤田は助手席を倒して楽な姿勢を取り、腹の上に組んだ両手を乗せていた。

「いいのかよ」

「負傷者を搬送中だから」鳴沢が無線をフックに戻しながら、同じ台詞《せりふ》を繰り返した。

「仕事、放り出すのか」

「そっちはもう、解決してる。犯人はとっくに現場から逃げたそうだ」

「クソ、怪我しただけ損かよ」藤田は左手を拳《こぶし》に固め、思い切り腿を叩いた。どことも言えない箇所——全身に痛みが走る。怪我は足首だけではなく、他にもいろいろ痛めているようだ。まったく情けない。何でこんなことに……しかし、まずい。これだけ怪我していたら、妻子に会いに行くなど不可能だ。せっかくの誕生日を……あまりに情けなくて、涙が滲《にじ》んでくる。

「家族には連絡したからな」

「いつの間に？」

「お前が気絶してる間に」

「俺、気絶してたのか？」

「一分か二分だよ」

「参ったな」藤田は両手で顔を擦った。

「病院に行くことは伝えてある。向こうが会いに来てくれるさ」

「そりゃどうも」

藤田はちらりと鳴沢を見た。自分の格好がどうなっているかは分からないが、この男はひどいザマだ。スーツの左袖は肩のところでほつれて取れそうで、こめかみから流れ出した血が、頬から顎《あご》にかけて茶色くこびりついている。ハンドルを持ち替えた時、掌からもまだ出血しているのが分かった――ハンドルが濡れている。

「お前、何でこんなに無理したんだ？　だいたい最初は、助けが来るまで待つって、のんびり構えてたじゃないか。どうして急に変わったんだよ」

「時間、ないんだろう？」

「ああ？」

「子どもの誕生日」

「それであんな無茶したのか」

「悪いか？」

車内に沈黙が満ちる。藤田にとって、居心地悪いものではなかった。馬鹿野郎が……

悪態をつきながら、ついにやけてしまう。

「その足、しばらく入院が必要だな」

「かもな」

「何か、必要な物は？」

「そんなこと、お前が気にする必要ないよ」

一瞬言葉を切り、鳴沢が前方を凝視した。

「誕生日のプレゼント、買ってあるのか？」

「……俺のロッカーに入ってる」

「後で届ける」

「しかし、お前が家族の問題で、こんなに無茶するとはね」藤田は首を振った。「意外だよ。無駄なことにエネルギーは使わないかと思ってた」

「家族のことは、『無駄なこと』じゃないだろう」低い声で言って、アクセルを踏みこむ。

背中がシートに押しつけられるのを感じながら、藤田は質問を呑みこんだ。お前、いつからそんな風になったんだ？　軟弱とは言わないけど、優先順位が変わったのか？　余計なことは言うまい。少し休もう。痛みを我慢して目を閉じようとする直前、一瞬だけ鳴沢の横顔を見た。

小さく微笑《ほほえ》んでいるように見えた。

不変

1

この部屋、こんなに広かったんだっけ……小野寺冴《おのでらさえ》は、長年慣れ親しんだ事務所を見回した。午前八時。昨日までなら、もう所長が出て来て新聞を読んでいた時間である。それから何かが起きる時もあったし、何もないまま一日が過ぎてしまうこともあったが、ここに一人きり、という経験はほとんどなかった。溜息《ためいき》をつこうとして息を呑《の》み、冴はコーヒーメーカーの方に歩いて行った。いつものように二人分の粉を入れてしまい、苦笑しながら、二杯飲めばいいんだから、と自分を納得させる。

コーヒーが落ちる様子を見ながら、自分の精神状態が、いつもとは明らかに違うのを認める。長年一緒に仕事をしていた所長がいないだけで、部屋が空疎《くうそ》に感じられ、自分が弱い存在だと意識させられた。

冴が警察を辞めてから入った探偵事務所は、警視庁の先輩が長年一人で切り盛りしていた。先輩といっても、三十歳以上も上である。冴が来てからは、「仕事が楽になった」と喜んでくれたものだ。あれから数年……さすがに寄る年波には勝てず、引退を決意した。「たまには顔を出すよ」と言っていたが、二度と会うことはないのでは、と冴は不安を抱いている。腎臓病が悪化しており、今後は人工透析を受ける可能性があるのだ。そうなったら、週に三回ぐらいは病院に縛りつけられるわけで、後輩の仕事ぶりを観察する余裕も元気もなくなってしまうだろう。

結局、一人でやるしかないわけね……所長は「お前なら大丈夫」と請け合ってくれた。刑事としても探偵としても経験を積んでいるし、一人で十分やれる、と。

冴は、コーヒーにミルクと砂糖を少しずつ加えた。普段はブラックで飲むのだが、今日は少しだけ優しい味が欲しい。座る気になれず、部屋の中央に立ったままでコーヒーを啜《すす》った。

何かを調べる――探偵の仕事がそれだけならば、所長が言った通り、腕には自信がある。だが、金を儲《もう》けることは別問題だ。依頼人の数を増やすとか、儲けの大きい仕事を取ってくる努力を考えると、頭が痛くなってくる。探偵事務所の宣伝方法など、たかが知れているのだ。職業別電話帳、インターネット……あまり金をかけずに名前を広める方法は、それぐらいしかない。そしてこのところ、明らかに仕事は減っていた。

最近では、かつての同僚で仇敵《きゅうてき》でもあった今敬一郎《こんけいいちろう》に頼まれて――向こうも頼むのがひどく嫌そうだったが――ある男の動向調査をしたぐらいである。今は静岡にある寺で、刑務所から出所した人を対象にした更生施設を運営している。そこを出て東京に住んでいる男によからぬ噂《うわさ》があり、きちんとやっているかどうか確かめて欲しい、という依頼だった。何であいつの仕事を引き受けなくちゃいけないの、と心の中で文句を言いながらも、やるべきことはやった。今は報告に満足した様子だったし、金もきちんと払ってくれた。

そのままビジネスライクに終わっていればよかったのに、報告をした後、つい愚痴《ぐち》を零《こぼ》してしまったのは、まったく自分らしくなかった。仕事のことや、親がしつこく勧めてくる見合い話などについて……あの男に愚痴を零すなんて、私の精神状態は最低だったんだ、と滅入《めい》る。

コーヒーカップを自分のデスクに置いて、代わりに封筒を取り上げる。母親が押しつけた見合い写真だ。このところ——特に所長の引退が明らかになって以降、母親は頻繁《ひんぱん》に見合い話を口にするようになった。口にするだけならともかく、とうとう具体的な話を持ってきてしまったのである。しかも相手には既《すで》に、自分の写真を渡しているという。

勝手《かって》にそんなことしないで、と反抗して、かなり揉めた。しかし母親の方がはるかに上手《うわて》で、冴の抗議を受け流した上に、見合い写真を押しつけてきた。こんなもの、受け取らなければよかった……中はまだ見ていない。どうせ会う気もないのだから、見ても意味などないではないか。だいたい今の時代、見合いなんて古臭過ぎる。

封筒を開きかけ、すぐに閉じた。結婚。自分には関係ないことだと思う。世間の人と同じように家庭を持ち、子どもを産んで……というのが想像もできない。

自分には仕事がある。

あるはずだ。

最近は、刑事を辞めたことを後悔する日もある。心や体にダメージを受けるようなことも多かったが、確実に仕事はあったのだから。何もすることがないまま、日がな一日事務所でぼんやりしていたり、街をうろついていたりすると、自分がどんどん錆《さ》びついていくのを意識する。こんな風に、自分から積極的に仕事を探しにもいかず、何もやることがない日が続くなら、何も探偵の仕事にこだわる必要はないのではないか。辞めてから何年も経ち、今さら警察に戻ることができない以上、そろそろ生活全てを見直す時期に来ているかもしれない、とも思う。自分はずっと所長に依存してやってきたのだ。もう少し愛想よく振るまい、営業活動でもできれば……馬鹿《ばか》馬鹿しい。そんなことができないのは、自分が一番よく知っている。自分を偽ってまで生きたくない。

ということは——行き止まりだ。

今にも誰かがドアを開け、一年がかりで取り組めるような依頼を持って来るのでは、と何度夢想したことだろう。依存心の強さに驚くこともあった。まともな大人の女の考えじゃないわね……自分にうんざりして、見合い写真をデスクに放り投げる。

その瞬間、ノックの音がした。返事を待たずに部屋に入って来たのは、鳴沢了《なるさわりょう》だった。

2

「勇樹《ゆうき》君が？」

「ああ」

「プロモーション？」

「映画スターの宿命らしい」

真面目《まじめ》に言っているのだろうか、と冴は鳴沢の顔をまじまじと見た。冗談を言うような男ではないし、ましてやショービジネスの世界には縁遠い。そんな男の口から「映画スター」などという台詞《せりふ》が出たことに、大きな違和感を抱いた。

取り敢えず、二人分のコーヒーが無駄にならなくてよかった、と思う。出してしまってから、この男はほとんどコーヒーを飲まない——体に少しでも悪い物は徹底的に避けている——ことを思い出したが、鳴沢は何も言わず、ブラックのままコーヒーを飲んだ。

部屋の中央にある、古びた応接セットで向き合い、一瞬で鳴沢の様子を観察した。顔は少し細くなったようだが、体はまた大きくなっている。スーツの胸の辺《あた》りが苦しそうで、座ってもボタンを留めているせいか、不自然に広がってしまっていた。初めて会った頃に比べて、少しだけ顔に皺《しわ》が目立ったが、老けた感じではない。元々、あまり年齢を感じさせない顔立ちなのだ。

「で、どうして私に？」

「適任者がいない。公の場なら制服警官に警備させるけど、それ以外の場所が心配なんだ。ホテルやテレビ局に警官を張りつけるわけにはいかないから」

「でも、そんな大騒ぎになるのかな」

「彼はスターなんだ」

やっぱり冗談ではないか、と冴は鳴沢の顔をまじまじと見た。彼の方でも、説得力のない説明だと思ったのか、傍《かたわ》らのバッグを引き寄せて映画雑誌を取り出す。表紙が勇樹だった。なるほど……雑誌の表紙を飾るぐらいには有名人なのか。

「こんなに大きくなったの？」思わず疑問が口をついて出る。

「君が彼を見たのは、小学校の低学年ぐらいの時だ。あれから何年も経っている」

ということは、今は十代半《なか》ば、ということか。日系人の母親と、中国系アメリカ人の父親の間に生まれた勇樹は、独特の柔らかい、穏やかな表情をしている。アメリカ人が好む典型的なハンサムというわけではないが、わずかに神秘的な雰囲気《ふんいき》は、好感度が高いだろう。一方、日本では間違いなく、若い女の子受けする顔つきだ。

「鳴沢に似なくてよかったわね」

「俺の子じゃない」

淡々と事実を告げる鳴沢の声に、苦みは感じられなかったが、冴は少しだけ焦《あせ》った。冴は、普段あまり思い出さないように努力している鳴沢という男の身辺データを、頭の中で広げた。勇樹の母親、優美《ゆみ》は、ニューヨークで暮らしている。弁護士として独立して仕事をすべく、準備中という話だった。勇樹も普段はアメリカで暮らし、学校に通いながらテレビドラマや映画の撮影をこなしている。鳴沢と優美との間に生まれた女の子も、当然アメリカにいる。家族が揃《そろ》うのは、年に二回ほどのはずだ。半分独身というか、一年のうち十か月以上は独身の男。

「それで、私は何をすればいいの」

「警護」

「それは専門じゃないんだけど」冴は顔をしかめた。荒っぽい真似は苦手ではないが、群衆の中で人を守る仕事をした経験はない。あれは、専門の訓練を受けた人間でないと無理だ。

「君ならできると思う」

「買い被《かぶ》りじゃない？」冴は肩をすくめた。「民間の警備会社に頼むとか、他にも手はあるでしょう。お金はあるのよね？」

「向こうの映画会社やエージェントは、俺に何とかして欲しいと思ってる」

「何で、いつも騒ぎを起こす男に頼みたがるのかな」つい、皮肉が口をついて出る。鳴沢が動けば何かが起きる——それもかなりの高確率で。普通の人間なら無視してしまうようなことに手を出して、騒ぎを大きくしてしまうのだ。

「知っている人間の方が信頼できると思ってるんだろう」

「だったら、あなたが休みを取ってくっついていれば？」

「休みを取っても、刑事は刑事だ」鳴沢が首を振る。「俺がやると騒ぎになるかもしれないし、そもそも今、休みが取れない。今日だって、何とか休みを取ったんだから……だから、信頼できる人に任せたいんだ」

「でも、大袈裟《おおげさ》じゃない？　彼が人気者なのは分かるけど、何をそんなに警戒してるの？　向こうから、やたら体の大きい、アフリカ系アメリカ人のボディガードもついて来るはずよね」黒いスーツにサングラスという、悪目立ちする格好で。

「それでも君が必要だ。ここは日本だから、日本人が守るべきなんだ。向こうから来るボディガードなんか、ただのお飾りだよ」

「鳴沢」冴は腕を組み、じっと鳴沢の顔を見詰めた。「何か事情があるんでしょう？後回しにしないで、早く教えてくれないかな」

鳴沢が、一瞬唇を引き結んだ。バッグに手を突っこみ、一枚の紙片を取り出す。

「脅迫状《きょうはく》が届いてる」

3

脅迫状は、ニューヨークの自宅に届いたのだという。内容は、「日本行きを止めろ」。日本へ行けば、日本で危害を加えられる恐れがある、と警告していた。公開されていない自宅へ直接郵便物が届いたこと、手紙を書いた人間が勇樹のスケジュールを把握《はあく》しているらしいことなどから、ニューヨーク市警に勤める勇樹の伯父——鳴沢の留学時代からの親友でもある——が警戒した。日本行きを止めることはできないが、警備を手厚くするために、鳴沢に連絡を入れてきたのだという。脅迫状の差出人についてはニューヨーク市警の方で捜査を進めるが、日本での身辺警護については責任を持ってやってくれないだろうか、と。しかし、日々刑事としての仕事をこなしている彼にそんな暇《ひま》はなく、冴を頼ってきた、ということだった。

頼られるのは単純に嬉しい。仕事があるのは——鳴沢は、映画会社の方からかなりの金を出させる約束を取りつけていた——ありがたい話でもあった。彼が訪ねて来る直前まで、今日からの仕事の心配をしていた冴は、正直ほっとしていた。金額も悪くない。滞在中の三日半、ほぼ張りつく形になるが、それで普段の一か月分の稼ぎが懐《ふところ》に入る予定だった。

それにしても急である。脅迫状が届いたのが、向こうを出発する直前だったというから当然かもしれないが、気持ちも体もすぐには準備できない。勇樹の来日は、今日の夕方。鳴沢から概要を聞き、こちらで受け入れの責任者になっている映画会社の人間に会うと、もう成田《なりた》へ出発しなければならない時間になっていた。

冴は、成田まで自分のプジョーを運転していった。助手席には鳴沢。こんな風に長い時間を二人で過ごすのは久しぶりだったが、冴の気持ちは仕事だけに向かっていた。確かに昔は、一瞬だが心が触れ合った、と感じたこともある。だがそれもずいぶん前の話だし、「一緒にいるのは不可能だ」と共通の結論に達したのだ。何より鳴沢は、もう結婚している。彼が普通に家庭を——かなり特殊な形の家庭だが——持ったのは信じられなかったが、彼の生活を揺さぶるつもりはない。

車の中での雑談で、冴は鳴沢から、勇樹の人気ぶりを聞き出した。彼の人気がブレイクしたのは、「ファミリー・アフェア」という連続ドラマへの出演がきっかけで、これはシーズン4まで続いた。その後は映画から声がかかることが多くなり、子役から若手俳優へと、順調に脱皮を果たしているという。日本でも「ファミリー・アフェア」が放送されていたので、以前からある程度ファンはついていたのだが、出演映画が何本か公開されて、その人気はさらに高まった。

それにしても、ティーンエイジャーの映画スターのお守《も》りか……面倒な相手なのだろうかと心配になり、冴はつい、「どんな子なの？」と訊《たず》ねた。鳴沢は一言「シャイ」と答えた。

シャイな映画スター。あの業界の内幕がどんなものかは知らないが、そんな感じでやっていけるのだろうか。アメリカの十代なら、ドラッグの誘惑だってあるだろうし……いや、その辺は鳴沢が目を光らせているだろう。離れていても、父親として。あるいは刑事として。

成田空港に着くと、冴はこの仕事が決して形式だけのものではない、と思い知ることになった。海外の人気スターやスポーツ選手の来日を出迎えるファンの映像をテレビで見たことがあるが、そういう光景がまさに、目の前で展開されていたのである。ざっと見積もって二百……三百人はいないだろうが、相当な過熱ぶりなのは間違いない。

鳴沢が冴の腕を摑《つか》んで引き寄せた。顔が近い。冴は少しだけ緊張感が高まるのを意識した。

「向こうからボディガードが同行している。この辺りで合流する予定だ」

「了解」冴は声を張り上げて怒鳴《どな》り返した。空港内はだだっ広いのだが、一か所に人が集中しているのでざわめきが激しく、声が聞き取りにくい。

鳴沢が離れた途端、空気が動き、歓声が甲高《かんだか》いノイズになった。

「来た」

鳴沢の声は、歓声に埋《う》もれてほとんど聞こえない。冴は意識して集中力を高め、花道《はなみち》のようになったロビーを見詰めた。打ち振られる手の動きが波のように広がる。

来た。勇樹の左右を挟むのは、巨体のアフリカ系アメリカ人。想像したように、二人ともブラックスーツに黒いネクタイという、葬式にでも出るような格好だった。こういうボディガードは、映画の中だけに存在するのだと思っていたのだが……存在感を誇示することで、襲撃者を威圧する。警視庁警護課でも、同じ趣旨で警備をしているはずだ。

先導するのは、やけに腰の低い日本人……日本の映画会社のスタッフだろうか。勇樹の後ろには、よく日焼けした白人男性が続く。さらに数人のスーツ姿の男性が、ぞろぞろとついて来る。こちらは映画会社の関係者たちだろう。

そして勇樹。ひょろりとした体形は明らかに成長途上で、身長はまだ伸びそうな感じがする。真っ白なTシャツに細身のジーンズ、茶色の薄い革ジャケットというラフな格好で、足元はハイカットのレザースニーカーだった。今時の日本の高校生たちと、さほど変わらないスタイルである。

だが、やはり独特のオーラがあった。歩きながら、ファンに向かって日本人らしく会《え》釈《しゃく》したり、手を振ったりする仕草が、一々様になっている。

「すっかりスターね」

冴は思わずつぶやいた。独り言のつもりだったのに、鳴沢が聞きつける。

「本人にそういう意識はないんだ」

「謙虚ね。あなたの教育の賜物《たまもの》？」

「俺は何もしていない」鳴沢は腕組みをしたまま、じっと前方を凝視していた。

勇樹の方でも鳴沢に気づいたのか、急に表情を変えた。それまではやはり、愛想笑いだったと分かる。笑顔が非常に自然で、リラックスしているのだ。落ち合うと、二人は自然に握手を交わした。鳴沢が、ごく親しげに勇樹の肩を叩《たた》く。次いで、勇樹についてきた白人男性と握手を交わした。向こうがわずかに表情を引《ひ》き攣《つ》らせるのを、冴は見て取った。顔見知りのようだが、向こうにすれば、親しい仲とは思っていない様子である。鳴沢が、まず勇樹を紹介した。握手を交わすと、指が女の子のように細いのに気づいた。

「今回、お前の警備を担当する小野寺冴さんだ」

「鳴沢勇樹です」

声も少し高く、全体的な印象はやはり女性的である。アメリカでも草食系男子が受けているのだろうか、と冴は訝《いぶか》った。鳴沢勇樹、か。自分が直接知る、鳴沢姓の二人目の人物。

「小野寺冴です」よろしく、とつけ加えるべきだろうかと迷ったが、結局それ以上何も言わなかった。どう接していいか、よく分からない。

「こちらはレスリー・ムーア」鳴沢が紹介した。「映画会社のプロデューサーだ。元々、『ファミリー・アフェア』で勇樹と仕事をしていて、それからのつき合いになる」

冴は、あまり自信のない英語で挨拶《あいさつ》し、ムーアと握手を交わした。鳴沢と握手した時とは明らかに違う、粘《ねば》っこい視線を感じて、はっきりとした生理的嫌悪感を抱いた。鳴沢はさらに、勇樹が所属するエージェントのマネージャー、その他映画会社の小物たち――冴の目にはそう見えた――を紹介した。鳴沢は、ボディガードを除く全ての人間と顔見知りのようだった。

一行がまた歩き出した。勇樹は鳴沢と並んで歩いている。巨漢——鳴沢も百八十センチある——三人に挟まれる格好で、勇樹は小さな子どものように見えた。鳴沢と勇樹は、小声で何か話し合っている。勇樹の足取りが軽く、ほとんどスキップしているのに冴は気づいた。血がつながっていなくても、離れて暮らしていても、やはり父親ということか。普通は、親に反抗したくなる年齢のはずだが。

勇樹が突然、隊列から離れ、群がるファンの方へ歩いて行った。歓声が一段と高くなる。何のつもりだ——鳴沢もボディガードも動こうとしない。冴は慌《あわ》てて、勇樹の背中を追いかけた。勇樹が差し出された色紙とペンを受け取り、笑顔を浮かべたままサインを始める。何のつもり？　二枚目のサインを書き終えた時、冴は彼の肩に手をかけた。

「駄目《だめ》」

勇樹が小さく肩をすくめ、ファンにサインを渡すと手を振った。悲鳴が上がる中、冴は彼の肩を持って向きを変えさせ、隊列に戻した。

「トラブルを起こす必要はないわ」

勇樹は無言でうなずくだけだった。納得しているのかしていないのか……隊列に合流すると、何事もなかったかのように歩き出す。

鳴沢がちらりと後ろを向いたので、冴はすかさず「ホテルへは？」と訊ねた。鳴沢が半分だけ顔をこちらに向けて、「別の車で行く。俺たちは後をつける」と告げた。

「了解」

まだ歓声が背後から追ってくる。スターのお守りね……少しだけ白《しら》けた気分を味わいながら、冴は前を行く三人に遅れないよう、歩調を速めた。今のところ、危険な気配はないが、用心に越したことはないだろう。脅迫状を送りつけてきた人間はアメリカ人の可能性が高いのだが、もしかしたら同じ便でやってきたかもしれない。自分が最後尾についている——対象者の左右と後ろを守る基本的な三点警備になっているのに気づき、冴は素早く左右を見回した。相変わらずざわついているし、黄色い声が飛んでくるが、特に異常は見当たらない。自分には独特の感覚——危機を察知する感覚があると思っているが、真っ直ぐ前を向いて歩いていても、背中側に異変は感じなかった。

脅迫者は、本当に危害を加えるつもりなのか？　太平洋を越えてまでそんなことができるのか……しかし、ストーカーの感覚は、常人《と》には理解できないものがある。

何があるか分からないが、とにかく緊張を解くことはできない、と自分に言い聞かせる。

4

翌朝、午前七時。冴は欠伸《あくび》を噛《か》み殺《ころ》しながらホテルのロビーにいた。この時間にはまだ人の動きも少なく、ホテルは半分寝たようなものである。昨日はここまで送って、すぐに解散になった。放っておいていいのかと、鳴沢に訊ねたのだが、彼は「ホテルの中は心配ない」と答えるだけだった。勇樹は勝手に外に抜け出したりするようなことは絶対にしないから、とも。彼ははっきり説明しなかったが、勇樹は以前アメリカで、命にかかわるような事件に巻きこまれた経験があるらしい。本人もそれ以来、十分用心しているということだった。

まだ十代で、そんなに自分のことを心配しなくちゃいけないなんて、ね。冴は密《ひそ》かに勇樹に同情し始めていた。昨日は簡単に挨拶しただけで、ほとんど話していないから、本当はどんな子なのか、見抜けていない。でも用心深いというなら、今後のこともさほど気にする必要はないかもしれない。これが、自分がどんな立場に置かれているのか分からないような能天気な人間だと、二十四時間態勢の監視が必要になる。

鳴沢がすっと近づいて来た。出勤前に息子の顔を見ていくつもりらしい。

「相変わらず、猫みたいね」

「何が?」

「音も立てないで」

「そうかな」

「そうよ」ここから話を発展させようとしたが、どうにも上手《うま》く言葉が続かない。二人の間にある、薄いがどうしようもないぎこちなさを、冴は噛み締めた。

「来たな」

約束の時間に五分遅れただけで、昨日の一団がロビーに姿を現した。時差ぼけもあるだろうに、勇樹はすっきりした表情である。ボディガード二人は、無表情。ムーア一人が疲れた感じだった。しかし近づくとすぐに、彼は単なる二日酔いだと分かった。目がわずかに赤いし、かすかにアルコールの臭《にお》いがする。冴の顔を見た途端、表情を緩《ゆる》ませた。睨《にら》み返した瞬間、鳴沢がムーアにすっと近づき、何事か耳打ちする。途端にムーアの顔が蒼褪《あおざ》め、冴から視線を外した。

「何言ったの?」

鳴沢に訊ねたが、彼は「知らない方がいい」とだけ言って首を振った。いったいどんな脅《おど》し文句を使ったのか……嫌らしい視線を向けられなくなってほっとしたが、彼が自分に対して保護者意識のようなものを持っているかもしれないと思うと、少し苛立《いらだ》つ。

鳴沢は勇樹と一言二言話しただけで、すぐに去って行った。都心のホテルから彼が勤務する所轄署までは、結構時間がかかる。そういえば彼は、昨夜《ゆうべ》どこへ泊まったのだろう。ホテルで勇樹と同宿したのか……勇樹が手を振って、鳴沢を見送る。声をかけられたわけでもないのに、彼も一瞬振り向いて、手を振り返した。ひどく新鮮というか、冴にすれば違和感の大きな光景だった。

朝食を取りながら、スケジュールの打ち合わせに入った。冴は、配られたスケジュール表にちらりと目を通しながら、トーストを齧《かじ》った。朝はいつもシリアルにコーヒーなので、トーストだけでも重い感じがする。

プロモーションはかなりの強行日程で、帰国前日に鳴沢の自宅に泊まる以外は、ホテルに缶詰めだ。新聞・雑誌の取材やテレビ出演をこなし、一度映画絡みのトークショーとサイン会を開く予定になっている。今日だけでも、午前中に雑誌の取材が二件、午後にはテレビ局を二件はしごする。午前中の取材はホテルで受けるからいいとして、問題は午後だ。ホテルを出る時、移動の最中、局入りする時が危ない。

冴は、二枚あったトーストを一枚しか食べず、コーヒーも半分残した。席を立とうとしたタイミングで、今朝は一度も会話を交わしていなかった勇樹が声をかけてくる。

「よろしくお願いします」一点の曇《くも》りもない笑顔。

「はい……こちらこそ」

「昨夜、いろいろ話を聞きました」

「鳴沢から？」冴は思わず、また椅子《いす》に腰を下ろした。あいつ、何を話したんだろう。ほんの短い一時期、自分たちが特別な関係にあったのは事実である。だがそれは何年も前のことだし、鳴沢の方で、今さら何か特別な想いを抱いているとは思えない。だいたい、義理の息子にそんな話をするわけがない。あいつは……基本的にどうしようもなく扱いにくい男だが、下種《げす》ではないのだ。

「一緒に仕事をしてたんですね」

「短かったけど」

「でも……いろいろ凄《すご》かったって」

「そうね」冴は思わず苦笑を漏《も》らしてしまった。何が「凄い」だ。二人とも死にかけた経験を「凄い」の一言で片づけるとは。それもまた、鳴沢らしいのだけど。「確かに、凄かったかも」

「撃たれたって聞きました」

余計なことを。二人とも同時に傷ついたあの事件は、今でも記憶に鮮明である。頭でなく、体で覚えた記憶。

「そういうこと、大きな声で話しちゃ駄目よ」

「すみません」勇樹が唇をすぼめた。

「昔、あなたを見たことがあるのよ」

「そうなんですか？」勇樹が首を捻《ひね》った。

「ずっと小さい頃に、ね。それより、そんな風にいつもきちんとしてて、肩が凝らない？」

「そんなこと、ないですよ。慣れますし、ちゃんとしてないと」また、屈託《くったく》のない——そう見える笑顔。「何もないとは思いますけど、よろしくお願いします」

何というか……この年齢の少年らしくない。冴が普段接する十代半ばの少年少女たちは、家出人だったり、街で小さな悪に手を染めていたりする。そのうち何割が、まっとうな人生を送れるか、嫌な気分になることもあった。この年代の子どもたちは、程度の差こそあれ、暗いものを心の中に抱えているはずである。反抗期だったり、社会に対する不安だったり……勇樹には、そういう気配が一切見えない。全てが演技ではないか、と思えた。

「何か、心当たりはないの？」

「変な人はいますよ」

「ストーカーとか？」

「ええ。スケジュールは非公開なんですけど、どういうわけか分かっちゃうんですよね。どこへでも顔を出す人がいます」

「そういう人は、執念深いから。ファンサービスもいいけど、もう少し気をつけて」

「ファンは大事ですよ。ファンの人がいなかったら、僕の仕事は成り立たないんだから」

「プロ意識を持つのは大事だけど、怪我《けが》したら何にもならないでしょう」

冴の言葉にうなずきながら、勇樹が微笑《ほほえ》もうとしたが、失敗した。緊張が全身を包みこみ、眉間《みけん》の皺が深くなる。鳴沢と話している時は、まったく緊張していないのだが。

「ほら」冴は薄い笑みを浮かべた。「そんな顔してると、女の子にもてないぞ……君の場合は、そんな心配をする必要はないか」

勇樹は何も言わず、曖昧《あいまい》な笑みを零すだけだった。冴は、彼の方で自分に対して薄い膜を張っているように感じた。

5

どういうわけか分かっちゃう。勇樹の言葉を、冴は実感していた。午後、テレビ局を回った時に、ファンが集まって大騒動になったのだ。もちろんテレビ局の警備員が人混みを整理していたが、冴ははっきりと危険を感じていた。この中に、勇樹に危害を加えようとする人間が紛れこんでいたら、簡単には反応できない。

それにしても、勇樹がこの時間にこの局に来るという情報は、どこから漏れたのだろうか。一人が情報を手に入れ、ツイッターであっという間に拡散？　あるいはファン同士の独自の情報網があるとか。局の前に集まっていたのは、百人ほどだろうか。制服を着た女子高生の姿が目立つ。あなたたち、学校はどうしたの、と問い詰めたくなった。

勇樹は相変わらず愛想のいい笑みを振りまいていたが、緊張しているのは明らかだった。ボディガード二人に守られていても安心できない様子で、歩き方がぎこちない。冴は、危ないのを承知で、勇樹に背中を向ける格好で後ろ向きに歩いた。背中を撮っても意味があるとは思えないのに、前後左右でストロボが閃《ひらめ》く。視界が白く染まるので、目を細めながら、冴はその場に集まっている人たちの顔を、できるだけ記憶に叩きこもうと努めた。誰か怪しい人物は……男性、ゼロ。二十歳以上の女性は一人もいないように見える。目の輝きが異常な人間はいないか、不自然にコートに手を突っこんでいる人間はいないかと、冴は観察を続けた。

取り敢えず、危険はなさそうだ。ちらりと振り向くと、勇樹は局の建物に入ったところだった。それで胸を撫《な》で下ろし、前を向く。勇樹の姿が消えたので、途端に人の輪が解《ほど》け始める。呆気《あっけ》ないものだ、と冴は驚いた。

自分も建物に入ろうとした瞬間、声をかけられる。

「あの」振り向くと、眼鏡《めがね》をかけた高校生らしい女の子が立っていた。妙に緊張して、直立不動の姿勢である。

「何？」相手にすべきではないと思ったが、つい反応してしまう。

「これ、撮影……ですか？」

「どうして？」

「女優さんですよね？」

何なんだ。冴は力なく首を振った。子どもの頃にモデルをしていた経験はあるが、そんな風に見られるとは。しかし女の子は、何かを期待するように、輝く瞳で冴を見詰め続けている。

「違うわ。残念でした」肩をすくめて言い残し、冴は建物に入った。何が残念なのか、自分でも分からなかった。

情報番組の収録は、一時間ほどで終わった。正面入り口の通路、その両側に押し寄せる人の数は明らかに増えており、局の警備員が、押しとどめようと必死になっていた。「ユウキ！」と叫ぶ黄色い声が耳に突き刺さる。こういう感覚は——誰かをアイドル視する感覚はまったく分からない、と冴はうんざりした。

サービスのつもりなのか、勇樹はゆっくりと歩いている。あろうことか、成田空港の時と同じく、ファンの列に近づき、サインを始めた。嫉妬《しっと》の声と嬌声《きょうせい》が上がり、冴は慌てて勇樹の肩に手をかけた。ちらりと振り返った勇樹が、それまで見せたことのない冷たい表情を浮かべる。まるで、自分の仕事を邪魔するな、と無言で脅しをかけるように。

「ここは駄目」冴は短く言って、手に力を入れた。勇樹は一瞬身を強張《こわば》らせたが、結局は素直に従った。悲鳴を聞きながらファンの列から距離を置き、少し足早に歩き始める。沸き上がるブーイングが自分に向けられたものだと気づくのに、冴は少し時間がかかった。

車に乗ると——二人の席は二列目で隣同士だった——勇樹はそれまで見せたことのな

いむっつりとした表情を浮かべたまま、携帯電話をいじり始めた。

「自分でわざわざ、危ない状況を作らないで」冴は思わず忠告した。

「あれぐらい、何でもないですよ」勇樹の口調は平板《へいばん》だった。

「気をつけないと、どんな人が混じっているか、分からないんだから」

「……分かりました」まったく感情を感じさせない口調で勇樹が言った。

機嫌を損ねてしまったな、と思った。しかし彼にも、もう少し注意して欲しい。人気を自覚してもらわないと困る。少しでも変則的な動きをすると、騒ぎが起きるのだ。もちろん、彼のサービス精神も理解できないではないのだが。

次に訪れた局でも、勇樹はプロの顔を見せた。車を降りるまではずっと黙りこみ、冴と一言も話そうとしなかったのに、入り口でファンに囲まれた瞬間、弾《はじ》かれたような笑みを浮かべる。先ほどの局よりも人出は多く、警備員が整理に難儀していた。冴は本能的に危険を察知し、勇樹の背中を押して早歩きで局内まで進んだ。中に入ってファンの声援が途絶《とぜつ》すると、勇樹がちらりと冴の顔を見て、露骨《ろこつ》に不満そうな表情を浮かべる。不自由な立場に不満を持つのは分かるけど、自分の立場も理解して。思わず説教しそうになったが、勇樹はそんな言葉など受けつけそうにない気配を発している。

今度はニュース番組の収録で、勇樹は日本に住んでいた子ども時代のことを話していた。二つの祖国の一つであり、今でもプライベートで来日することもあると話をつなげて、小学校時代の友だちに会いたいですね、と笑顔でコメントを締めくくった。作り笑顔かとも思ったが、この部分はリップサービスではなく本当かもしれない。先ほど携帯をいじっていたのも、日本の友だちと連絡を取り合っていたのではないか。

戻って来ると、勇樹はスタッフに向かって礼儀正しく頭を下げた。アメリカ暮らしの方が長いのに、この辺は自然に日本的な仕草だった。何故か他の人間ではなく、冴の横に来たので、並んで歩き出す格好になる。巨漢のボディガード二人にすぐに挟みこまれたので、少し窮屈だった。

入る時よりも、さらに人が多くなっている。少し危険なほど膨《ふく》れ上がり、警備員の数を増やしてもしっかりとは対応できていない様子だった。地下にも駐車場があれば、そちらを使えたのに……もう少し下調べをしておけばよかった、と冴は唇を噛んだ。

ふいに、空気が変わる。小さな悲鳴がきっかけだった。警備員が腕を広げて人波を押さえていたのだが、後ろからの圧力でついに耐えられなくなった。勇樹のすぐ前で人垣が割れ、押し出された人たちが転んでさらに甲高い悲鳴が上がる。

まずい。

勇樹は状況を判断できないようで、立ち尽くしたままである。自分の動きをコントロールできなくなった人たちが、雪崩《なだれ》のようにこちらに向かって来た。

「逃げて!」叫んだが、勇樹は動かない——動けない。冴は本能的に、勇樹を突き飛ばした。黒服の二人が、すかさず彼を受け止めるのを見届けた瞬間、冴は人の雪崩に巻きこまれた。

冗談じゃないわ——アスファルトに肩を強打し、上から人が重なる圧力に耐えながら、冴は意識を失うまいと必死に体に力を入れ続けた。

6

翌日も、新聞・雑誌の取材とテレビ局での収録で潰《つぶ》れた。収録は夜まで食いこんだが、勇樹は昨日の一件のショックをまったく感じさせず、柔らかい笑顔を振りまきながら対応していた。私だったら、収録の終わりが五分延びただけで立ち上がるけどな……彼の辛抱《しんぼう》強さというか、穏やかな性格に、冴は舌を巻いていた。どう考えても、鳴沢の性格を受け継いだものではない。母親がそういう人なのだろう。

自分の家族はどうなのだろう、と思う。見合いしろ、とお節介を焼いてくる母親。鷹《おう》揚《よう》に構えているように見えて、内心では自分を心配している父親。二人とも、そろそろいい年なのだ。安心させてやりたいと思う半面、探偵の仕事を辞めて結婚することだけが解決策なのかと思うと、思考が行き止まってしまう。

考えられなくなってしまうのは、痛みのせいもある。強打した肩が、まだひどく痛むのだ。腕が肩より上に上がらない。骨には異常がないという診断を、冴は疑っていた。この仕事が終わったら、もう一度診察を受けよう。骨は無事でも、筋肉を痛めている可能性がある。きちんとＭＲＩで検査を受けないと。

冴は、昨日の一件が表沙汰になるのでは、と恐れていた。勇樹を守る仕事をしているのに、あんな事故が起きたとなったら、自分の責任ではないにせよ、面目が丸潰れである。ただし、怪我人がいなかったのが――冴は数に入っていないようだ――幸いしたようで、ニュースとして流れることはなかった。

「お疲れ様でした！」一斉に声が上がり、拍手が広がる。この局で二時間……ずいぶん長かった、と冴は腕時計を見た。ホテルへ送り届ければ、今日の役目は終了。残る仕事は、明日の映画絡みのトークショーとサイン会だけだ。一番緊迫する場面が二時間ほど続くが、これまでの様子を見た限り、何とか無事に済むだろう、と予想していた。昨日のトラブルがきっかけになって、警備の人数も増えた。脅迫状を出した人間さえ現れなければ、何も起きないはずだ。

八時か……ホテルへ戻って明日の打ち合わせをし、解放されるのは九時ぐらいになる。怪我のせいもあって、かなりへばっていた。でも、明日で終わりだから。明日の夜、勇樹は鳴沢の家に泊まり、日本を離れるまで、そこで過ごす。完全にプライベートな時間であり、自分が口を出すことではない。

帰りの車中、勇樹が冴の横に座った。しばらく目を閉じていたが、やがておもむろに携帯電話を取り出し、文字を打ちこみ始める。さりげなく差し出して冴に見せた。

『今晩、抜け出せませんか』

冴は慌てて顔を上げ、彼の目を見た。真面目である。抜け出すということは、取り巻き連中とは別行動をしたいわけか……彼が初めて見せるわがままに、冴は一瞬混乱した。こんなことを言い出すタイプだとは思っていなかったが……事情も分からないで拒否するわけにもいかない。自分の携帯を取り出し、『用件は？』と打ちこんで見せた。

『友だちに会いたい』

テレビ局で話していた内容は本音《ほんね》だった？　冴は驚きながら、勇樹もまだ子どもなのだ、と思い直した。人と自由に会うこともできない毎日は、息苦しいばかりだろう。脅迫状の件は気になるが、自分が一緒なら、ちょっと外へ連れ出すぐらいは大丈夫ではないか。それとも友だちをホテルに呼ぶ？　まさか。夜遅くなったら、今度はその子たちの面倒を見なければならない。勇樹を、彼の望む場所に連れて行くのが一番早いだろう。彼一人ぐらい、自分だけでも守ってみせる。

それより何より、勇樹が初めて、自分の前で仮面を外したように思えて嬉しかった。

『了解。十時にロビーに集合』

勇樹がにっこり笑い、親指と人差し指でマルを作って見せた。面倒なことを背負いこんでしまったか、と冴は一瞬後悔したが、それよりも、彼の願いを叶《かな》えてあげる方に注意が向く。わずか四泊の日本行き。周りの大人たちは効率のいいスケジュールを組むことだけを気にして、勇樹の気持ちなど、まったく考えていないだろう。彼にだって、少しぐらい自由があってもいいはずだ。

これは、仕事からはみ出した行為である。だが不思議と、罪悪感はなかった。

7

勇樹は、薄いコートとベースボールキャップという軽装でロビーに現れた。キャップを目深《まぶか》に被っているので、すぐには本人だと分からない。それにホテルのロビーなら、大騒ぎする人もいないだろう。幸い、彼の宿泊場所の情報は、まだ漏れていないようだった。

「ごめんなさい」開口一番、勇樹が謝罪する。

「どうして？」彼の横に立ってエスカレーターに向かいながら、冴は訊ねた。

「勝手言って」

「やめてよ」冴は乾いた笑い声を上げた。「そんなに気を遣《つか》うと、子どもらしくないわよ」

「子どもってわけじゃないけど。それより……あの、ありがとうございました」

「何が？」

「昨日のこと」

「仕事だから」

「僕も、あれは仕事でした」

愛想を振りまき、ファンサービスをする――冴がイメージする「仕事」とはまったく違うのだが、勇樹にとっては大事なことなのだ。自分も狭い常識の中だけで動いていたのだな、と意識する。ちらりと横を向いて彼の顔を確かめると、初めて見る子どもっぽい表情が浮かんでいた。その瞬間、二人の間にあった薄い膜が完全に消えたのを冴は意識した。

「友だちと連絡、取れた？」

「はい」

「落ち合う場所は？」

勇樹が、ホテルからほど近い場所にあるファミリーレストランの名前を挙げた。冴は思わず眉《まゆ》をひそめた。

「こんな時間に、そんな場所で大丈夫なの？」

「皆、近くに住んでるんです」

そうだった。勇樹は、曽祖母の家に居候して小学校に通っていたのだ。その家は、麻《あざ》布十番《ぶじゅうばん》にある。

「了解」冴は腕時計に目をやった。「そこまで車で五分。タイムリミットは一時間。いい？」

「たった一時間？」珍しく、勇樹が不平を漏らした。

「もしもあなたがいないことがばれたら、大騒ぎになるわよ。それ以上は無理」

「……はい」明らかに不満な様子だったが、勇樹は一応納得した。

ファミリーレストランに向かうわずかな間、勇樹はプジョーの助手席でずっと落ち着かない様子だった。もしかしたら、会う相手の中に、好きな子がいるのかもしれない。

それだったら厄介ね、と考えながらも、つい頬《ほお》が緩んでしまう。アメリカで活躍する俳優――もう子役とは呼べないだろう――と、日本にいる、普通の高校生。通信手段は豊富な時代だが、どうやってつき合うのだろう。

ま、そんなことを考えても仕方ないか。冴は窓をわずかに開け、ひりひりと冷たい初冬の空気を車内に導き入れた。

スターを迎えるファンよろしく、三人はファミリーレストランに先着していた。男二人、女一人。さっと確認したが、皆普通の高校生に見える。騒ぎ出すこともなかったので、周囲の人には気づかれなかった。

四人が立ったまま、笑い声を上げながら話し始める。一斉に話しているので、会話が成立していない様子だった。それに気づいて、笑い声がひと際大きくなる。四人が腰を下ろし、顔をくっつけ合うようにして話し始めたのを見て、冴は一つテーブルを挟んだ席に腰を下ろした。

自分はコーヒーを頼み、頬杖《ほおづえ》をついたまま、四人の様子を見守る。勇樹はずっと笑顔だった。それも、自分の前では見せたことのないような、本当に子どもっぽい笑顔。連れてきてよかった、と思う。友人たちと会うのが何年ぶりかは分からないが、束の間、息抜きができたはずだ。よかった、と自然に笑みが零れる。

　ふと、前に暗い影ができる。顔を上げると、鳴沢がいた。前の席に体を滑りこませると、「怪我は？」と訊ねる。

「何とか、大丈夫」肩を回して見せると、予想以上の痛みが襲って、思わず顔をしかめる。

「重傷だな」

「料金のうちだから……それより、何？」まさか、自分たちをつけていたのでは——そんなに信用していないのかとむっとしたが、鳴沢の表情に邪気は感じられなかった。

「警察官だったら、こんなことはしないな」

「どういうこと？」

「予定にない、危険を冒すようなことは避ける」

「じゃあ、私はこの仕事、失格？」

「いや」鳴沢が首を振る。「君は警察官じゃないから」

「何が言いたいの？」はっきりしない彼の口調に苛立ちが募った。昔から、肝心なことは、胸の中にしまいこんでしまうタイプである。

「探偵には探偵の規範があるだろう。依頼人を満足させることが一番大事だとしたら、君はちゃんとやったんじゃないかな。基本を変えないで」

「彼は依頼人じゃないでしょう」

「大本《おおもと》を辿《たど》れば依頼人だ」

「変な理屈……で、何で鳴沢がここにいるの？」

「授業参観」鳴沢がかすかに笑った。

「まさか、勇樹君の予定、全部知ってたの？」頭に血が上った。この男のやることが理解できない。「だったら私、馬鹿みたいじゃない」

「勇樹が何をしたいかは知ってたよ。どうするつもりかは分からなかったけど」鳴沢が静かに首を振った。「その時、君がどんな風に対応するか、知りたかった」

「試したわけ？　それで合格？　失格？」白けた気分が全身に広がった。

「君は、探偵としては最善の判断をしたんだと思う」

「どうかな」冴は腕組みをした。

「君は、探偵としての仕事の軸を確立している。あるいは、探偵のプライドに従って、一番大事な物を優先させた。それは大事なことだと思う」

「公務員に、そんなこと言われたくないわ」そっぽを向いたが、彼の視線がなお自分を捉えているのに気づき、ゆっくりと正面に向き直った。「結局、テストじゃない」

「自信をなくしてるんじゃないかと思った」

「何？」

「今《こん》に愚痴を零したらしいじゃないか。所長が辞めて、これからどうするか、迷ってるそうだね」

一瞬にして顔が紅潮した。あのお喋《しゃべ》りデブ……次に会うことがあったら——そんな機会は願い下げにしたいが——必ず殺してやる。

「何も迷うことはないじゃないか。探偵としてのノウハウをもって、きちんと仕事をしてるんだから、それを捨てる必要はないよ。今まで通り仕事をすればいい」

「説教？」

「いや、お願いだ。君には、そういう人であって欲しいと思う。自分の仕事に強いプライドを持った人でいて欲しい」

ふいに、胸の中に温かなものが流れ出すのを感じた。そうか……自分は誰かに認めてもらいたかったのだ、と理解する。この年になって「認めてもらいたい」もないのだが、一度警察という組織の中に身を置いた人間は、評価されたりけなされたりするのに慣れている。今は一人。その寂しさに、いつの間にか心を侵されていたのだ。

だがここに一人、自分を評価してくれる人間がいる。その事実だけで、仕事を続けていく気になれる、と思った。

「まさか、脅迫の一件もでっち上げじゃないでしょうね」

「違う」鳴沢が首を振った。「その件は本当だ」

「差出人は？」

「父親……本当の父親の可能性が高いと思う。金狙《ねら》いじゃないかな」

「その件は、どうするつもり？」

「まだ分からない……それより、こんなことを言うのは何なんだけど」ひどく言いにくそうに、鳴沢が切り出した。「これも今から聞いたんだけど、お見合いの話、あるそうだね」

「だから？」温かな気持ちは一気に吹っ飛んだ。

「君さえその気なら……刑事総務課に、大友鉄《おおともてつ》っていう男がいるんだ。警視庁で一番いい男だっていう評判だし、性格もいい。問題は、奥さんを事故で亡くして、一人で男の子を育てていることなんだけど――」

「馬鹿じゃない？」

冴は冷たく言い放った。だが次の瞬間には、笑いがこみ上げてきて、体を折り曲げてしまった。この男は……鈍《にぶ》いというのは、絶対に変わらない性格なのかもしれない。

信頼

1

世界がひっくり返った。

温かな水の中に放り出された途端に、鼻から水が入ってくる。このまま溺《おぼ》れ死ぬのではないかとびくつき、勇樹《ゆうき》は両手両足を無闇にばたばたと動かした。人間の体は水より比重が軽いのだから、手足を広げていれば自然に浮き上がるという原理も忘れ、何かせずにはいられない。そして動いていると、何故か体はどんどん沈んでしまうのだった。

冗談じゃないよ……息が苦しい。どうしたらいいんだ？　パニックが襲ってきた瞬間、誰かが勇樹の腕を摑《つか》んだ。一瞬で引っ張り上げられ、体が水の上に出る。誰かが近くに寄せてくれたサーフボードを摑むと、ようやく生き延びられたと確信できた。

周囲の失笑が耳に入ってきて、顔が赤らむのを感じた。まったく、何でこんな仕事を受けちゃったんだろう。ろくに泳げもしないのに、「ハワイ在住の、サーファーを目指す高校生役」って何だよ。泳げる人間がかなづちの役をやるのは簡単だけど、その逆なんて絶対無理だ。

「オーケイ、ユウキ、ちょっと休憩にしよう」

監督のジャック・ヴァランスの声が聞こえた。彼自身、サーフボードに跨《またが》って、勇樹のすぐ近くを漂っている。このサンディエゴ生まれの若手有望監督は、サーフィンが趣味だ。趣味が高じて、こんな映画を撮る気になったんだろうか。

「もう少し泳ぐ練習をしてからにするか？」ヴァランスがにやにや笑う。

「いいですけど……」勇樹はサーフボードに右手を乗せて体を浮かせたまま、左手で濡《ぬ》れた顔を拭《ぬぐ》った。鼻の奥が痛い。「自信、ないなあ」

「ちゃんとトレーナーをつければ、何とかなるよ」

「でも、サーフィンのシーンなんか、どうしようもないですよ」本当は、撮影に入る前に時間を取って泳ぐ練習をしておくべきだったのだが、この春からはスケジュールがタイトで、それも叶《かな》わぬまま、クランクインを迎えてしまった。

「特別、上手《うま》くならなくてもいいんだ。俺たちは世界ツアーを目指してるわけじゃない。サーフィンの主役は彼女だから」

ヴァランスが、遠くに目をやった。大きな波と戯《たわむ》れるように、楽々とサーフボードを操っているホリー・アレン――今回の勇樹の相手役――の姿が見える。ヴァランスが地元のサンディエゴでスカウトしてきて、映画初出演が主役になる十六歳の女の子だ。演技の方は、子どもの頃から慣れている勇樹に比べれば素人《しろうと》同然だが、サーフィンの腕はプロ級で、撮影の合間には、波に乗るのを楽しんでいる。彼女にとっては休暇みたいなものだろうな、と勇樹は羨《うらや》ましく思った。僕には、人に自慢できるというか、役に立つ趣味なんかないからなあ……せめて野球をテーマにした映画でもあればいいけど、それも駄目《だめ》か。観るのが専門で——メッツの年間シートを持っているのは学校の友だちには内緒だ——やる方はいつまで経っても駄目だから。ああ、この忌々《いまいま》しい運動神経よ。もう少しスポーツが得意なら、今とは全然違う道が開けていたかもしれないのに。

別に、映画やドラマの仕事が嫌いなわけじゃないけど。

サーフボードに腹ばいになり、浜辺に向かってのろのろとパドリングしながら、日本の小学校時代を思い出した。体育の授業の水泳で、こんなことをやった記憶がある。あれは——そう、ビート板って言ったかな？　あの頃から水泳は本当に大嫌いだったけど、もっとちゃんとやっておけばよかった。自信がないから、この映画の話だって断ってもよかったのに……でも今回は、初対面のヴァランスが、いい兄貴分という感じで気が合い、出演しようという気になった。

それにしても、大丈夫なのだろうか。自分がスケジュールの心配をする必要はないと分かっていても、やはり気になる。サーフィンどころかまともに泳ぐこともできないので——洒落《しゃれ》にならないほど何度も溺れかけた——撮影が遅れ気味なのだ。

ちょっと緊張しているのは、海のせいばかりではない。コメディ要素が強いとはいえ、これは勇樹にとって、初めての本格的な恋愛映画なのだ。舞台はハワイとニューヨーク。勇樹の役柄は、ハワイで生まれ育ったのにまともに泳げず、元々サーフィンには興味もない日系四世。サーフィンが得意な女の子の気を引こうと一心不乱に練習をするが、とうとう基本も体得できないまま、家族の仕事の都合でニューヨークへ引っ越すことになる。ところが向こうで落ち着いてみると、片思いだとばかり思っていた相手が突然追いかけてきて——というストーリーだ。子ども騙《だま》しみたいな内容だけど、恋愛映画といってもティーン向けだからこんなものだろう、と勇樹は納得していた。自分の中途半端な年齢も意識する。こういう映画をやるなら、今しかないだろう、とも思うのだ。

このハワイロケについては割り切っていたつもりなのに、早くもニューヨークが恋しくなっていた。ハワイの陽射し、吹き抜ける風は快適だったが、ニューヨークのねっとりした熱い空気がひたすら懐かしい。逆にホリーは、撮影でニューヨークへ行ったらホームシックにかかるかもしれないな、と思う。ほとんどサンディエゴを離れたことがないというから、ニューヨークに足を踏み入れた途端にショックを受けるのではないだろうか。サンディエゴだって大きな街だが、建物と人の集積度という点で、ニューヨークとは比較にならない。

水から上がると、少しだけほっとする。海の方を振り返ると、ホリーはまだ波と戯れていた。サンディエゴもサーフィンは盛んだそうだけど、元祖はハワイみたいなものだからな、と納得する。自分には全然分からないが、彼女は「波が違う」と喜んでいた。やけに砂が細かく——何でも、全米で一番綺麗《きれい》なビーチらしい——裸足《はだし》で歩いていても足の裏がまったく痛くない。強い陽射しを浴び、濡れた体があっという間に乾いていく。早くも日焼けした肩が、少しだけひりひりする。スタッフと一緒に緩《ゆる》い傾斜を上がって行くと、義父の鳴沢了《なるさわりょう》が、木陰で地面に座りこんでいるのが見えた。上半身は裸だが、よく鍛えているので、そんな格好も様になっている。

近づいて声をかけようとしたが、一瞬躊躇《ためら》う。

仕事の気配がした。

鳴沢とのつき合いもいい加減長くなったせいか、弛緩《しかん》している時とそうでない時は、すぐに分かるようになった。仕事の時、あるいはその前後は、ぴりぴりした雰囲気《ふんいき》を発散している。緊張感など目に見えないはずなのに、何故か体の周りに薄いバリアが張り巡《めぐ》らされた感じになるのだ。

どうして？　ここはハワイだよ？　少し歩調を緩め、勇樹は鳴沢を観察した。上半身裸で、下はジーンズ。シートを敷いた上に胡座《あぐら》をかき、スニーカーは丁寧《ていねい》に並べてシートの外に置いてある——まるでそこが座敷であるかのように。ハワイへ来て二日目、まだほとんど日焼けはしておらず、肩の辺《あた》りが少し赤くなっているだけだ。そして、ゆっくりと周囲を見回している。間違いない。視界に何か邪悪な物が入って来ないかと、警戒しているのだ。

何でそんなに心配するんだろう。ハワイに来てまで、刑事をやってる必要なんかないのに。

勇樹はスタッフに一言告げて輪から離れ、鳴沢のいる場所まで斜面を駆け上がって行った。鳴沢が勇樹に気づき——もしかしたらとっくに視界に入っていたかもしれない——軽くうなずく。差し出されたペットボトルを受け取ると、勇樹は立ったままミネラルウォーターをごくごくと飲んだ。鳴沢の隣に腰を下ろし、膝《ひざ》を抱えて海を見やる。

「難儀してるみたいだな」

ナンギ？　勇樹が言葉の意味を捉え損ねたと分かったのか、鳴沢が言い直した。

「サーフィンも大変そうだ」

「その前に、泳ぐのが駄目だし」溜息《ためいき》をつき、もう一口、水を流しこむ。ここは木陰なので、強烈な陽射しは和らいでいた。「何で、こんな企画が立ったのかな」

「ハワイなら、いい絵が撮れるからじゃないか？」

「何だか業界の人みたいだけど」

「息子が俳優だから」

鳴沢がにやりと笑う。無愛想《ぶあいそう》な彼にしては珍しいことだった。普段は日本とアメリカに離れて暮らしている家族。こうやって年に何回かは顔を合わせるのだが、ハワイで、というのは初めてだった。勇樹の学校は、夏休み中。鳴沢もそれに合わせて夏期休暇を取ってくれた。二日後には、母親と妹がニューヨークから来る予定で、つかの間の家族再会になる。ほとんどばらばらの家族だが、勇樹にはこういう緩い関係が心地好《よ》い。だから、鳴沢と二人きりというのは、少しだけ気恥ずかしくもあった。

両親は、勇樹が幼い頃に離婚している。その後はしばらく日本で曽祖母を頼って暮らしていたのだが、そこで母親の優美《ゆみ》と鳴沢が出会ったのだ。父親がいないせいで少しばかり寂しい思いをしていた勇樹は——当時はそういう事情でかなり引っ込み思案《じあん》だったと思う——すぐに鳴沢に馴染《なじ》んだ。その後はずっと離れて暮らしているせいか、本当の親子のようにはいかないが、その距離感はむしろ好ましく感じる。友だちは皆、親を鬱《うっ》陶《とう》しがっているが、自分にはそういう負の感情はない。

「これから食事休憩か？」

「たぶん、ね。エネルギーが切れたし」

「泳げばいいのに」

「あのさ、ここでずっと座ってて、暇《ひま》じゃない？

「休憩してるんだ」

「休憩？」

「休暇は半年に一度だから。こういう時こそちゃんと休んで、疲れを取っておかないと」

勇樹は首を傾《かし》げた。休暇だっていうなら、このぴりぴりした雰囲気は何なんだ？

「じゃあ、行くか」

2

ビーチから街中まで、車で五分。スタッフは現場に残って昼食にしたが、勇樹たちは街へ戻って来た。といっても、ひどく寂れた街で、外を歩く人も少ない。たまに固まってぞろぞろと歩いている人がいるかと思えば、明らかに日本人観光客だった。

勇樹は、鳴沢が借りてきたマスタングのオープンカーの後部座席に座っていた。何故か隣には、ホリー。風を受け、まだ濡れている長いブロンドの髪がたなびいた。髪が痛みそうだな、と心配になるが、本人は気にする様子もない。暖かな風のシャワーを、心から楽しんでいるようだった。

「まだ泳げないの？」

悩みの核心をいきなり突かれ、勇樹は口籠《くちごも》った。

「私がコーチ、やってあげようか？」ホリーが悪戯《いたずら》っぽく笑う。「本格的に」

「今さら、ちょっとね」我ながら、何を言っているのか分からない。「何とかなるんじゃないかな。それより、君は楽しんでる？」

「もちろん。サンディエゴよりいい波だから。さすが、ハワイね」そう言いながら、着ているTシャツの胸には「San Diego」の大きなプリントがある。地元愛。「自分のボードを持ってくればよかったわ」

「スケジュールが狂ったら、悪いなあ」

「お互い様よ。ニューヨークでは私が迷惑かけるかもしれないし」

「どうして？」

「あんな街にいたら、頭が変になっちゃうんじゃない？」

「僕もそう見える？」

「そんなことないけど」

ホリーがくすくすと笑う。ああ、この子はたぶん、今後もこの世界で生きていくんだろうな、と勇樹は確信した。上手く言えないが、スクリーンに映し出されると自然に現れるオーラのようなものを持っている。

助手席には、勇樹がテレビの連続ドラマに出ていた頃からつき合いのあるプロデューサー、レスリー・ムーアが座っていた。数年前に映画会社に転身したが、昔と同じように勇樹と仕事をしている。ワニが美女を襲おうとしている派手な柄の——趣味の悪いアロハシャツにショートパンツ、サンダルという、ハワイデフォルトの格好で、明らかに仕事用の雰囲気ではない。だいたい、プロデューサーの仕事というのが、勇樹にはまったく理解できなかった。配役を決めるのはデスクでもできるわけで、こうやってわざわざ現場に出て来るのはどうしてだろう。俳優たちの間で何かトラブルが起きた時に対処するためなのか……今回の撮影では、トラブルの芽すら感じられなかったが。ホリーとの間も、まだ少しぎくしゃくしているものの、取り敢えずは上手くいっている。彼女からは泳ぐこと、サーフィンのことを教わり、勇樹は演技についてアドバイスを与えている。勇樹としては、ちょうどいい距離感だった。

鳴沢とムーアは、小声で何か話し合っていた。風がもろに車内を荒らすせいで聞き取りにくいが、さほど重要な話でないことは分かる。面倒な話に限って、鳴沢の両肩が少しだけ盛り上がるのを勇樹は知っていた。今は違う。

「ねえ、あなたのパパ、刑事なんでしょう？」ホリーが突然訊《たず》ねた。

「日本でね」

「テレビや映画で見る刑事とは、感じが違うね」

「あれは作り物だから」思わず苦笑した。

「そうなんだ？　ちゃんとお手本があって、それに合わせてイメージを作ってるのかと思った」

「映画は映画だからね」勇樹は肩をすくめた。鳴沢の仕事については、知っていることも少なくない。数年前には、アメリカで自分を危機から救ってくれた。「本物みたいにはいかない」

「撃ち合いとか、するの？」

「そういうことはほとんどないそうだよ」

ふと、前席の会話が気になり出した。ムーアが突然不満気に両手を広げ、声を張り上げたせいである。

「パンケーキでいいじゃないか」

「炭水化物は必要ない」

「あんたの好みは、この際問題じゃない」喋《しゃべ》っているうちに、ムーアは急に激昂《げっこう》してきたようだった。「いつも一時間待ちの店なんだぞ？　私がわざわざ席を取ったんだ。すぐに座れる」

「パンケーキが食べたいのか、それとも自分の影響力を行使したいのか？」

勇樹は思わず笑い出してしまった。この人は、どこへ行っても変わらないんだから……体に少しでも悪い物は、絶対に口にしない。パンケーキが悪いとは思えないが、バターやメープルシロップが気に食わないのだろう。あるいは、たっぷりと盛られたホイップクリームか。

「パンケーキ、好き？」勇樹はホリーの方に身を倒して訊ねた。風が容赦なく車内に吹きこみ、声を張り上げるか体を近づけないと話もできない。

「嫌いじゃないけど、予約してまで食べるのって、何か変じゃない？　パンケーキなんて、そんなご馳走《ちそう》じゃないでしょう」薄青く塗られた爪をいじりながらホリーが答える。

「じゃあ、拒否しよう」

「パパの肩を持つんだ」ホリーがにやりと笑った。

「僕のトレーナーみたいなものだから」

勇樹は、前席に体を突き出し、「後ろの二人はパンケーキ却下です」とムーアに告げた。ムーアがちらりと勇樹の顔を見て、不満気に顔を歪《ゆが》める。

「有名な店なんだぞ」

「昼は、タンパク質を補給しないといけないんです……そうだよね？」

鳴沢に訊ねる。鳴沢は右手をハンドルから放し、親指を立てて見せた。またチキンを勧めてくるんだろうな、と思いながら、勇樹は満足してシートに背中を預けた。こういうのは、ただの親子ごっこという感じがしないでもない。それに自分はもう、親が身近にいないと何もできない年齢ではないのだ。反抗期というわけではなく、ずいぶん小さい頃からテレビの仕事をしてきて、周りにはいつも大人がいたから、自然に大人っぽく振る舞う術《すべ》を覚えてしまったのだ。

結局、人気のパンケーキの店はキャンセルし、近くのダイナーに行くことになった。ムーアはいかにも不満そうだったが――どこにでもあるチェーン店だった――こういう店の方がメニューは組み立てやすいだろう。

ムーアはそれでも抵抗し、風通しのいい外の席を用意させた。鳴沢は何故か渋い顔をして、テーブルをしばらく凝視していた。一度座った三人を立たせ、席をシャッフルする。鳴沢は店のガラス壁を背にして座った。そこからだと、駐車場、それに店の入り口がうかがえる。振り向けば、店内も一望できるはずだ。

何を警戒している？

「何にするの？」勇樹は彼の前にメニューを置いた。

「アイスティー。それと——」一瞬だけメニューに視線を落とす。「コンビーフハッシュ。卵はスクランブルエッグで。つけ合わせはオニオンリング」

「それは朝食のメニューじゃないのか」ムーアが皮肉を飛ばす。彼自身はステーキにしたようだ。

「タンパク質が必要なんだ」

「タンパク質と言ったらステーキだ」

「消化のいい食材じゃないと」

二人のやり取りが、皮肉の応酬以上の物になりそうだったので、勇樹は慌《あわ》てて割りこんだ。

「僕は、フリフリチキンか何かでいいのかな」ハワイ名物のバーベキューだ。「それか、テリヤキのチキンバーガー？」

「どちらでも。つけ合わせはフレンチフライじゃなくて、オニオンリングかサラダにした方がいいけど」

「了解」チキンは別に好きでも何でもないけど、二人でいる時ぐらいは言うことに従ってみようと思う。実際鳴沢は、食生活に気を遣って、これだけの体を作り上げたのだし。

彼のようなマッチョになりたいわけではないが、体の基本は作っておいて損はないはずだ。

ホリーがしかめっ面でメニューを眺めている。料理を決められないようで、細い顎《あご》に拳《こぶし》を当て、迷っていた。助けを求めるように、鳴沢に顔を向ける。

「私は、何を食べたらいいかな」

「分からない」鳴沢があっさり降参した。「何のために食べるかによる」

「スタイル維持のため？」

自分でも分かっていない様子で、ホリーが首を傾げながら言った。ホリーはそもそもまだ、体が出来上がっていない。同年代の女の子に比べるとかなり体が薄い感じで、手足など、マッチ棒のように細い。

「何でも食べた方がいい。まだ体の基礎が出来上がっていないから」鳴沢が、勇樹が考えていたのと同じ結論を口にした。「少なくとも、ダイエットなんかは考えない方がいい」

「じゃあ、パンケーキでいいかな」

「それなら最初から、私のお勧めの店に行けばよかった。苦労して予約した店に」

ムーアが大袈裟《おおげさ》に両手を広げる。ホリーが顔一杯に笑みを浮かべ——この笑顔は相当魅力的だと認めざるを得ない――素早く首を振って、ムーアの抗議を撃退した。

料理が運ばれてくると、鳴沢は機械的に食べ始めた。いつも、特に料理の感想を言うわけではないし、表情を見ていても美味《うま》いのか不味《まず》いのか分からないのだが、今は料理以外の何かに気持ちが向いている。その視線が、広い範囲をカバーしてゆっくりと動く。明らかに刑事の顔になっていた。何かを――あるいは誰かを警戒している。コンビーフハッシュを頼んだのはそのためだ、と気づいた。これなら視線を落とさずとも、皿と口の間にフォークを往復させるだけで食事ができる。

味気ないだろうな、と思ったが、次の瞬間には、彼が何を気にしているのかが気になってきた。誰かが僕を狙《ねら》っているとでも？　数か月前、自分が映画のプロモーションで日本に行った時から、鳴沢は異常な警戒を続けている。自分が知らないだけで、何か危ないことがあるのだろうか。あるいはホリーに対するストーカー？　近くのテーブルには、他にも関係者が陣取っているのに、鳴沢は一瞬たりとも気を抜こうとしなかった。

これじゃ、食事をしている気になれないだろうな、と同情する。

一番先に食べ終えると、鳴沢はメモ帳を取り出した。満足そうな表情でゆっくりと肉を味わっているムーアに、この後のスケジュールを確認する。食事の邪魔をされたムーアが露骨《ろこつ》に嫌そうな表情を浮かべた。だが、鳴沢が無言で睨《にら》みつけていると、すぐに降参の意を表して両手を上げ、アロハシャツのポケットから折り畳んだメモを取り出した。受け取った鳴沢がテーブルの上で広げ、自分のメモ帳に書き写していく。

僕に聞けばいいのに、と勇樹は思った。自分のスケジュールぐらい、ちゃんと頭に入っている。この後はビーチに戻ってまた海の中での撮影——これが今日中に終わるかどうかは自分次第だ——が続き、夕方にはホノルル市内へ引き上げて、賑《にぎ》やかな街中での撮影が待っている。こっちは問題なく終わるだろう、少なくとも僕の方は、と勇樹は思った。苦労しそうなのは、演技では素人のホリーの方だ。

「で？　君はずっと我々と一緒にいるつもりか？」ムーアが皮肉っぽく言った。

「午後も日光浴だ」

「大人しく」

「そう、大人しく」

ムーアが何を恐れているかは、勇樹には分かった。息子の自分が言うのも変だが、鳴沢は何でもない事態を大きくしてしまうことがある。それを嫌がる人間がいるのは、十分理解できた。

面倒なことを嫌がるような大人にはなりたくないな、と何となく思う。その一方で、必要もないのに妙に神経質になっている鳴沢もどうかと思う。たぶん、僕が目指すべき大人像というのは、その中間のどこかにあるのだろう。

少し暗くなってからホノルル市内に戻って来ると、鳴沢は目に見えて神経質になった。歩きながらも左右を見回し、両手を握ったり開いたりを繰り返している。勇樹との距離は近く、歩きにくいことこの上ない。つい我慢できず、訊ねてしまった。

「どうかした？」

「何でもない」

何でもないわけ、ないんだけど。疑問に思ったが、突っこむのは諦《あきら》める。言わないと決めたら死んでも言わない人だ。

鳴沢の不審な態度を頭から押し出して、勇樹は撮影の準備に集中した。賑わうダウンタウンで、転校のためにホリーに別れを告げるシーン。ついでに勇樹としては一世一代の告白をするつもりだったのだが、ホリーは何も聞かずに逃げ出してしまう。コミカルなトーンの強い映画の中では、数少ないシリアスな場面だった。

監督の指示を聞き、ホリーとも演技の打ち合わせをする。そうしながらも、鳴沢の動きが気になった。一時道路を閉鎖して撮影するのだが、交通整理をする地元の警察官と何事か話している。それが終わると、トラブル対策要員として派遣されてきた映画会社の男二人——何の冗談か、ハワイにいるのにブラックスーツに黒いネクタイという格好だ——に話しかける。これまた場違いなサングラスをかけた二人は、鳴沢の言葉に真剣に耳を傾けている様子だった。これじゃ本当に、完全に仕事モードだよ、と勇樹は呆《あき》れる。

「後ろを歩く時なんだけど」ホリーが声をかけてきたので、こちらも仕事モードに入る。

「どれぐらい離れてればいいのかな」

「あー、どうだろう」監督の指示に従えばいいのだが、今のところ、「少し離れて歩くように」としか言われていない。自分たちでイメージを作り、監督に挑戦してみろ、ということか。「好きなのかな」

「たぶん」ホリーが真顔でうなずいた。「でも、自分の気持ちに気づいてない感じ？ 認めたくないのかも」

「鈍《にぶ》いところ、あるよね」

「意地張ってるんじゃない？」

「僕は、単に鈍いだけだと思ってたけど」

「それじゃ、馬鹿《ばか》みたいじゃない」ホリーが頰《ほお》を膨《ふく》らませる。そうすると、実際の年齢よりも幼く見えた。

「だから、そういう意味の鈍いじゃなくて……」説明がすっきりできないのがもどかしい。両手をこねくり回すようにして時間を稼ぎ、言葉を探したが、上手く出てこない。

その時、視界の隅で何かが動いた。何なのかは分からないが、本能的に危険を感じ、勇樹は咄嗟《とっさ》にホリーの肩を押して歩道の方に押しやった。彼女が転びそうになったので、慌てて手を伸ばして手首を摑む。ホリーが踏ん張ったので、辛《かろ》うじて転ばずに済んだ。勇樹の腕は抜けそうになっていた。

「どうしたの？」

「いや……」説明できない。何かが動いたのだが、一瞬のことなので、認識できなかった。周囲を見回し、鳴沢の姿が見えないのに気づく。

「どうした？」監督のヴァランスが近づいて来た。

「いえ……あの、何かありませんでしたか？」

「何かあったのか？」逆に聞き返してきた。

「分からないんですけど」

道路は鉄柵で封鎖されている。周囲には野次馬。その向こうで、黒服の男の片割れが必死に走っている。何かを、あるいは誰かを追いかけている様子。それに気づいた野次馬が一斉に振り返り、ざわめきが広がった。本能的なものなのか、カメラマンがそちらにカメラを向ける。怒声。悲鳴。鳴沢の頭だけが一瞬見えた。誰かを摑まえた様子だが、勇樹のいる場所からでは分からない。

「チェックだ！」

ヴァランスが叫ぶ。スタッフが何人か駆け出し、野次馬の中に割って入った。勇樹はホリーと顔を見合わせ、自分もそちらへ駆け出そうとした。

「駄目だ」ヴァランスが勇樹の腕を摑む。まだ三十五歳、普段は呑気《のんき》な兄貴分という感じだが、今は表情が厳しく引き締まっていた。「危ない。プロに任せるんだ」

「だけど……」

「君の仕事は、ここにいることだ」

ヴァランスが腕組みをして、騒動が起きている方を睨みつける。背が高い彼には様子が見えているかもしれないが、勇樹は依然として、何が何だか分からない。ふと手に温かさを感じて見下ろすと、ホリーが手を握っていた。

「どうしたの？」不安そうに眉《まゆ》が下がっている。

「分からない」握る手に少しだけ力を入れた。わずかに汗ばんだ手の感触から、彼女の恐怖が感じ取れる。

遠くからサイレンの音が響いてきた。警察か？　現場を警備している警察官だけでは間に合わず、応援が来たのだろうか。つくづく自分は事件に巻きこまれやすい人間なんだ、とうんざりしながら、鳴沢と一緒にいるからかもしれないと考え直す。彼は、息をしているだけで事件を呼んでしまうタイプなのだ。

やがて、ざわめきが潮のように引いていった。現場の様子を確認したスタッフが、苦笑いしながら戻って来る。ヴァランスに何事か耳打ちすると、彼も苦笑いを浮かべた。

「何でもない。間違いだ」

「間違い？」勇樹は首を傾げた。

「ナルサワが、怪しい奴《やつ》がいると思って捕まえたけど、ただの見物人だったよ。身分証明書も確認した」

「なんだ」ほっとして、ゆっくりとホリーの手を離す。二人とも少し汗をかいていた。

「あなたのパパって、早とちりするタイプなの？」ホリーが首を傾げた。

そうだ、とは言えなかった。僕の父親にも名誉はある。いや、むしろ誰よりも名誉を大事にする人だと思っている。自分からはそんなことは絶対に言わないけど。

3

日が暮れてから、宿舎のホテルに戻って来た。この時間帯になると空気が冷たくなり、半袖《はんそで》では肌寒いほどである。しかし基本的には、心地好い。一年中同じような気温なのだろうが、この時期のニューヨークが、一気に夏になったような猛暑が続くのに比べれば、天国のようなものだ。

鳴沢と二人。彼の歩調がいつもより少し速いことに、勇樹は気づいていた。緊張している時は、こうなる。何もない時は、体の力を抜いてゆっくり歩くのだが。

先ほどのトラブルについて、鳴沢は最小限のことしか教えてくれなかった。「勘違いだ」と。暴走癖のある男だが、見当違いの行動をすることはほとんどない。何を焦《あせ》っているのだろう、と勇樹は先ほどから何度も首を傾げていた。

ホテルの一階部分は、ほぼ外に向かって開けている。吹き抜けなのだが、ワイキキの海岸近くでは、こういう構造になっているホテルが多い。ハワイに着いた時、勇樹は「津波対策だ」と聞いていた。建物のダメージを最小限に抑えるため、一階部分は水の通り道にしてしまう。理に適《かな》っているが、市街地が水浸《みずびた》しになるのは構わないのだろうか。

鳴沢の携帯が鳴った。少し緊張して取り上げ、「ああ、七海《ななみ》か」とぽつりと言った。そう言った後も表情は緊張している。勇樹の伯父である七海と鳴沢は、昔からの親友だ。鳴沢がアメリカの大学に留学していた時代のルームメイト。今や義理の兄弟でもあり、警視庁とニューヨーク市警と離れていても、同じ刑事同士の絆もあるようだ。二人で話す時は、年来の友人同士らしい気楽な雰囲気になるのだが、今夜は違う。勇樹はここにも、鳴沢の異変を感じ取った。

鳴沢が携帯電話の下半分を掌《てのひら》で覆い、「先に戻っていてくれ」と言った。何か、追い返されるみたいなんだけど……少しだけ不満を抱いたが、勇樹は黙ってうなずき、ホテルの中に入って行った。一度だけ振り返ると、鳴沢はベンチに腰かけ、深刻そうな表情で会話を続けていた。七海と話していて、こんな感じになるとすれば、事件絡みとしか考えられないが……せっかく休暇中なのに、何なのだろう。昼間から発散している緊迫した雰囲気が、勇樹には謎《なぞ》だった。訊けばいいのだが、訊いても無駄だ、ということは分かっている。結局、子ども扱いってことなのかな。大事なことは何も教えてもらえない。

部屋に戻り、ベッドの上に大の字になる。急激に疲れが襲ってきて、目を瞑《つぶ》った。睡魔に負けそうになり、このまま寝てしまってもいいかな、と意識を緩めようとした瞬間、ズボンのポケットに入れた携帯電話が震えだした。メールの着信だと気づき、引っ張り出す。この時間だと……母親、ということはないだろう。ニューヨークではもう、日付が変わる頃だ。まだ幼い妹の愛海《あみ》を抱えた母親の夜は早い。最近では、自分の方がよほど遅くまで起きている。

ホリーだった。何だろう。どうせこの後、食事で一緒になるのに。

『ちょっと相談したいことがあるんだけど、会える？』

勇樹は体を起こし、首を傾げた。会えるもなにも、彼女の部屋は隣である。ハワイのホテルはベランダ——ラナイと呼ぶらしい——が広いから、そこに出て首を突き出せば、普通に話はできる。だいたい、部屋には行けないよな。彼女はマネージャーと一緒だが、そこへ行くのは気が引けた。かといって、こっちへ来てもらうわけにはいかないし……部屋に二人きりでいる時に鳴沢が戻って来たら、どんな反応を示すだろう。もしかしたら、激怒したりして。想像もできないことだったが、怒られてもおかしくはないよね、と思うとつい苦笑してしまう。こちらは、何かと問題を起こしがちなティーンエイジャーなのだ——起こしたことなんか、ないけど。

『ラナイに出てるよ』

と返信して、ゆっくりとベッドから降りる。スニーカーを突っかけ、外へ出ると、ホリーは既《すで》に手すりにもたれるようにして、外を眺めていた。

「早い」勇樹は思わず言った。

「さっきからここにいたけど」

ホリーが携帯電話に視線を落とす。メールは、今届いたようだった。勇樹は少しだけ彼女の方に近づき、手すりに両腕をもたれさせる。二人の間の距離は、わずか一メートル。間には、部屋を隔てる低い仕切りがあるが、彼女の長い髪が風に揺れ、自分の顔を撫《な》でる様を勇樹は一瞬想像した。

「相談って？」

「夕方のことで……」ホリーは、昼間と顔つきが違っている。陽光を浴びている時は輝くような顔で、真っ直ぐ見詰めるのが大変なのに、今は闇に溶けてしまいそうなほど暗い表情だった。

「ああ、あれはしょうがないよ」勇樹は笑顔を作ってうなずいた。

夕方の撮影は、結果的に明日以降に持ち越しになっていた。市街地でのロケは、見物人も多くて集中力が削《そ》がれる。勇樹はいつの間にか、周りの人間を意識から追い出す方法を自然に身につけていたのだが、ホリーはまだ無理だろう。動きも表情も硬く、台詞《せりふ》も何度も飛んでしまった。そのうちあんなトラブルが起き、タイムアップ——ヴァランスが望む夕景が消え、街が完全に暗くなって、撮影は中止になった。

「でも、何だか情けなくて」

「こういう時もあるよ。あんなこともあったし……」鳴沢の勘違い。自分たちに直接被害が及ぶことはなかったが、あれでホリーが動揺したのは間違いない。

「それは関係ないけど」

ホリーの顔に、一瞬強気な表情が浮かぶ。勇樹は、今度は本気で笑った。こうじゃないと……ホリーには、芯《しん》の強さがある。あまり本当の自分を見せているとは思えないが、もっと打ち解ければ、強気な素顔を見せるだろう。たぶん、僕なんかでは手に余るような。女優っていうのは、そういうものだ。世界は自分を中心に回っている——そう思わないと、カメラの前で演技なんかできない。

「別に、あれぐらい、よくある話だから」

「あなたも？」

「しょっちゅう」勇樹は肩をすくめた。「でも、映画の方が余裕があるんだ。テレビの仕事なんか、これより全然ひどいよ」

勇樹の感覚では、映画の方が時間の流れがゆったりしている。テレビ、特に毎週放送される連続ドラマの場合、収録にかけられる時間は限られている。とにかく映像を撮ってしまわなければならないから、撮影が深夜まで及ぶこともしばしばだった。

「スケジュールには余裕があるはずだから。監督の顔を見てれば分かるよ。それに、迷惑かけてるのは僕の方だし」

「それは分かるけど……」ホリーが唇を噛《か》む。

「心配いらないって。何とかなるもんだから。僕だって、最初の頃は自分が何をやってるか、全然分からなかった。でも、結局映画は完成してるんだよね。映画って、一人で作るものじゃないから」

「でも、私が上手くやれなかったら、そこには穴が開くでしょう？」

一本取られた。ホリーの発言は理に適っている。失敗を続ければ、ヴァランスがイメージしているシーンの完成はどんどん遠のき、そのうちどこかで妥協して、どうでもいいような場面ができてしまう。ヴァランスは、それほど厳しく自分のイメージを押しつけるタイプの監督ではないが――むしろアクシデントや俳優の工夫を喜ぶようである――一つのシーンが撮れなければ、撮影が先に進まなくなるのは当然だ。

「気にする必要、ないって」説得力がないなと思いながら、勇樹は努めて明るい声で言った。「気にしてると、かえって上手くいかなくなるよ」

「それは分かってるけど」ホリーが指先をいじった。スカイブルーのマニキュアが、やけに浮いて見える。「映画に出られるからって、少し調子に乗ってたのかもしれない。こんなに難しいって思わなかった」

「簡単じゃないよ。でも、慣れるから」

「ここで失敗したら、もう映画なんか出られないでしょう」ホリーが肩をすくめた。

「出たいんだよね、これからも」

「それは……」ホリーが顔を上げた。まだ弱気。だが、言い合う元気はある。

「思い切ってやってみればいいじゃないか。失敗したって、周りの人が助けてくれるよ。別に、人を頼るのは恥ずかしいことじゃないし。僕たち、まだ何もできないんだから」

「子どもだからね」

「そう、子どもだから」

ホリーがようやく小さい笑みを浮かべる。ほっとして、勇樹はうなずいた。この笑顔こそが、彼女の本当の顔だ。

「だから、誰かを頼っても、許されるんじゃないかな」

「……そうだよね」

「そうだよ」何だか、繰り返しばかりの会話。それでもホリーの後悔と緊張が解《ほぐ》れるのが分かり、勇樹はほっとした。「じゃあ、後で……食事の時にでも」

「こういうこと、皆に言わないでね」

ホリーが真顔になる。勇樹は黙ってうなずき、彼女の要求を受け入れた。周りの人に弱気は見せたくない、ということか。そういうの、いいんじゃないかな。強気は、物事を上手く進める基本になる。

だけど、僕には弱気を見せるわけだ……まあ、年が同じだから。それ以上の意味なんてないんだぞ、と勇樹は自分を戒めた。

部屋に戻ると、また携帯電話が鳴り出した。別れたばかりのホリーじゃないだろうな……と思ってディスプレイを見ると、母親の優美だった。

「どうしたの、こんな遅くに」窓を閉めながら、勇樹は電話に出た。

「何か変わったことはない？」

「ないけど……どうして？」

「何でもないけど」

明らかにおかしい。母親は、息子の自分が言うのも何だが、少しだけ不安定なところがある。普段は落ち着いているのだが、心配性というか何というか……時に、疎《うと》ましく思うこともないではない。

　まあ、今回は仕方ないか。母親は、ニューヨークの近くなら撮影現場に顔を出すが、遠く離れたハワイとなったら、そう簡単にはいかない。鳴沢に任せた格好になっているが、やはり直接自分の目で見ていないと安心できないのだろうか。

「もう、遅いでしょう」

「こっちはね」

　勇樹は首を傾げた。母親はいつも、夜が早い。ニューヨークではもう、日付が変わっているはずなのに……。

「ちょっと撮影が滞っているけど、そんなに問題じゃないから」

「他に変わったことは？」

「あの」勇樹は携帯電話を右手から左手に持ち替えた。苛立《いらだ》ちが加速する。「何かあるわけ？　心配してもらうようなことはないと思うけど」

「ないわよ」

　ないわけがない。あるなら言えばいいのだ。自分の面倒ぐらい、自分で見られる。そうでなくても、周りには鳴沢も他のスタッフもいるのだ。相談する相手には事欠かない。

「それならいいけど」

「了は……」

「ああ、いいの。さっき話したから」今度は急にそわそわし出す。明らかにおかしい。

「あの、そっちこそ何かあったの？」

「何もないわよ」口調が素《そ》っ気《け》無《な》い。

「もしかして、愛海に何かあった？」

「まさか。元気よ」

この時だけは声が普通に戻る。愛海は元気過ぎるぐらい元気で、持て余してしまうのだが……今はまだ、ほんの小さな子どもだからいいが、ティーンエイジャーになる頃には、結構扱いにくくなるのではないだろうか。十一歳も年の離れた妹と、これからどうつき合っていくかは、勇樹にとって軽い頭痛の種だった。可愛いことは可愛いのだが、ずっと一人でいて急に妹ができるというのは……しかし、鳴沢の方が衝撃は大きかっただろう。今でも結構困っているはずだ。年に二度ほどしか会わないし、彼は子どもの扱いが上手なわけではない。自分が日本にいた頃は、子どもとしてではなく、一人の男としてつき合ってくれたのだと思う。それでこっちも自然に向き合えたのだが……愛海と鳴沢を見ていると、いつも笑ってしまう。お互いに遠慮《えんりょ》しているのだ。愛海は、年に二回しか会わない男でも、父親だと認知してはいるようだが、何となくもじもじしている。鳴沢が愛海を抱く仕草もぎこちない。一週間一緒に過ごせば、最後の頃は何となく自然になるのだが、次に会う時はまた、元通りになってしまう。今回は特に、一緒にいられるのは二日だけだ。どんな感じになるのだろう。自分は仕事で、あの二人が一緒にいるのを見る機会はほとんどないはずだが。

「じゃあ……別に何もないから。心配するようなこと、何もないよ。天気もいいし」

「それならいいけど。風邪、引かないようにね」

「ハワイで風邪なんか引かないでしょう」つい笑ってから、電話を切った。同時に鳴沢が部屋に入ってくる。何だか全てが一つながりになっているようだった。一つのことが終わった瞬間、次のイベントが起きる。まるで誰かがシナリオを書いているようだ。ということは、自分も登場人物？　まさか。

鳴沢は、右手に大きなビニール袋をぶら下げていた。勇樹に向かって掲げてみせる。彼が持つと軽そうに見えるのだが、実際にはかなり重そうだ。

「果物だ。パイナップルとマンゴー」

「まだ夕食前だけど」

「デザートに。ビタミンCを補給しないと」

無言でうなずく。今日はずっしり重いチーズケーキでも食べたかったのだが……一緒にいる時ぐらい、言うことを聞いておこうと思う。

「ABCストア?」ワイキキでは一ブロックごとにあるコンビニエンスストアだ。

「違う。小さな果物屋を見つけたんだ。客がたくさんいたから、美味いんだと思う」

「じゃあ、今食べない? 少しお腹が減ってる」

「いいよ。外で食べようか」

二人は揃《そろ》ってラナイに出た。長椅子《ながいす》が二脚ある。鳴沢はテーブルにフルーツを置くと、両隣の部屋を覗《のぞ》きこんだ。行儀悪いというか、失礼な行動だが、彼が何を心配しているかは分かる。夕方のようなことを警戒しているのだ。

ようやく安心したのか、自分も椅子に腰を下ろし、フルーツのパックを開けた。パイナップルを口に運び、ゆっくりと咀嚼《そしゃく》して飲み下す。勇樹はマンゴー。

ホテルは三つの棟がコの字型に並び、中庭の部分には楕円形の巨大なプールがある。昼間は、その周りの椅子が肌を焼く人で埋《う》まるのだが、今は全ての椅子にシートがかけられ、暗闇に沈んでいる。プールの向こうがホテルのプライベートビーチで、低い波が静かに打ち寄せてくる。その音を聞いているうちに、勇樹は眠気《ねむけ》に襲われ始めた。明日は六時起きで、今日と同じビーチに行かなければならない。また上手くいかないんだろうな、と考えると憂鬱《ゆううつ》になった。大声で言うことじゃないけど、僕にだってプロ意識はある。だから周りの人に迷惑をかけないように、必死で頑張ってきた。でも今回は、ちよっと厳しい。

鳴沢がぴりぴりした雰囲気を撒《ま》き散らしているのも辛《つら》かった。普段は一緒にいるだけで安心するのだが、今回はそんな具合にはいかない。彼の緊張感がこちらにまで伝わってきて、どうしても気持ちが高ぶってしまう。

ちらりと横を向いて、ゆっくりとパイナップルを食べる鳴沢の横顔を見た。今日は珍しく、髭《ひげ》を剃《そ》っていない。休みの日でも必ず髭を綺麗に剃るのだが、それはたぶん、「休み」という概念を持っていないからだ。いつでもすぐ仕事に取りかかれるように、準備をしている。この人は、気持ちが休まることがあるのだろうか、と心配になった。慣れかもしれないが、こういうのが日常というのは、いかにも辛い。

そういえば昔、日本に住んでいた頃には、よくバイクの後ろに乗せてもらったな、と思い出す。多摩《たま》にある家のガレージには、まだあのバイクが眠っているはずだが、乗っている暇などあるのだろうか。

「明日は六時起きだったな」鳴沢がちらりと腕時計に目を落とした。いつもと同じ古いオメガは、祖父の形見だという。

「早いよね……今回は、結構疲れてる」

「今日は早めに寝よう」

「そうだね」

鳴沢が、夕方の一件を話題にするのを避けているのが分かった。しかし勇樹としては、知っておきたい。僕だって事情を知らないわけじゃないし、何がどうなったか知る権利はあると思う。何しろ自分自身のことなんだし。

「あの……」

「心配するな。夕方の一件は、俺の勘違いだったんだから」勇樹の考えを先に読んだように、鳴沢が言った。「少しセンサーを敏感にし過ぎた」

「本当に何かあると思うの？」

「あると思って動いた方がいい」

「でも、了の休みは終わっちゃうよね」

「入れ替わりで七海が来る予定だ。それで、ここでの撮影はカバーできる」

「何だか……ちょっと情けないんだけど」勇樹は、齧《かじ》りかけのマンゴーをパックに戻した。「こんな風に守ってもらわないと駄目なんて、さ」

「お前は、守られるべき立場なんだ。そこは皆に甘えていい。怪我《けが》でもしたら、困る人がたくさんいるんだぞ」

「そうかもしれないけど、ちょっと大袈裟な感じもするし。別に、何もないでしょう？」

「そう思って手を抜いた途端に、大変なことが起きる。俺は、そういう場面を何度も見てるんだ」

思わず唾《つば》を呑《の》んだ。そんなに脅《おど》かさなくても……と思うが、鳴沢はプロである。ここは素直に言うことを聞いておいた方がいいだろう。ただ、自分が何も知らないのは嫌だった。

「本当は、何があるの？」

「心配するな。周りのことは俺たちが何とかする。お前は映画のことだけ考えてればいいんだ」

鳴沢がパックを片づけ始める。手伝いながら、勇樹はかすかな違和感を覚えていた。本当にこんなことでいいんだろうか。いつまでも、自分の面倒を自分で見られなくて、全部人任せで……それはもちろん、僕の年だったらできないことの方が多いのは当然かもしれないけど、何だか情けない。

何かのタイミングで、真面目《まじめ》に考えないといけないだろうな。

この仕事を一生続けていくべきかどうか。子どもの頃は、本当に遊んでいるような感覚しかなかった。それを周りの大人が褒《ほ》めてくれるのが嬉しくて、撮影は純粋に楽しかった。今は、演じることの苦しさ、楽しさも少しだけど理解できている。でも何か……

バランスが崩れているというか……大人たちに気を遣わせて、面倒なことを何もしない毎日というのも、どうなんだろう。鳴沢に守られているのも、違和感がある。どこかで、こういう世界に見切りをつけるべきかもしれない。もっと現実に向き合い、自分で困難な壁を突き破るような仕事や人生もあるはずだ。そういう仕事って、どういう感じなんだろう？　どんな種類がある？

刑事とか？

4

勇樹はサーフボードに摑まり、酸素を求めて必死で呼吸した。朝から海に入って、もう三時間近く。サーフボードの上に立つだけのことが、どうしてもできない。ホリーが泳いできて、同じサーフボードに摑まった。

「駄目？」

「きつい」ぜいぜいと息をしながら、勇樹は低い声で答えた——少し見栄《みえ》を張りながら。

「何で駄目なのかな。運動神経、そんなに悪いわけじゃないのに」

ホリーがボードに顔を伏せるようにして、欠伸《あくび》を嚙み殺した。顔を上げると照れたように笑い、「ごめん、あんまり寝てないから」と言い訳した。

「時差ぼけ……のわけないか」

「昨夜《ゆうべ》、外が煩《うるさ》くて」

「そうだった？」緊張していたはずだったのに、結局昨夜はすぐに寝てしまった。遠くで音楽が聞こえていたような気もするのだが……ワイキキでは、ホテルでよく生バンドが演奏している。勇樹には馴染みのない八〇年代の曲ばかりなのだが、そういうのを好む人たちが、ハワイには多く集まってくる、ということなのだろう。

「何か、廊下に人がいたみたいで」

勇樹は、顔からすっと血の気が引くのを感じた。サーフボードの上に身を乗り出し、ホリーに顔を近づける。バランスが崩れて、ボードが大きく揺れた。

「人って、どういう感じで？」勇樹も今まで、あちこちを旅している。ホテルにもずいぶん泊まった。時々——そう、夜中になると、酔っ払った大人たちが大声で話しながら戻って来るのが煩く、眠れないことも何度かあった。そういう連中だった、と思いたい。

「分からないけど……何度も廊下を往復してたみたい」

「様子を窺《うかが》ってるような感じはなかった？」

「どういうこと？」ホリーの顔が蒼褪《あおざ》める。

「ドアに耳を押し当てたりとか」

「そんなの、分からないわよ」ホリーが顔を背けると、髪から水が垂れて肩を濡らした。

「もしかして、ストーカーとか？」

「違う……と思うけどね」言ってはみたが、確信はない。

少し離れた所で、サーフボードに掴まって漂っていたヴァランスが声をかける。

「ボーイズ、用意はいいかな？　テスト、いくぞ！」

スケジュールを遅らせるわけにはいかない。「心配しないでも大丈夫だよ」とホリーに声をかけると、彼女は納得した様子ではないもののうなずいて、泳いで離れて行った。まったく自然に、生まれた時から泳ぎ慣れているような感じ。どうして僕は、あんな風にできないんだろう。溜息をついて、ボードの上に腹ばいになると、そのまま沖の方へパドリングして行った。集中しろよ。今度こそ、上手くやらないと。

午前中の撮影は、散々な結果に終わった。使えそうな映像はまったく撮れなかったのではないだろうか。ヴァランスはそれほど気の短い男ではないのだが、最初苦笑していたのが、次第に厳しい表情を覗かせるようになってきたのに、勇樹は素早く気づいた。このままじゃまずい……ビーチで手早く昼食を済ませ、ホリーから本格的にコーチを受けることにした。女の子に教えを受けるのは、何だか情けなくて気が進まなかったし、昨夜のホリーの落ちこみがこちらに伝染したようで、何だかがっくりきたが。

その前に、昨夜のことを鳴沢に話しておかないと。

昼食は、現場でサンドウィッチだった。鳴沢はアボカドやターキーなど、特に軽い物ばかりを選んで食べている。勇樹はコールドビーフを取ったが、食欲はない。一口齧っただけで、うんざりしてしまう。

「どうした」

「昨夜、廊下に誰かいたみたいなんだ」

「知ってる」

「どうして？」勇樹は目を見開いた。

「音がしたから」

「誰だか、分かったの？」

「いや」鳴沢が首を振った。「覗いてみたけど、見えなかった。ドアを開けて確認したかったけど、表に出てこっちの姿を見せると、相手を刺激する可能性があるからな」

「誰なんだろう」

「分からない。でも、今夜からは警戒を強化するから。心配するな」うなずき、鳴沢がオレンジジュースを一口飲んだ。

「何かさ、このままにしておいていいのかな」

「どうして」

「向き合ってないっていうか……逃げてるだけでしょう、僕」

「それは違う」鳴沢が首を振った。「危害を加えようとする相手に、無理に立ち向かう必要はない。そういうことは、俺たち専門家に任せておけばいいんだ。だいたい、誰が敵なのかも分かっていないんだから」

かすかな違和感を覚えたが、それが何なのかは分からない。勇樹は何とかサンドウィッチを食べ終え、両手を叩《たた》き合わせてパン屑《くず》を払い落とした。ふと上を見上げると、木立の隙間《すきま》から雲一つない空が広がっている。海は薄《うっす》らとしたグリーン。砂浜はどこまでも白く、色の対比が目に痛いほどだった。海が好きな人には、この景色はたまらないだろうな、と思う。僕だって、仕事でなければのんびり楽しめるのに。この空と海の青さは、ニューヨークにも東京にもない。

ホリーがゆっくり近づいて来た。顔には薄らと笑みを浮かべている。仕方ないな、とつぶやいて勇樹は立ち上がった。

「もう行くのか？」鳴沢が怪訝《けげん》そうに訊ねる。

「鬼コーチが来たから。そろそろ何とかしないと、本当にまずいんだ。撮影、ストップしちゃうから」

「健闘を祈る」

真顔で鳴沢が言った。いつものことながら、発言にゆとりがない。こういう人だからしょうがないんだ、と思いながら立ち去ろうとした瞬間、鳴沢が立ち上がる気配がした。振り向くと、勇樹にではなく、ホリーに向かって声をかける。

二人はビーチと反対側の道路の方を向き、何やらひそひそと話し始めた。ホリーの頭は、鳴沢の肩よりもずいぶん低い位置にあるので、鳴沢の背中は丸まっている。鳴沢はしきりにうなずきながら、彼女から話を引き出そうとしているようだった。ずいぶん長いこと話していたように思えたが、実際には数十秒だろう。鳴沢がうなずき、ホリーを解放した。

彼女はやや硬い表情を浮かべていたが、振り向くと勇樹に笑みを投げかけてくるぐらいの余裕はあった。

「何だって？」

「昨夜のこと。気にする必要ないからって……行こう」

駆け出した彼女の後を追いかけながら、一度だけ振り向く。鳴沢は腕組みをして、難しい表情を浮かべていた。

いつものことだが、気になる。自分が知らない間に、何が起こっているのだろう。全てを知る必要はないにしても、自分だけが置いてけぼり——あまりいい気分ではなかった。


ホリーのコーチで何とかなった。

モニターを覗きこみながら、勇樹はようやく安堵《あんど》の笑みを浮かべる。ひどくへっぴり腰だが、十秒ぐらい、サーフボードの上に立てたのだ。緩く膝を曲げ、体から力を抜いて波の動きに体を任せ、腰から下だけを動かすように意識すること——ホリーのアドバイスは簡単で的確だったと思う。頭を揺らさないで。上半身は常に直立しているイメージを作ればいいの。誰だって、頭が斜めになったら、立っていられないでしょう？　動くのは腰から下だけ。

まったくその通り。同時に勇樹は、自分の体が硬いことを実感していた。画面でぎこちなく動く姿を見ると、それがよく分かる。そういえば今まで、スポーツをやってるシーンをまともに撮影したことなんか、なかったんだよな。

画面は、ようやく立ち上がって恐る恐る波に乗る勇樹の後ろを、ホリーが凄《すご》い勢いで横切っていく場面を映していた。同じ波に乗っているのに、こんなに違うものか。気配に気づいて一瞬振り向き、バランスを崩して水の中へ。このシーンはここまでだ。この後で、ホリーがボードの上で笑う場面がカットインされるはずだ。

ビーチに上がり、ホリーはヴァランスから演技指導を受けていた。ボードに乗ったまま、表情だけをアップで捉えることになっている。今度は、ホリーの苦手な場面だ。顔の変化だけで、心情を表現する。確かに、微妙なシーンだからな……。

映画の前半は、二人の気持ちのずれを描くものだ。勇樹は、ホリーの存在が気になって、彼女の気を引こうとサーフィンを始める。一方ホリーにとっても勇樹は気になるクラスメイトなのだが、生来の意地っ張りな性格が災いして、何かあるとすぐに衝突してしまう。また、どんなに頑張ってもサーフィンが上達しない勇樹に対して、軽い苛立ちも感じている。

好きという気持ちと、自分のレベルにまではとても到達しそうにない――上手くなれば一緒にサーフィンができるのに――と気づいてのもどかしさ。相反する気持ちを表情だけで表現するのは、かなり難しい。しかもサーフボードの上に立ちながら。ヴァランスのアドバイスを聞いているうちに、ホリーの表情が次第に強張《こわば》ってくるのが、勇樹には分かった。

「大丈夫？」思わず声をかけた。

「頭、こんがらがりそう」ホリーが、濡れた髪を両手でくしゃくしゃにした。表情は「強張っている」ではなく、泣き出しそうだった。

「ええと」彼女に助けてもらったんだから、自分も何かで返さないと。「近くにいようか？」

「どういうこと？」

「だから、ボードから落ちた僕を見て、笑ってるシーンだろう？　実際に僕が近くにいた方が、雰囲気が出るんじゃないかな？」

「……いい？」

「監督に相談してみる」

ヴァランスはすぐにＯＫを出してくれた。どうせホリーの顔のアップなのだから、勇樹は映らない。勇樹はサーフボードを抱え、再び海に入って行った。朝からずっと水に浸かっているので、何となく体が重い。今日はこの後も撮影の予定が目白押しだし……でも、全体の流れをよくするためには、ここで頑張らないと。

結果的に、撮影は上手くいった。勇樹はサーフボードの上に腹ばいになったまま、彼女の演技を見ていたのだが、テーク３でＯＫが出た。ちらりと勇樹の方を見て肩をすくめ、馬鹿にしたような、心配しているような表情を浮かべる――自分の気持ちに折り合いをつけられない少女の心根《こころね》が、上手く顔に出ていたと思う。

「よし、ここは撤収だ、ボーイズ」

二人が揃って浜に上がって行くと、ヴァランスが大声を上げた。スムースにいったので、満足気な表情を浮かべている。勇樹に近づいて来ると、「俺の下で、助監督から始めないか?」とにやにやしながら言った。

「何ですか、それ」

「現場全体が見えるのは、一種の才能なんだよ。将来、作る方に回ってもいいんじゃないかな」

「検討します」一瞬だが、そういうのも悪くないかなと思った。将来ずっとこの世界にかかわっていくためには、俳優を続けるよりいいかもしれない。後で了に相談しようかな、と思った瞬間、勇樹はビーチの雰囲気が急変したのを感じた。急に気温が下がったというか、空気が硬くなったというか……。

「ホリー!」聞き慣れない声は、スタッフのものではないとすぐに気づいた。ヴァランスが何かに気づいて駆け出す。だが、ビーチサンダルを履《は》いているので、スピードが出ない。

声がした方を見ると、一人の男が、ホリーに向かって走り寄っていた。明らかに様子がおかしい。ホリーの顔も恐怖に引《ひ》き攣《つ》っているが、恐ろしさのあまりか動けない。しかも周りには誰もおらず、スタッフも間に合いそうになかった。

手がホリーに触れようとした瞬間、男がいきなり吹き飛ばされた。大袈裟ではなく、後ろに二メートルほども飛び、背中からビーチに落ちて大の字になる。

了。肘《ひじ》を使ったな、と勇樹にはすぐに分かった。いつか、「人間の体で一番硬いのは頭と肘だ」と言っていたのを思い出す。だから咄嗟の時は、頭突きするか肘で相手の首を狙えば、何とか動きを止められる、と。何を教えるんだ、あの人は。

鳴沢がすぐに男に馬乗りになり、膝を胸に乗せた。男が悲鳴を上げたが、肺から空気がなくなってしまったのか、それもすぐに途絶える。ようやくヴァランスが駆け寄り、ホリーの肩を抱きながら、その場から引き離した。ホリーは硬直してしまったようで、歩き方がぎこちない。いつもの黒服二人がようやく駆けつけると、鳴沢は男を立たせ、二人に引き渡した。

「大丈夫？」勇樹は、傍《かたわ》らを通り過ぎるホリーに声をかけた。彼女は悲しげな表情を浮かべて無言で首を振った。

ああ、さっきの海の上の撮影でも、こんな表情があったらもっとよかったんじゃないか？　どうせ助けてもらうなら、好きな人に助けてもらいたかったのに……実際にはその相手は、ショックで動けず、呆然《ぼうぜん》と立ち尽くしていただけだ。そう思った途端に顔が赤くなる。別に彼女のことを好きとか嫌いとかではなく、何もできなかった自分の情けなさに腹が立った。

5

「何だったの？」

「ストーカー」

　鳴沢が淡々と答えた。次のロケ現場である学校へ向かう道すがら。今日は二人だけで、車のトップも閉めているので、大声を出さなくても話はできる。

　空模様が怪しく、一雨きそうな雰囲気だ。これからの撮影は屋内だが、ヴァランスは光の具合を気にする。今回、彼は夕焼けをポイントにしたいようだ。昨日の夕方の市街地でのロケ、今日の学校……撮影に入る前、彼がぶった演説を思い出す。

『夕焼けは、普通は人生における黄昏《たそがれ》の象徴だ。しかし青春時代にも、黄昏はある。そういう風に感じたこと、ないか？　昼間が終わって、どこか悲しくなる気分は、若い頃の方が強い。今回の映画の前半は、そういう気分が軸だ。積極的に、夕日を使っていく』

確かにね……今日も何もできなくて、一日が過ぎてしまうのは悔しい。今回の映画の場合、勇樹の立場からすると、サーフィンが上達しなかった、ホリーに告白もできなかったという空しい時間を象徴する夕暮れになる。それより何より、ヴァランスはハワイの夕暮れを映像として切り取りたかったのではないか、と思う。俗っぽいかもしれないが、水平線に沈む夕日は美しい。マンハッタンにいると、ビルに邪魔されて夕日が落ちるのを見る機会など、ほとんどない。そして、実際にはそんなはずはないのに、ハワイの夕日は大きいような気がする。

「ホリーのストーカー？」勇樹は首を傾げた。この映画に彼女が出演するという情報は、正式にアナウンスされている。だが、「ホリー・アレン」という一人の女性に関する情報は、まだほとんど世間に知られていないはずだ。「でも彼女、まだ無名だよ」無名、という言葉は失礼ではないかと思いながら、勇樹は言った。

「誰かのことを調べようと思ったら、別に難しくない」

「刑事でもないのに？」

「インターネットを使えば、丸裸にするのも簡単だ」

　勇樹は顎に力を入れてうなずいた。いったい何を書かれていることか。勇樹も昔は、ネットで自分の名前を検索するのにはまっていたことがある。しかし、段々馬鹿らしくなってやめてしまった。見てきたような嘘と悪口ばかりで……時々、どこそこで見かけた、という目撃情報があったりしてどきりとさせられたが、そんなことを気にしていたら、外出もできなくなる。一度「見ない」と決めてしまえば、もう気にすることはなくなった。


「なんか、気持ち悪いよね」

「そういう人間がいるのは仕方ない」

「何者だったの？」

「ホテルマン」

「まさか」自分たちが泊まっているホテルの従業員？　あり得ない。鳴沢がすぐに「あのホテルの人間じゃない」と否定したが、勇樹の胸騒ぎは収まらなかった。

「それじゃ、情報が筒抜けじゃない」

「昔、サンフランシスコのホテルに勤めていたらしい。その時も、宿泊した有名人に対するストーカー行為をしていたそうだ。それがばれて追い出されて、ハワイに流れてきたんだが……こっちでも同じことを繰り返してたんだな」

「前科がある人でしょう？　なんでそんな人を雇ったのかな」

「前科の使い方が間違ってる」鳴沢が釘を刺した。「サンフランシスコでも、正式に刑事事件になったわけじゃない。ホテル側の体面の問題もあるからな」

「そういうことじゃなくて……」あまりにも正確を期す義父の言葉遣いに、少しだけ苛立った。「逮捕されたの？」

「いや」ハンドルを握る鳴沢の手に、少しだけ力が入った。「あと少ししたら釈放されると思う」

「何で」勇樹は拳を握り締めた。「ストーカーでしょう？　ホリーは危なかったんだよ」

「本人は、サインが欲しかっただけだと言っている。それ以上のことは喋れない」

「どういうこと？」

「ああ、顎が……喋れないぐらいダメージがある」

　勇樹はふっと溜息をついた。鳴沢の一発で顎を怪我したのか。この人は、加減ができないから……しかし、そう考えると緊張と怒りが抜けてしまった。こういう人なんだから。危ないと思ったら、手抜きはしない。変に力を抜いて後悔するより、相手を完全に叩き潰《つぶ》してしまう方がいいと思っている。

「とにかく、そういうわけだ」鳴沢にしては歯切れの悪い説明。「今後のことは心配しないでいい」

それはそうだ。あれだけダメージを与えられたら、恐怖が染みつくだろう。勇樹は体の力を抜いて、シートに背中を預けた。

「昨夜のホテルの件も、その人かな」

「分からない。ホノルル警察の方で事情は聴いていると思うけど」

胸がざわついた。数か月前から自分の周りで高まっている緊張感。誰も何も言ってくれないが、何となく気づいている。訊けば鳴沢は教えてくれると思うが、自分から言い出す気にはなれなかった。父親なんだから、肝心なことはちゃんと言ってくれるべきじゃないだろうか。それとも、僕の方から切り出すべきかな。どっちが正しいのかは、分からない。

何だか、全てが中途半端。一人で判断して動くほど大人じゃない。早くそうなりたいと願う一方、こういう方が楽だ、と思う気持ちもある。自分では何もしなくても、周りの人が世話を焼いてくれる。自分は演技だけに集中すればいいのだ。周囲の大人たちが望むのもそれだろうし、だいたい僕は、我儘《わがまま》なんか言う人間じゃない。ただ、今引っかかっているのは、自分で自分の面倒を見るのが、どういうことかという問題。

こんな世界にいなければ、悶々とすることもないんだろうけど。一つ一つの問題を解決しながら、少しずつ大人になっていくはずなのに。

学校での撮影で、少しだけ気分が楽になった。放課後の校舎を借りているのだが、何となく、学校というのはどこも同じような雰囲気がある。共通する臭《にお》いというか……日本にいた頃通っていた小学校にも、似た感じがあった。

鳴沢は廊下に退避してしまい、勇樹の周りにいるのは撮影スタッフだけ。カメラのセッティングが忙《せわ》しなく進む中、勇樹はホリーと台詞を合わせた。

「駄目だって思ってるから駄目なんじゃない？」ホリーの冷たい言葉。

「思ってないけどさ、体はついてこないんだよ。君はどうやって、サーフィンを習ったの？」

「習ってない」ホリーの目が冷たくなった。「生まれた時からずっと、だから。乗れるのが当たり前だから」

「歩く前から？」

「そうかも」

緊迫した睨み合い。それを先に崩すのは勇樹だ。小さく肩をすくめ、笑みを零《こぼ》す。

「じゃあ、僕はいつまで経っても追いつけない」

　ホリーが一歩だけ勇樹に近づく。

「追いつこうとする気持ちが足りないだけじゃない？」

　勇樹は丸めた台本を腿《もも》に打ちつけた。カット。何かちょっと……ホリーが不安そうな表情を浮かべる。

「何か、まずい？」

「追いつこうとする気持ちが足りない、か」台本をぱらぱらとめくり、前後の台詞を頭の中で反芻《はんすう》する。「何か、先輩が後輩に言うみたいな台詞だね」

「でも、そういう台詞じゃない」ホリーがむっとした表情を浮かべる。

「うん、そうなんだけど……フットボール部のコーチが、選手に向かってこんな台詞を言ってもおかしくないよね」

「あ、そうか」勘のいいホリーは、勇樹の言葉の裏にある意味をすぐに察したようだった。「そうじゃないわよね、これは」

「うん。台詞はこのままでいいんだけど、気持ちの入り方がさ……彼女は、追いついて欲しいんだよね？　一緒に波に乗りたい」

「だから、じれったい」

　この場面は、実際映画になる時は、昨日撮影に失敗した街頭でのシーンの前にくる予定だ。二人の気持ちがすれ違ったまま、緊張感が高まる場面。ホリーにすれば、もう一歩踏みこんで、自分の気持ちを打ち明けてしまいたい。だけど、自分よりサーフィンが下手《へた》というか、全然できない相手に対して、そんなことは言えない――もどかしさが溢《あふ》れて、フットボール部のコーチのような台詞が出てきてしまうのだが、それが体育会系のニュアンスでは困る。早く私に追いついてよ――そう言えば単純で分かりやすいのだが、勝気な性格を表現するためには、こういう台詞でないと駄目なのだろう。

「ボーイズ、テストだ。準備はいいかな」ヴァランスが声をかけてきた。

「できそう？」ホリーに訊ねる。

「何とか」

「昼間のことだけど……心配いらないみたいだから」

「別に気にしてないけど」そう言いながら、ふっと目を逸《そ》らす。「あんなことぐらいで驚いてたら、やっていけないから」

「さすがだね」

「馬鹿にしてる？」

「まさか」ホリーが本気で怒ったと見て取って、勇樹は一歩下がった。少しずつ距離は縮まっているとはいえ、彼女を理解できたわけではない。怒らせて、撮影を遅らせたら申し訳ない――彼女がどうこうよりも、スタッフに迷惑をかけるのは我慢できなかった。

「今みたいな、強気な感じでいいんじゃないかな」

「そう？」ホリーが両手で顔を挟んだ。まだ表情を自在にコントロールするまではいっていない。

「強気で、自分の弱い感情を誤魔化すみたいな……何か変な感じだけど」

「恋愛って、そういうものかもしれないわよ」

「経験豊富みたいに聞こえるけど」

ホリーがにやりと笑った。何だか差をつけられたような感じがしないでもないけど……彼女の私生活はどんな風なのだろう、と少しだけ気になった。自分と同い年で、サンディエゴに住んでいて――情報はそこで止まってしまう。今日のストーカーの方が、よほど詳しく彼女のことを知っているかもしれない。撮影はまだまだ続くし、もっとプライベートなことも話すべきなんだろうな、と思う。

『擬似恋愛なんだ』撮影が始まる前、ヴァランスがそんなことを言っていたのを思い出す。初めての本格的なラブストーリーということで、アドバイスしてくれたのだ。『映画は、嘘を本当らしく見せる芸術だ。撮影している瞬間だけ、相手に恋できるかどうか……それが、スクリーンの上の芝居に観客がのめりこめるかどうかの分かれ目になる。

ただし、撮影が終わったら、そういう気持ちをすっぱり忘れること。擬似恋愛なのに本物だと思いこんで、撮影が終わった後もつき合って悲惨な目に遭《あ》ったカップルを、俺は何人も見ている』

そんなものだろう、と思う。頭では分かっていた。だけど、撮影の間だけ相手に恋する気持ち……それは勇樹にはまだ理解できない。

「ボーイフレンドとか、いる？」

途端にホリーの耳が赤くなった。ふいに目を逸らし、唇を尖《とが》らせる。

「あ、いや、変な意味じゃなくて」勇樹は慌てて言い訳した。「これ、一応恋愛映画だから。彼がいるなら、その人のことを思い浮かべると上手くいく、みたいな……」

「でも、二人の関係って、そういうはっきりしたものじゃないでしょう？　自分でもよく分からない、もどかしい感じなんだから」

「素直な、普通の恋人関係じゃ、参考にならないわけか」

「オーケー、ボーイズ、そろそろいいかな？」ヴァランスが割りこんできた。一度ゴーサインが出た後、二人が話しこんでしまったので、少しだけ声が苛立っている。

二人は一瞬視線を絡ませ合ってから、別れた。窓際にいるホリーに、勇樹が近づくシーン。彼女は立っているだけだが、ここは背中で演技しなければならない。これは大変だ……何度ものやり直しを覚悟して、勇樹は自分に気合を入れなおした。NGは難しいもので、自分の失敗の時は焦る。人の失敗の場合は、最初は笑って誤魔化そうとするが、三回続くと苛々《いらいら》してくる。自分は気の長い方だと思っているが、ホリーの本当の精神状態が読めないのが気になる。何となく苛立っているようだし、それが表に表れたら……今度はどんな励ましの言葉を用意すればいいのか、と勇樹は密《ひそ》かに溜息を漏《も》らした。

NGなしだった。

今回はどういうわけか、ヴァランスがイメージする通りの映像が一発で撮れたらしい。ホリーの肩をぽんぽんと叩くと、「背中で語ってたね」と褒めそやす。ホリーはどういう意味か分からない様子で首を傾げていたが、勇樹には分かった。自分が近づいて行こうとした時の、彼女の背中――「来ないで」と無言で語っている。拒絶しながらも、自分がぐっと突っこんでいったら受け入れてしまいそうな弱さが透けて見える。二人でモニターを覗きこんでいても、ホリーは自分の演技がよく分からなかったようだが、勇樹は「これでよかったんだよ」と彼女を褒めた。

「そう？」

「全然、ＯＫ」

「よし、ボーイズ、今日は撤収だ」早朝から撮影が続いていたのに、ヴァランスの声には張りがある。機嫌がいい証拠だ。「調子、よくなってきたな。この分だと、スケジュールに余裕ができる。何とか頑張って、一日だけ休暇を作ろうじゃないか。ホリー？」

モニターを覗きこむために体を折り曲げていたホリーが、ゆっくりと上体を起こす。

「休暇が取れたら、ノースショアに招待しよう。あそこの波は、最高だぞ」

「本当？」疲れが抜けたように、ホリーの目が輝く。

「もちろん。ユウキも、特訓ついでにどうだ？」

「もう、サーフィンのシーンは終わったでしょう」

「これをきっかけに、君もサーファーボーイになればいい」

「まあ、その……」勇樹は思わず苦笑いした。

「これは仕事ですから」

「本気でやればいいのに」

ホリーが勇樹の腕に手をかけた。撮影の興奮で火照《ほて》った腕に、彼女の冷たい掌が心地好い。

「無理、無理」勇樹は少し体を引いて彼女の手から逃れ、首を振った。「やっぱり僕には向いてないんだよ」

「やれば上手になると思うけど」

「でも、ニューヨークに戻ったら、サーフィンなんかできないし」

「いいよ西海岸へ進出のタイミングじゃないか、ユウキ？」ヴァランスがおどけて言った。「ハリウッドへようこそ、だ。あそこまで来れば、波はすぐ側だぜ？」

「そうですね」苦笑し続けるしかない。実際、西海岸へ、という誘いはないでもない。映画ならハリウッド、ニューヨークは舞台とテレビ、という住み分けは未《いま》だにある。ただ、ニューヨークで子育てしながら仕事をしている母親は、一緒には行けないだろう。となると、西海岸へ行くとしても、あと数年先だ。自分で自分の面倒を見られるようになってから——。

　ふと、鋭い視線に気づく。自分の周りで、こんな鋭い視線を飛ばせるのは鳴沢だけだ。無事に撮影も終わったのに、どうして警戒しているのだろう。

　勇樹は、廊下で待機していた鳴沢の許《もと》へ向かった。壁に背中を預け、両足を足首のところで重ねて、腕組みをしている。リラックスしているポーズだが、実際には緊張感を保ったままだ。ここに関係ない第三者が入りこむことなど、不可能なのに。

「どうかした？」

「いや」鳴沢が壁から背中を引《ひ》き剝《は》がした。

「ちょっと聞きたいことがあるんだけど」

「何だ？」

鳴沢が真っ直ぐ勇樹の目を覗きこんだ。こういう風に見られると、少しだけたじろぐ。

未だに慣れないのは、どうしても刑事の視線を感じてしまうからだと思う。

「昨夜、ママから電話があったんだけど」

「ああ」

「知ってる？」

「その前に話した時に、電話するって言ってた。俺は、その必要はないって言ったんだけど」

「何か、すごく心配してる感じだったんだけど、いったい何なの？　だいたい、了がここにいるのだって、不自然だよね。夏休みっていっても、わざわざ僕のロケを観に来るのって、変じゃない」

「そんなことはない」鳴沢が肩をすくめる。「ハワイは初めてだから。一度来てみたかった」

「この前から……僕がプロモーションで日本に行ってから、ずっとこんな感じじゃない。あの時もわざわざ、ボディガードをつけてくれて」

「用心に越したことはない」

「僕だって、自分の面倒ぐらい、自分で見られるよ。そんな心配してもらっても……子どもじゃないんだから」

「子どもとか大人とか、そういう問題じゃないんだ。お前には大勢のファンがいる。何かあったら、そういう人たちが悲しむだろう」

「何かあるの？　あるなら、教えて欲しいな。何も分からなくて、いきなりっていうのは、ちょっと嫌だ」

「心配するな」

鳴沢が勇樹の肩を叩いた。軽く叩いたつもりだろうが、ずっしりと重い。本人は、自分の力に気づいていないのだろうな、と思う。

「心配とかそういうことじゃなくて、知る権利があると思わない？」

「それで集中力が削がれたら、撮影にならないだろう？　まだ続くんだから」

知らない方が、気になって集中できないんだけどな。そう思ったが、勇樹は口に出さなかった。優しく諭《さと》すようには言っているが、鳴沢は絶対に真相を口にしないと決めている。そんなことは、目を見れば分かるのだった——親子だから。

6

疲れた……今日は本当に長かった。朝六時起きで、撮影終了が午後八時。撮影現場の学校が市街地から離れたところにあったので、ホテルまで戻って来た時には、午後九時近くになっていた。疲れがひど過ぎて、外へ食事に行く気にもなれない。今日は部屋でルームサービスでもいいか、と思い始めた。

戻る車の中で、ホリーがそっと身を寄せてくる。近過ぎる、と思った次の瞬間には、彼女の腕が勇樹の腕に触れていた。

「ちょっと抜け出せない？」

「勝手に歩き回ったらまずいよ」

昼間の一件を忘れてないよね、と諫《いさ》める。しかしホリーは平然としていた。撮影が上手くいって、気持ちが高揚しているのだろう。

「だって、何でもなかったじゃない」

「油断しちゃ駄目だよ」

「何だか、大人みたい」ホリーが肩をすくめた。「今日は少し緊張して疲れたし……でも、最後の撮影は上手くいったでしょう？　だから、気晴らしでどこか、遊びに行かない？」

「遊びっていっても、遊ぶ場所なんかないじゃないか」ハワイというのは、つくづく年配者向けのリゾートだと思う。あるいはファミリー向け。自分たち十代の人間にとっては、大して面白くもない。ホリーのようにサーフィンをする人間はいいが、自分のように無趣味では……夜だって、スポーツ専門局のＥＳＰＮで大リーグの中継を観るぐらいだ。

「どこでもいいの。ちょっとご飯を食べて、買い物でもして……買わなくてもいいけど。覗いてみるだけで」

確かに、ワイキキの夜は遅い。観光客向けなのか、どの店も遅くまで開いているのだ。しかし、勇樹は気乗りしなかった。誰かに見つかって騒動になると面倒だし、鳴沢にも迷惑をかける。

「いろいろあって疲れたでしょう？　少し息抜きしないと。せっかくハワイにいるのに、全然楽しんでないし」

「撮影なんて、いつもこんな感じだよ」

「じゃあ、この仕事も面白くないわね。せっかくいろいろな場所へ行けるのに」

「そんなこともないけど……撮影が早く済めば、一日休暇を取るって、監督も言ってただろう？」ホリーの言動は、少しだけ子どもじみて感じられた。

「九時半に、ホテルのロビーで会わない？」

「駄目だって」

「でも……」ホリーが唇を尖らせる。そうするとひどく幼く見え、放っておくとまずい、という気持ちにさせられる。元々彼女は、奔放というか、子どもっぽいところがあるし。

一人で出歩いたら、本当にまずい。それに、彼女が抱えるストレスが気になった。いつも笑っているのだが、やはり重圧は大変なのだろう。そう考えると、自分がガス抜きの手伝いをしてやらなくてはいけない、と思えてくる。周りは、本音《ほんね》を話せない大人ばかりなのだから。

九時三十五分。約束の時間に少し遅れて、勇樹はホテルのロビーに降りた。嘘をつくのは嫌なので、鳴沢には、恐る恐る事情を話してある。絶対に反対されるだろうと思ったのだが、彼は黙って送り出してくれた。あれだけ警戒していたのに、ちょっと様子が違うなと不安に思ったが、その一方で少しだけ気持ちが楽になったのも事実である。監視がいないだけで、こんなに晴れ晴れした気持ちになるとは……義父の存在を「監視」と考えてしまったことで、少しだけ後ろめたい気分になったが。

　さらに遅れて姿を現したホリーは、スカイブルーのミニのワンピース姿で、厚底のパンプスを履いていた。そうすると、勇樹とさほど身長が変わらなくなる。肩はむき出しで、日に焼けた滑らかな肌が、妙に生々しく見えた。水着姿だってずっと見ているのに……勇樹は首を振り、愛想笑いを浮かべた。

「とにかくご飯、食べようよ」ホリーが胃の辺りをさすった。確かに、昼食を取ったのが昼前で、その後水分以外に何も口にしていない。

「そうだね」

　いつもの癖で、勇樹は周囲を見回した。変な人間がいないか、常に気を配ること――そう教えられたわけではないが、鳴沢を見ているうちに、自然に身についてしまったようだ。自分と一緒にいる時、鳴沢は常に周囲を警戒している。まさか、他の時もこんな感じとか？　だとしたら、疲れて仕方ないと思うが、いつも平気そうだ。慣れるものなのだろうか。

「何にする？」何とか笑みを浮かべてホリーに訊ねた。

「海老、とか？」

「ああ、ガーリックシュリンプ？」ハワイに来る前に、食べ物のことはちょっと調べてきた。ガーリックシュリンプは、しっかりニンニクを利かせた海老の炒《いた》め物で、ハワイ名物の一つらしい。でも、デートの時に食べるようなものでは……いやいや、デートじゃないし。そもそもランチ向きの食べ物だ。「いいけど、こんな時間に食べられる店、あるのかな」

「じゃあ、ハンバーガーでいいわ。大きなチーズバーガーが食べたい」

「いいね」確かこの近くに、チーズバーガーが名物だという店が……頭の中に入っていた情報をひっくり返した。確か、ホテルのすぐ近くのショッピングセンターの中。ガーリックシュリンプを探して歩き回るより、手近な場所で済ませた方がいい。ゆっくり食事しながら時間を潰せば、二人で行けるような場所は店じまいしてしまうはずで、ホリーも諦めるだろう。もちろん、ホノルルにもナイトライフはあるはずだが、子ども二人ではどこにも入れない。「じゃあ、チーズバーガーで決定。近くにいい店があるはずなんだ」

「ブルーチーズのハンバーガーがあるといいんだけど」

「僕はあれ、苦手だな」

「もしかしたら、まだ味覚が子ども？」

「ブルーチーズは癖があるじゃないか」

「そこがいいんじゃない」

いつも撮影スタッフに囲まれているような毎日から解放され、ホリーは少しリラックスしているようだった。肩が触れそうなほど近くにいるので、何となく歩きにくい。手をつなぐとか、腕を組むとかすれば、逆に歩きやすいのかもしれないけど、そういう関係じゃないし……だいたい、こんな時間に二人でうろついているのは、やっぱりまずいんじゃないか？　きっとハワイにも、パパラッチはいるだろう。こっちの気持ちなんかお構いなしに、適当なキャプションがついたツーショットの写真が出回ったら、困る。

「ユウキ」突然声をかけられ、勇樹は固まった。聞き覚えがないはずだが……聞いたことがあるような声。ホリーが危険を察知したのか、勇樹の手を握った。

「ユウキ！」

間違いない。記憶の底に響くようなその声は、確かに自分の父親——実の父親のものだった。

どうする？　どうしたらいい？　判断できず固まっていると、男の影が前に回りこんできた。顔を見ることができず、うつむく。その瞬間、横から強い風が吹いたように、男がなぎ倒される。ショッピングセンターの前の芝生に、二人がもつれるように転がった。

「了！」ようやく搾《しぼ》り出《だ》した声は、父の——今の父の名前を呼ぶ叫びになった。

「じゃあ、やっぱりあの……あの人のことを心配してたんだ」

勇樹の質問に、鳴沢が黙ってうなずく。ホノルル警察の前に停めた車の中。署内で事情聴取を終えた鳴沢と一緒に車に戻って来てから、二人はしばらく無言で座っていた。ダウンタウンにあるこの署の近くは、夜遅くなると人通りも車も減る。ワイキキ辺りに比べればどことなく暗く、少し悪い空気が流れていた。

「言ってくれればよかったのに」

「言ってどうする？」

「何が」鳴沢の言葉の意味が分からず、勇樹は首を傾げた。

「自分の父親が、今までどんな風にして生きてきたか、知りたいか？」

「それは……分からないけど」

気乗りしない様子だったが、鳴沢がぽつぽつと話し始めた。母親に対するＤＶ、そして離婚。それはまだ勇樹が幼い頃であり、父親の記憶はほとんどない。

「詳しくは言えないけど、あの男は……彼は一度、食物連鎖の最下層に下りている」

「どういうこと？」

「人間として最低の生活をしていた、ということだ」

勇樹は思わず唾を呑んだ。知りたいが、知るのが怖いような気もする。仮にも血がつながった相手が、そんなにひどい暮らしをしていたとすれば……同情するわけではないが、知ることで、自分の気持ちがマイナス方向に振れてしまうような気がする。

「今は、それなりに立ち直っているらしい。ロスに、ホームレスの救護施設があるんだが、そこでコックをやってるそうだ。現地に連絡して、確認は取れた。今回は、偽名で飛行機のチケットを取って、二日前にハワイに入っている。ホテルを歩き回っていたのも、彼だと思う」

「偽名って、どうして……」訊ねながら、勇樹は何となくその理由に思い当たった。

「もしかして、この前日本に行った時から、何かしようとしていたんじゃないの？」

「脅迫状《きょうはくじょう》が届いていたんだ。あの時――お前が日本へ来る直前にな。どういうわけか、お前のスケジュールを知っていた」

「だから日本でも、あんなに警戒してたんだ」

「そういうことだ」

「ハワイでも」

「ニューヨークにいれば、七海たちが守ってくれる。市警の連中は、お前に借りがあるからな」

「そんなこと、ないけど」

数年前に自分が巻きこまれた事件では、七海や仲間の刑事たちが奔走してくれた。勇樹にすればありがたい話なのだが、「守りきれなかった」という意識は強いようだ。一度、酔っ払った七海が涙を流して当時の様子を振り返ったことがある。勇樹としては、特に気にしていないのだが……恐怖も乗り越えた。自分にとっては過去の話であり、周りの大人たちがいつまでも気にしているのが不思議でならなかった。

「だから今回、ハワイへまで来たんだね。休暇なんて言って」

「それは本当なんだ」鳴沢が、ハンドルを握る手に力を入れた。「もちろん、警戒の意味もあったけど」

「大変だね」皮肉っぽいな、と思いながらつい言ってしまう。こんなことぐらい、自分でなんとかできないのか……自分の身を守るぐらい。

「大したことはない」

「それで、何だったの？」

車の中はエアコンが効き過ぎて寒いぐらいだった。勇樹は手を伸ばし、少しだけ温度設定を上げる。風が弱まり、リラックスしてシートに背中を預ける。

「金じゃないかと思ったんだ」

「あ、そういうことなんだ」勇樹は鼻を鳴らした。確かに、そんなことだろう……自分がどれだけの金を生み出しているか、はっきりとは分からないが、金に困っている親が頼りたくなるぐらいは理解できる。

「俺たちはそう思ってた。金のために、どんな手に出てくるか分からない……だから警戒していたんだ。でも、本人は違うと言っている」

「そうなの？」

「ただ、お前に会いたい、と」

「そんなの、あるわけ？　自分の勝手な都合でさ……そんなことになったんでしょう？」

「最低レベルに落ちた人間は、大抵そのままだ。後は死ぬしかない。でも、何人かに一人は、浮かび上がる努力を忘れない。そのために頼るのは、まず家族なんだ。家族が最後の頼りなんだよ」

「僕に会ってどうするつもりなのかな」勇樹はすっかり白《しら》けた気分になっていた。

「自分の基本を見詰め直したいんだと思う」

「そんなこと言われたって……」

「俺は、この問題を避けていた」

鳴沢の声が一段と暗くなった。自分のことをこんな風に話す彼の姿を見たことはない。

勇樹は思わず身を硬くした。

「俺は、あの男が――彼が怖かったのかもしれない。お前を奪っていく存在じゃないかって、ずっと考えていた。お前の心がそっちに向いたら、引き戻せるかどうか、分からなかったんだ」

「そんなこと、心配する必要、ないのに」彼が感じていた距離感は、自分には意外だった。こっちはすっかり、父親のつもりでいたのに。

「離れて暮らしていると、どうしても余計なことを考えるんだ。だけど俺たちには今、こういう生活しか考えられないからな……でも、一番大きな理由は、俺が自分に自信を持てないことだ」

「まさか」勇樹は即座に否定した。これほど自信を持っている人を、自分は他に知らない。

「いや」鳴沢が首を振る。「これは本当だ。家族のことになると、昔から駄目なんだよ」

「ああ……」鳴沢の家族を巡る不幸については、母親から聞いて知っていた。何十年も前の事件を引きずる凄惨《せいさん》な家族の物語であり、自分なら耐えられなかっただろう、と思う。鳴沢はそれを乗り越えてきたのだ。駄目なわけがない。

「こんなことがあったからというわけじゃないけど、これからは家族の問題にもっと正面から向き合うことにする」

「問題があるとは思えないんだけど」

「この問題がある……向こうは、お前に危害を加えるつもりはないだろう。金が目的でもないと思う。お前に会いたいだけっていうのは、本音じゃないかな。立派に育ったお前を見て、もう一度人生をやり直すためのきっかけにしたいだけだろう」

「それ、信じたの？」非難がましい口調になってしまったのを意識しながら勇樹は言った。

「信じた。人を信じて失敗したことは、ほとんどないんだ」

「そうか……」

「お前はもう、いろんなことを自分で判断できる年齢だと思う」

「そうだけど、まさか、会わせる気？」勇樹は慌ててシートから背中を引き剝がした。

「俺がバックアップする」鳴沢が、自分に言い聞かせるようにゆっくりと言った。「判断はお前に任せて、俺は後ろから見ている。自分で判断することは、自分の——大人の権利じゃないかと思うんだ」

「任せるって……」勇樹は戸惑いを隠せなかった。

「俺は、この問題に首を突っこめないんだ。突っこむべきじゃないと思う」

鳴沢が腕組みをしたまま、勇樹の顔を見詰めた。手探りでウィンドウを開ける。程よい温度の風が車内に吹きこみ、勇樹は体から力が抜けるのを意識した。むき出しの両腕を擦《こす》りながら、自分の中に巣食う不安を感じ取る。いつもいるはずの大人の後ろ盾がなくなると思うと、こんなにも心細くなるものか。自分のことぐらい、自分で何とかしなくちゃいけないと思っていたのに、今は自分の幼さを思い知るだけだった。

「お前が会いたくないなら、俺はこのままあの男を追い返す。会うつもりなら、終わるまで待ってる……お前が見えるところで」

「どうしたらいい？」

「それは、お前が決めることだ。自分で決めなくちゃ駄目なんだ」

勇樹は唾を呑み、鳴沢を見上げた。表情はない。鳴沢はよく、内側の怒りを無理に噛み殺したような顔つきをしているのだが、今は落ち着いた感じがした。

「でも……」

「いつかは必ず、全部を自分で決めなくちゃいけなくなる時が来る。今日は、その予行演習だと思えばいい……実は、俺もだ」

「了も？」

「逆かな。何でも自分で決めてきたつもりだったけど、それだけじゃ駄目な時もある。誰かの判断に任せて、見守っていないといけない時があるんだ」

「見守って……それ、僕のことだよね」

「ああ」

ほとんど記憶にない父親。何を話していいか分からないし、向こうが何を言ってくるかも想像がつかない。

でも、自分で決めなくちゃいけない。これからどうやってつき合っていくにしても、一度は話さなければならないだろう。そして今日、どんな会話が交わされるにしても、一つだけ分かっていることがある。

了はいつも近くにいる。たとえ距離が離れていても、親子であることに変わりはない。

勇樹はドアを開けて外へ出た。運転席に座る鳴沢と顔を見合わせ、素早くうなずく。あの男が待っているという場所——十メートル先の建物の角——に向かって、ゆっくりと歩き出した。鳴沢の——父の視線を背中に感じながら。

新装版解説

大矢博子

二〇〇一年刊行の『雪虫』から始まった鳴沢了《なるさわりょう》シリーズは、二〇〇八年に『久遠』で完結を迎えた。全十巻（上下巻を含むため冊数としては十一冊）のこのシリーズは、以降脈々と続く堂場警察小説の出発点であり、堂場瞬一の名を一気にメジャーに押し上げたジャンピングボードでもあった。

そして今年、二〇二〇年。全十作がすべて新装版で再刊され、あらためて読者の手に届けられた。その掉尾《ちょうび》を飾るのが本書『七つの証言　刑事・鳴沢了外伝』である。

サブタイトルに「外伝」とある通り、本書はシリーズのスピンオフという位置付けの短編集だ。ちなみに著者にとって初の短編集だった本書旧版の表紙には堂場瞬一本人の写真が使われている（が、気づく人は少なかったらしい）。収録作は七編。これまでのシリーズ本編が鳴沢了の一人称で書かれていたのに対し、本書は彼がかかわった様々な人物が語り手を務める。いわば他人から見た鳴沢了が描かれるわけで、ファンにはたまらない一冊と言っていい。

まず、ざっと収録作とその語り手を紹介しておこう。

警視庁失踪課の高城《たかしろ》が結婚披露宴列席中に爆破事件に対応する「瞬断」。高城と鳴沢は直接会ったことがないので、初対面の視点で鳴沢が描写される。初めての読者にも入りやすい一編だ。

以降、出所者の社会復帰のための施設を運営している今敬一郎《こんけいいちろう》が、いなくなった出所者を探す「分岐」。新潟県警捜査一課係長の大西海《おおにしかい》が、東京に護送してきた容疑者の取調べに立ち会う「上下」。作家の長瀬《ながせ》龍一郎《りゅういちろう》が鳴沢をモデルにした小説を書くため、横浜地検の城戸《きど》南《みなみ》検事に取材する「強靭」。「脱出」は〈鳴沢ストッパー〉を自認する鳴沢の相棒・藤田心《ふじたしん》が、鳴沢とともに廃工場の地下に閉じ込められたときのエピソード。「不変」では、私立探偵の小野寺冴《おのでらさえ》が人気俳優にして鳴沢の義理の息子・内藤勇樹《ないとうゆうき》の護衛を引き受ける。そして最後の「信頼」は、その勇樹が語り手だ。ハワイでの映画のロケ中、休暇で一緒に来た義父の鳴沢の様子がどうもおかしい……。

それぞれ異なる立場からの鳴沢の描写はもちろん、シリーズファンにとってはお馴染みのメンツの〈その後〉に出会えるという楽しみもある。何より、さらっと書かれているが、鳴沢がようやく結婚したというのは大きなニュースではないか。

——と書くと、シリーズ本編十作を未読の方にとっては手が出しにくくなるかもしれないが、そんなことはない。実は本書を先に読んで、それからシリーズに取り掛かるという読み方もあるのだ。むしろ本書は鳴沢シリーズのいい入り口になる。

各編の語り手が折に触れて、鳴沢の変化に言及していることに注目。「この男は、本当に自分が知っている鳴沢なのだろうか」「結婚して、人が変わってしまったのだろうか」「彼もずいぶん変わったと思う」「お前、いつからそんな風になったんだ？」などど。つまり本書の鳴沢はいわば完成形であり、かつては違っていた、ということだ。では、以前の彼はどのようだったのか、そして何を経て本書で描写されるような人物になったのか。それを『雪虫』からひもとくのは、至高の読書体験になるはずだ。

ではここで、本書の語り手たちがシリーズ本編でどのように鳴沢とかかわったのかを中心に、ここまでの十作を振り返ってみよう。物語の粗筋やテーマなどは各巻末に書店員の皆様方による解説がついているのでそちらをご参照いただくとして、ここでは大まかな流れを紹介することにする。

『雪虫』二〇〇一年

鳴沢、二十九歳。新潟県警時代の物語だ。祖父、父、そして鳴沢と三代にわたる刑事という設定は、スチュアート・ウッズ『警察署長』(ハヤカワ文庫NV)にインスパイヤされたものだという。ここでバディを組んだのが、刑事になってまだ半年の大西海。色々と考えの甘いところがあり、鳴沢に厳しく指導される中で少しずつ成長していく。また、長瀬龍一郎も東日新聞新潟支局の記者として鳴沢の前に登場する。

『破弾』二〇〇三年

前作を書いた時点ではシリーズ化を考えていなかったため、前作で新潟県警を辞めた鳴沢を語学採用で警視庁に入れるというウルトラCを発動させた。赴任地は多摩署。ここで鳴沢は小野寺冴とバディを組む。堂場作品には気の強い女性が多く登場するが、その中でも精神・肉体両面で冴の強さは群を抜く。

『熱欲』二〇〇三年

青山署の生活安全課でマルチ商法の事件に取り組む。殺人事件を扱わないのはシリーズの中でこれだけ。そしてこの作品で、のちに家族となる内藤《ないとう》優美《ゆみ》・勇樹母子と出会う。初登場時の勇樹は小学一年生。反則級の可愛らしさで読者のハートを摑んだ。

『孤狼』二〇〇五年
　警察内部の案件にかかわる特命を受け、練馬北署の今敬一郎とバディを組むことに。警察を辞めて私立探偵になった小野寺冴が再登場、内藤母子の護衛を引き受ける。また、東日新聞の長瀬も東京に転勤となり鳴沢と再会する。

『帰郷』二〇〇六年
『雪虫』から四年、父の葬儀で新潟に帰った鳴沢が事件に巻き込まれる。ここで大西海と再会し、行動を共にする。内藤勇樹にアメリカでドラマ出演の話が舞い込んだのもこの巻。『雪虫』に始まった祖父・父との相克について鳴沢の中で決着がつくとともに、これから新しい家族を作っていく予兆も感じられ、〈父と子〉という本シリーズのテーマが転換期を迎えることになる。

『讐雨』二〇〇六年
　東多摩署で、勾留中の容疑者の釈放を要求した爆破テロに対峙する。勇樹はニューヨークでドラマデビューし、内藤母子と鳴沢は離れ離れに。鳴沢がアメリカに行く決意をしたことがほのめかされるが、この選択も以前の鳴沢ならなかったことだろう。東日新聞の長瀬が再登場。

『血烙』二〇〇七年

研修という形でニューヨーク市警に来た鳴沢。誘拐された勇樹を助けるためアメリカ各地を駆け回る。異色作のようにとられがちだが、実は翻訳ミステリーを血肉とする堂場色が最も色濃く出た一冊。これまで何よりも刑事でいることを優先させてきた鳴沢が、初めて〈刑事より家族〉と考えた作品でもある。小野寺冴と今敬一郎は電話で登場。今はこの巻で警察を辞め、実家の寺に戻ることに。

『被匿』二〇〇七年

帰国後は西八王子署に。本庁の捜査一課から派遣された藤田心とバディを組み、地元のしがらみが招いた事件に立ち向かう。藤田の〈鳴沢ストッパー〉発言はこの巻から。今敬一郎は実家の寺で出所者受け入れの施設づくりを始める。また、記者の長瀬が大きく事件にかかわり、その過去が語られる。本書で長瀬は記者を辞めて小説家専業に。

『疑装』二〇〇八年

日系ブラジル人の子どもに端を発した事件で、捜査で訪れた群馬が主要な舞台となる。実際の社会情勢を反映した作品であるとともに、その子に離れて暮らす勇樹を重ね合わせる鳴沢が読みどころ。祖父・父という〈先代〉に目を向けていた鳴沢が〈子〉に目を向けるようになったことがわかる。藤田心が西八王子署に異動し鳴沢のバディに。小野寺冴と群馬でまさかの再会。長瀬は作家として第二作を刊行した。

『久遠』二〇〇八年

シリーズ完結編。ここまで鳴沢がかかわってきた複数の事件が遠因となり、最後に大きな事件に巻き込まれる。藤田が動けず孤軍奮闘を余儀なくされた鳴沢は、静岡の今敬一郎の助けを借りたり、小野寺冴に助けを断られたり。昇進試験に合格して東京の警察大学校に来ていた大西海も鳴沢に協力する。勇樹がドラマのプロモーションのため帰国し、そのサイン会の場で長瀬と再会する。いわばここまでのオールスターキャストが揃った一編だ。長瀬は巻の最後で、鳴沢をモデルにした『雪虫』を書くと宣言した。また、横浜地検の城戸南検事と検察事務官の大沢直人《おおさわなおと》が初登場し、鳴沢と情報交換を行っている。

と、かなり駆け足だったが本書語り手との出会いや変遷を含めて振り返ってみた。いや、語り手はもうひとりいた。「瞬断」の失踪課・高城だ。

高城は著者の別シリーズ「警視庁失踪課・高城賢吾」（中公文庫）の主人公である。「刑事・鳴沢了」の完結後、二〇〇九年に中公文庫で始まった新シリーズで、こちらも十作で二〇一三年に完結している（シリーズが十作で完結するのはスウェーデンの警察小説「マルティン・ベック」シリーズに倣ったものらしい）。なので当然、鳴沢本編に高城が出てくることはないのだが、逆に「警視庁失踪課・高城賢吾」第四作『漂泊』に鳴沢の名前が出てくるので探してみていただきたい。

また、『久遠』に登場した城戸南検事は、二〇〇六年に刊行された『神の領域　検事・城戸南』（中公文庫）の主人公。もちろん大沢直人検察事務官も登場している。いわば他の作品の登場人物が『久遠』に出張してきたわけだが、この時点で、堂場警察小説は同じ世界にあるという後の作品構造に大きくかかわる設定が誕生したと言える。

堂場作品のクロスオーバーはその後頻度を増す。『ラスト・コード』（中公文庫）には主人公をサポートする役割として鳴沢了と小野寺冴が登場。また、前述の失踪課シリーズに加え、「警視庁追跡捜査係」（ハルキ文庫）、「アナザーフェイス」（文春文庫）、「警視庁犯罪被害者支援課」（講談社文庫）などでは、版元を超えてもはや当たり前のようにシリーズキャラが行き来する。これらクロスオーバーの第一作が『久遠』だったのだ。『血烙』で書いたとおり、堂場瞬一のベースには翻訳ミステリー、特に六〇年代から七〇年代にかけてのネオ・ハードボイルドの影響があるが、他のシリーズの登場人物が別シリーズに顔を出すというのは翻訳ミステリーではよく見る手法だ。

アメリカのネオ・ハードボイルドでは主人公がトラウマを抱えており、そのトラウマはベトナム戦争にあることが多い。ベトナムのような経験を持たない日本でネオ・ハードボイルドをやろうとすると個人的なトラウマを設定する必要があり、それが鳴沢了の場合は家族（祖父・父）ということになるわけだ。この〈トラウマを抱えた主人公〉は、堂場瞬一の他の警察小説シリーズにも共通する要素である。

こうして見ただけでも、「刑事・鳴沢了」は著者の出発点であり、ジャンピングボードであり、翻訳ミステリーによって培われた堂場色の発露であり、そしてシリーズのクロスオーバーが始まった作品でもある。今に至る堂場警察小説のすべてが、この「刑事・鳴沢了」に詰まっていたことを、今回読み返してみてあらためて感じた。さらに〈父と子〉という多くの堂場作品に共通するテーマも、あるいは東京郊外、都心、新潟、群馬、アメリカなどその土地ならではの事件を描く手法も、この「刑事・鳴沢了」の時点で始まっていたことを再認識した。

出発点にして、堂場瞬一のすべてがここにある。それが「刑事・鳴沢了」だ。

ここまで十作を読んできて本書に到達した読者は、あらためて鳴沢の変化に思いを馳せていただきたい。本書を入り口にシリーズ本編に向かう読者は、鳴沢のみならず本書の登場人物たちの変化にも注目しながら本編を楽しんでいただきたい。さらにこのあとは、別のシリーズの中に鳴沢の名を見つけるという楽しみもあなたを待っている。

鳴沢了は、終わらないのだ。

（おおや・ひろこ　書評家）

この作品はフィクションで、実在する個人、団体等とは一切関係ありません。

初出一覧

瞬断　「中央公論」二〇一〇年一〇月号
分岐　「中央公論」二〇一一年一月号
上下　「中央公論」二〇一一年四月号
強靭　「中央公論」二〇一一年七月号
脱出　「中央公論」二〇一一年一〇月号
不変　「中央公論」二〇一二年一月号
信頼　書き下ろし

本書は『七つの証言　刑事・鳴沢了外伝』（二〇一二年二月刊、中公文庫）を新装・改版したものです。

中公文庫

新装版《しんそうばん》
七《なな》つの証言《しょうげん》
——刑事《けいじ》・鳴沢了外伝《なるさわりょうがいでん》

2012年2月25日　初版発行
2020年11月25日　改版発行

著　者　堂《どう》 場《ば》 瞬一《しゅんいち》

発行者　松 田 陽 三

発行所　中央公論新社
〒100-8152　東京都千代田区大手町1-7-1
電話　販売 03-5299-1730　編集 03-5299-1890
URL http://www.chuko.co.jp/

DTP　ハンズ・ミケ
印　刷　三晃印刷
製　本　小泉製本

Published by CHUOKORON-SHINSHA, INC.
Printed in Japan　ISBN978-4-12-206991-6 C1193

中公文庫既刊より

と-25-15
蝕罪　警視庁失踪課・高城賢吾　堂場瞬一
警視庁に新設された失踪事案を専門に取り扱う部署・失踪課。実態はお荷物署員を集めた窓際部署だった。そこにアル中の刑事が配属される。〈解説〉香山二三郎
205116-4

と-25-16
相剋　警視庁失踪課・高城賢吾　堂場瞬一
「友人が消えた」と中学生から捜索願が出される。親族以外からの訴えは受理できない。その真剣な様子にただならぬものを感じた高城は、捜査に乗り出す。
205138-6

と-25-17
邂逅　警視庁失踪課・高城賢吾　堂場瞬一
大学職員の失踪事件が起きる。心臓に爆弾を抱えながら鬼気迫る働きを見せる法月。その身を案じつつも捜査を続ける高城たちだった。シリーズ第三弾。
205188-1

と-25-19
漂泊　警視庁失踪課・高城賢吾　堂場瞬一
ビル火災に巻き込まれ負傷した明神。鎮火後の現場からは身元不明の二遺体が出た。傷ついた仲間のため、高城は被害者の身元を洗う決意をする。第四弾。
205278-9

と-25-20
裂壊　警視庁失踪課・高城賢吾　堂場瞬一
課長査察直前に姿を消した阿比留室長。荒らされた部屋を残して消えた女子大生。時間がない中、二つの失踪事件を追う高城たちは事件の意外な接点を知る。
205325-0

と-25-22
波紋　警視庁失踪課・高城賢吾　堂場瞬一
異動した法月に託されたのは、五年前に事故現場から失踪した男の事件だった。調べ始めた直後、男の勤めていた会社で爆発物を用いた業務妨害が起こる。
205435-6

と-25-24
遮断　警視庁失踪課・高城賢吾　堂場瞬一
六条舞の父親が失踪。事件性はないと思われたが、身代金要求により誘拐と判明、高城達は仲間の危機に立ち上がる。外国人技術者の案件も持ちこまれ……。
205543-8

各書目の下段の数字はISBNコードです。978－4－12が省略してあります。

各書目の下段の数字はISBNコードです。978－4－12が省略してあります。

と-25-41
誤断
堂場瞬一
製薬会社に勤める槙田は、副社長直々にある業務を任される。社会正義と企業利益の間で揺れ動く男たちの物語。警察小説の旗手が挑む、社会派サスペンス！
206484-3

と-25-43
バビロンの秘文字（上）
堂場瞬一
カメラマン・鷹見の眼前で恋人の勤務先が爆破。彼女が持ち出した古代文書を狙う、CIA、ロシア、謎の過激派組織――。世界を駆けるエンタメ超大作。
206679-3

と-25-44
バビロンの秘文字（下）
堂場瞬一
激化するバビロン文書争奪戦。鷹見は襲撃者の手をかいくぐり文書解読に奔走する。四五〇〇年前に記された、世界を揺るがす真実とは？〈解説〉竹内海南江
206680-9

い-127-1
ため息に溺れる
石川智健
立川市の病院で、蔵元家の婿養子である指月の遺体が発見された。心優しき医師は、自殺か、他殺か――。見えていた世界が一変する、衝撃のラストシーン！
206533-8

い-127-2
この色を閉じ込める
石川智健
人食い伝説を残す村で殺人事件が発生。住人の口から上がった容疑者の名は、十年前に死んだ少年のものだった。恐怖度・驚愕度ナンバーワン・ミステリー。
206810-0

さ-65-1
フェイスレス　警視庁墨田署刑事課特命担当・一柳美結
沢村鐵
大学構内で爆破事件が発生した。現場に急行する墨田署の一柳美結刑事。しかし、事件は意外な展開を見せ、さらなる凶悪事件へと……。文庫書き下ろし。
205804-0

さ-65-2
スカイハイ　警視庁墨田署刑事課特命担当・一柳美結2
沢村鐵
巨大都市・東京を瞬く間にマヒさせた〝C〟の目的、正体とは⁉ 警察の威信をかけた天空の戦いが、いま始まる‼ 書き下ろし警察小説シリーズ第二弾。
205845-3

さ-65-3
ネメシス　警視庁墨田署刑事課特命担当・一柳美結3
沢村鐵
人類救済のための殺人は許されるのか⁉ 日本警察、そして一柳美結刑事たちが選んだ道は？ 空前のスケールで描く、書き下ろしシリーズ第三弾‼
205901-6

さ-65-4
シュラ 警視庁墨田署刑事課 特命担当・一柳美結4
沢村鐵
八年前に家族を殺した犯人の正体を知った美結は、復讐鬼と化し、警察から離脱。人類最悪の犯罪者と対峙する日本警察に勝機はあるのか⁉ シリーズ完結篇。
205989-4

さ-65-5
クランⅠ 警視庁捜査一課・晴山旭の密命
沢村鐵
渋谷で警察関係者の遺体を発見。虚偽の検死をする美人検視官を探るために晴山警部補は内偵を行うが、そこには巨大な警察の闇が――! 文庫書き下ろし。
206151-4

さ-65-6
クランⅡ 警視庁渋谷南署・岩沢誠次郎の激昂
沢村鐵
同時発生した警視庁内拳銃自殺と、渋谷での交番巡査銃撃事件。警察を襲う異常事態に、密盟チーム「クラン」がついに動き出す! 書き下ろしシリーズ第二弾。
206200-9

さ-65-7
クランⅢ 警視庁公安部・区界浩の深謀
沢村鐵
渋谷駅を襲った謎のテロ事件。クランのメンバーは「神」と呼ばれる主犯を追うが、そこに再び異常事件が――書き下ろしシリーズ第三弾。
206253-5

さ-65-8
クランⅣ 警視庁機動分析課・上郷奈津実の執心
沢村鐵
包囲された劇場から姿を消した「神」。その正体を暴く鍵は意外な人物が握っていた。警察に潜む悪との戦いは佳境へ! 書き下ろしシリーズ第四弾。
206326-6

さ-65-9
クランⅤ 警視庁渋谷南署巡査・足ヶ瀬直助の覚醒
沢村鐵
警察閥の大量検挙に成功した「クラン」。だが「神」の魔手は密盟のトップ・千徳に襲いかかり――。迫り来るクライマックス、書き下ろしシリーズ第五弾。
206426-3

さ-65-10
クランⅥ 警視庁内密命組織・最後の任務
沢村鐵
非常事態宣言発令より、警察の指揮権は首相へと移った。「神」と「クラン」。最後の決戦の行方は――。シリーズ最終巻、かつてないクライマックス!
206511-6

た-81-4
告解者
大門剛明
過去に殺人を犯した男・久保島。補導員のさくらは彼の誠実さに惹かれる。その最中、新たな殺人事件が発生。告解室で明かされた衝撃の真実とは――。
205999-3

各書目の下段の数字はISBNコードです。978－4－12が省略してあります。

た-81-5 **テミスの求刑** 大門剛明

監視カメラがとらえた敏腕検事の姿。手には大型ナイフ、血まみれの着衣。無実を訴えて口を閉ざした彼に下る審判とは？ 傑作法廷ミステリーついに文庫化。

206441-6

た-81-6 **両刃《りょうじん》の斧《おの》** 大門剛明

未解決殺人事件の犯人が殺された。容疑者は十五年前に娘を殺された元刑事。事件の裏に隠されたあまりに悲しい真実とは。慟哭のミステリー。文庫書き下ろし。

206697-7

ひ-38-1 **CAGE 警察庁科学警察研究所特別捜査室** 日野草

誰かが刑事、誰かが犯人、そして誰かが存在しない。相良と彼の上司の琴平は、男に連れ去られる寸前の女子大生を助ける。だが相良と琴平の目的は……。

206858-2

わ-24-1 **叛逆捜査 オッドアイ** 渡辺裕之

捜一の刑事・朝倉は自衛官の首を切る猟奇殺人事件を捜査していた。古巣の自衛隊と米軍も絡み、国家間の隠蔽工作が事件を複雑にする。新時代の警察小説登場。

206177-4

わ-24-2 **偽証 オッドアイ** 渡辺裕之

サバイバル訓練中の死亡事故を調べるため、自衛隊特戦群出身の捜査官・朝倉は離島勤務から召還される。ミリタリー警察小説、第二弾。

206341-9

わ-24-3 **斬死 オッドアイ** 渡辺裕之

グアム米軍基地で続く海兵連続殺人事件。NCISから召還された朝倉は、異国で最凶の殺人鬼と対決する。自衛隊出身の捜査官「オッドアイ」が活躍するシリーズ第三弾。

206510-9

わ-24-4 **死体島 オッドアイ** 渡辺裕之

虫が島沖で発見された六つの死体。謎の孤島に単身潜入した元・自衛隊特殊部隊の警察官・朝倉に襲い掛かる影の正体は⁉ 「オッドアイ」シリーズ第四弾。

206684-7

わ-24-5 **殺戮の罠 オッドアイ** 渡辺裕之

次々と謎の死を遂げるかつての仲間。陸自最強メンバーがなぜ。自衛隊出身の警察官・朝倉が〝特別強行捜査班〟を結成し捜査にあたる。人気シリーズ第五弾。

206827-8